Weihnachtsbäume am Himmel

Frieda Aue

Weihnachtsbäume am Himmel

Eine Familiengeschichte aus Chemnitz, der Flucht in den goldenen Westen und einem Dilemma

Bibliografische Information der Deutschen Nationalbibliothek: Die Deutsche Nationalbibliothek verzeichnet diese Publikation in der Deutschen Nationalbibliografie; detaillierte bibliografische Daten sind im Internet über dnb.dnb.de abrufbar.

© 2016 Frieda Aue
Herstellung und Verlag:
BoD – Books on Demand, Norderstedt
ISBN: 9783741263422

Meine Kindheit	9
Überschnelle Geburt	9
Kriegs- und Nachkriegstage	11
Russen in der Wohnung	22
Weihnachten 1945	26
Wo ist denn das Orchester?	28
Trümmerfrauen	37
Mein Bruder flippt aus	39
Papas Arbeitsstätte	39
Nachkriegszeit bis Schulanfang	42
1948	47
Der erste Schultag 1949	48
Der Schulweg	50
Die Sache mit dem Glockenturm	55
Wie wir zu einem Zuchtstallhasen kamen	57
Die ersten Schuhe Made in DDR	66
Der Alltag	69
Schule und der Schulalltag	79
Weihnachten, Ostern und Pfingsten	88
Ich habe Schwimmen gelernt	95
Die Primaballerina	97
Erster Fall	100
Zweiter Fall	103
Musikliebhaberin	106
Meine erste Dauerwelle	114
Jetzt ging mir es ans Haar	116
Mein erstes genähtes Kleid	117
Mein Papa kann a l l e s	118
Der „Malertag"	118
Papa, der großartigste Uhrmacher	120
Die große Wäsche	124

Meine Lieblingsspeise 129

Mein erster Bikini 130

Die letzten Kindertage 133

Jugendjahre *136*

Meine Ausbildung 136

Leben am Wochenende zu Hause in Karl-Marx-Stadt 170

Die ersten Jahre in der Bundesrepublik, Hochzeit, Scheidung *174*

Wenn der Traum zum Alptraum wird 174

Lagerleben 176

Das neue Leben fängt an 213

Die große Reise 220

Eine kurze Reise in die Vergangenheit 226

Meine Kindheit

Überschnelle Geburt

Sonntag. Eisige Kälte. Schnee, viel Schnee, soviel, dass sogar der hölzerne Schneepflug es nicht schaffte die Straßen zu räumen. Meine zukünftige Mutter zu meinem zukünftigen Vater, ich glaube jetzt geht es los, die Wehen. Ach, die lapidare Antwort, bei dir geht es immer mal los, du hast ja noch drei, vier Wochen Zeit. Aber ich drängelte, und meine Mutter wurde immer unruhiger, bis mein Vater es endlich merkte, diesmal, diesmal ist es doch ernst. Er rannte auf seinen langen dünnen Beinen zur nächsten Telefonmöglichkeit und rief die Frauenklinik am anderen Ende der Stadt an. Sie kommen, aber es kann dauern, und es dauerte. Meine Mutter im Mantel und selbstverständlich mit Hut und gepackter Tasche stand bereit, mein Vater drippelte aufgeregt auf glatter Fahrbahn auf und ab. Endlich, rein in den Wagen. Mit lautem Quietschen fiel die Tür zu, ab ging es. Dass ewige Geschaukel gefiel mir nicht in dieser engen Behausung. Ich wollte nur das Eine, raus hier. Ein Schrei von meiner Mutter. Da lag ich nun, glitschig, nackt und leise quäkend zwischen den eiskalten Beinen meiner Mutter, ihr schöner Sonntagshut war zwischenzeitlich aufs rechte Ohr gerutscht. Die Tür wurde aufgerissen, eiskalter Wind wehte mit kleinen Wirbeln von Schneewölkchen ins Innere des Rot-Kreuz-Autos, die Sanitäter schauten sich entsetzt an. Die Erstversorgung musste ja durchgeführt werden. Ich wurde lose in ein dünnes Laken gewickelt, der Name der Straße und das Datum der Sturzgeburt genauestens aufgenommen. Die Tür krachte wieder ins Schloss, meine Mutter zitterte am ganzen Körper, für sie gab es keine Decke mehr. Endlich die warmen Wände der Klinik waren erreicht. Ich, in der Zwischenzeit blitzblau und leise wimmernd, meine Mutter auf der Liege klapperte hörbar mit den Zähnen, keiner half den Hut meiner Mutter der nun die halbe Gesichtshälfte bedeckte zu entfernen. In dieser Situation, mein Vater, nicht sehr einfühlsam, sagte laut, damit es ja auch jeder mitbekam, na die, da war ich gemeint, bekommen wir nicht groß. Und das meiner Mutter, die vor Kälte und Anstrengung mit den Zähnen klapperte, Sie sah ihn nur ungläubig an. Aber ich, ich merkte mir das! Vor Schreck blieb mir kurzzeitig die Luft weg, bekam schon meine ersten Prügel auf den nackten kalten Po. Darauf schrie ich lauthals. Mein Gedanke war: Ich zeig es euch allen, wer hier nichts wird! Ich bin da. Ich bin.

Man nannte mich Frieda nach einer berühmten Saxophonistin und Sängerin, der Name hat nichts gebracht, ich kann weder Saxophon spielen noch singen, eigentlich schade.

Später musste ich mir oft anhören, ja ja, dich hat der Esel im Galopp verloren.

Kriegs- und Nachkriegstage

Das erste was ich in meinen Leben bewusst erlebt habe, war ein tiefschwarzer Himmel auf denen wunderschöne Lichter wie Sterne vom Himmel fielen. Grausame Schönheiten, klärte mich mein Vater auf. Das sind (sogenannte) Weihnachtsbäume und dann kommen die Flieger mit Bomben. Mutti drängelte, rede jetzt nicht so viel rum, komm endlich und mach die Kleine nicht so verrückt. Papa, und jetzt müssen wir in den Keller, denn gleich jaulen die Sirenen. Im rußgeschwärzten Keller warteten stumm die in warmen Mänteln gehüllte Menschen. Eine Matratze in den Vorratsschrank geschoben und mit Decken zugedeckt, diente mir als Bett, während draußen Bomben vom Himmel fielen. Ich hörte nichts, nur Dunkelheit um mich herum. Kaum schrillten die Sirenen in einem anderen Rhythmus, das hieß – Entwarnung! Ein Aufatmen ging durch den Keller, die mitgeberachten Betten, Kleider, Nahrungsmittel und für die Kinder vielleicht noch der Lieblingsteddybär wurden wieder in die Wohnungen geschleppt, die verängstigten Kinder schlurften lautlos hinterher.

Sogleich wurde vor die Tür gegangen, was eventuell in der Nähe passiert war. Tante Lina, kam aufgelöst zu Papa und schrie hysterisch, das Haus brennt, es brennt. Alle verfügbaren Männer rannten los um zu retten was noch zu retten war, Möbelteile, Koffer, Federbetten alles flog im hohen Bogen aus den

Fenstern, bis jemand rief, runterkommen, gleich stürzt die Wand ein! Von weitem sahen wir nur dunkle Wolken und Staubteile, die durch den aufkommenden Wind tanzten. Wir Kinder blieben ratlos zurück, nur mein sieben Jahre älterer Bruder rannte zur Ruine um noch mitzubekommen, was sich dort abspielte, um es mir dann haarklein und voller Schaudern zu erzählen, und vor allem jagte er mir Angst ein, die mich bis zum Ende des Krieges nicht mehr loslassen wollte. Dann als wäre nichts gewesen, nahm er mich an die Hand und zog mich mit ins Freie.

Der nächste Tag war wunderschön, hell, klar, sonnig. Jochen, mein Bruder, holte mich aus dem Haus, setzte mich in einen Handwagen und spazierte seelenruhig in die nahegelegene Gartenanlage. Schon wieder das Aufheulen der Sirenen (Fliegeralarm). Jetzt wusste ich auch schon, was das hieß. Rennen, rennen und nochmals rennen. Mein Bruder raste los, ich im Wagen wurde hin und hergeschleudert, die letzte Kurve war erreicht, schon hörte man das unheimliche Geräusch, das Pfeifen und Schwirren herunterfallender Bomben. Von der Haustür in den Keller war eins. Meine Mutter verdrosch daraufhin meinen Bruder fürchterlich, da er ohne ein Wort verlauten zu lassen das Haus verlassen hatte und dann noch mit mir im Handwagen. Diesmal ging ja alles gut, aber die Angst meiner Mutter sah man an den ruhelosen Augen und der seltsam verzerrten Stimme als sie mit Jochen noch lange schimpfte.

Das Heulen der Sirenen kam jetzt immer öfter und die Bombenfracht wurde zielsicherer über unserer Stadt abgeworfen. Wir durften nicht mehr nach draußen und der LSR (Luftschutzraum) wurde immer mehr zu unserem beklemmenden Aufenthaltsort.

Wieder so ein trüber Tag, Mutti in der Küche, wir Kinder im Kinderzimmer. Papa holte die gesamte Familie nach oben und draußen, zeigte uns den Himmel und sagte, mein Gott, das ist Dresden, das muss lichterloh brennen. Wir wohnten immerhin circa 50 km entfernt von Dresden in Chemnitz. Der Himmel blutrot, vereinzelte Flieger mit ihrer Bombenlast flogen auch über unsere Häuser und entleerten ihre grausame Last, und schon wieder ging es in den verhassten Luftschutzkeller, alles schnell, schnell gerafft und die Kellertreppe hinunter.

Da mein Vater bei der RB (Reichsbahn) beschäftigt und deshalb nicht als Soldat an der Front war, musste er hier vor Ort für den pünktlichen Ablauf der Transportzüge in den Osten sorgen. Aber oft, zu oft für mich war er weg, er musste als Lokführer Güterzüge an die Front fahren. Meiner Mutter bangte jedes Mal, ob Papa wieder gesund nach Hause kam und ich zitterte mit, denn die Eisenbahnschienen wurden immer und immer wieder bombardiert. Das mein geliebter Papa so weit weg war bereitete mir panische Angst und immer wieder diese Angst, kommt Papa nach Hause? Wo ist er? Die Angst, meinen Papa nie mehr zu sehen, ihn zu verlieren, hat nie nachgelassen, auch lange nach dem die leeren Fensterhöhlen eingesetzt.

Sirenengeheul: drei Töne, 12 sec. Dauer, das war die öffentliche Luftwarnung, jetzt heißt es, vorsichtig, nicht mehr aus den Haus gehen und hoffen das die Bomber woanders hinfliegen. Ein einminütiger Heulton besagte, eine riesige Anzahl Flugzeuge kommt auf die Stadt zu. Und nun der Dauerton von 4 sec. ab in den Luftschutzraum.

Tatsächlich, die Bomber kamen. Es heulte, pfiff schrill, dann ein dröhnender Aufprall, die Erde erbebte, einen Moment war Ruhe und das Ganze ging von vorn los. Immer und immer wieder. Leise rieselte Putz von den Wänden, wenn in der Nähe eine Bombe explodierte und der Staub wallte über den Köpfen der Menschen. Mein Bruder saß mit den Händen auf den Ohren auf einem ausgeleierten Sessel und dann, ein schriller Ton, die Einmachgläser auf dem Regal schepperten, und der Kellerboden wackelte, es muss ganz in der Nähe eingeschlagen haben. Jetzt fing ein Kind an leise zu weinen, und plötzlich, wie auf Knopfdruck heulten alle Kinder los. Auch ich schrie in die Dunkelheit hinein. Meine Mutter nahm mich ganz fest in die Arme bis ich schließlich erschöpft einschlief. Als ich aufwachte, Dunkelheit, beklemmende Ruhe, kein Laut, nichts. Was ist los? Wo bin ich? Und nur in der einen Ecke sah ich ein winziges Licht, es raschelte, oder kam es mir nur so vor? Die Angst kroch langsam immer höher, mir wurde es flau ich konnte mich ja nicht unter meine Bettdecke verstecken, es war ja viel zu eng und mein Teddybär lag auch noch oben im Kinderzimmer. Monster tanzten vor meinen Augen, die schlechte, miefige Luft wurde unerträglich. Die Tür zum Vorratsschrank war zu, verschlossen! War ich tot? Ich schrie, und schrie und schrie, Panik wallte auf und ich hämmerte wie wild an die Schranktür. Endlich, die Tür öffnete sich, Mutti holte mich heraus, heul hier nicht so rum, es ist ja alles vorbei, war der einzige Trost den ich bekam. Ich zitterte noch eine Weile bis Papa kam und uns beruhigte, es ist vorbei. Das war die schrecklichste verheerendste Nacht vom 5. auf den 6. März 1945. Alle Menschen redeten durcheinander. Es war vorbei! Ganz allmählich kamen die Leute verstört aus den Kellern gekrochen um zu sehen was passiert war. Vom oberen Fenster aus konnte man in die Umgebung schauen. Von Chemnitz war nicht mehr viel übrig, überall brannte es noch und schwarze Rauchschwaden hingen am Himmel. Und wir, wir waren auch diesmal verschont geblieben. Später erklärte mir Mutti, Gott war ich so entsetzlich dumm, dich einzuschließen, denn wenn mir was passiert wäre, du hättest dich nie und nimmer allein aus dem verschlossenen Schrank befreien können.

Es folgten noch mehrere Angriffe auf unsere Stadt, was sollte denn da noch kaputtgeschossen werden, es war ja nichts, rein gar nichts mehr da. Wie ich später hörte waren 80% der Häuser ganz oder teilweise zerstört.

Bei einer der letzten Angriffe erst kam die

Entwarnung – ein langgezogener Ton. Ein vorwitziger Junge setzte sich auf den Schwengel einer Pumpe vor unserem Haus, da kam ein einzelner Tiefflieger und warf noch eine Anzahl Bomben über unser Viertel ab und diesem armen Jungen riss es einen Arm ab und der Schwengel schlug schwer auf seinen Kopf auf. Wir Kinder starrten entsetzt zu dem Kind, gerade wollten wir auch in den Hof rennen. Die Eltern schrien, kamen panikartig gerannt, zerrten uns weg, aber leider hatten wir schon genug gesehen.

Und immer noch, Sirenenwarnung! Kurz darauf ein schrilles Pfeifen und dann der Einschlag, und noch mal und noch mal, wann hört das auf? Wann hört das endlich auf, dann endlich Sirenengeheul, Entwarnung, und das immer wieder, immer wieder! Wie bekommt man dieses Sirenengeheul jemals aus dem Kopf? wie? Später, im Physikunterricht, demonstrierte ein Junglehrer wie eine Sirene funktioniert. Er drehte den Schwengel und die hohen auf- und abschwellenden Töne durchdrangen den Physiksaal. Wir Schüler saßen leichenblass, stumm mit zugehaltenen Ohren da. Diesen Ton, nein diesen Ton wollten wir tatsächlich nie mehr hören.

Zwischen dem 5. und 6. März 1945 kam es in Chemnitz allein zu Luftangriffen mit über 2.700t Bombenlast wie man später recherchierte.

Wo waren die Psychologen, die uns aus diesem Trauma herausholen sollten, wo waren Ärzte, die uns beruhigten, wo oder wie gab es tröstliche Worte für uns

Kinder? Haben wir deshalb auch als junger Mensch und erst recht nicht als Erwachsener über unsere Ängste aus der Vergangenheit gesprochen?

Überleben war das einzige was zählte, Sentimentalitäten konnte man sich nicht erlauben, sonst hätten manche den Verstand verloren. Noch später zuckte man zusammen und blickte ängstlich nach oben wenn eine Sirene heulte. Noch lange Zeit bin ich nachts erschrocken aufgewacht, weil ich den Arm des Jungen neben sich liegend gesehen habe. Wir mussten vergessen, wir mussten verdrängen und selbst heute kann man nur noch mit Grauen an die Einzelheiten des Krieges denken und reden. Wer hat unsere Angst genommen? Unsere Schuldgefühle? Was uns noch immer eingeredet wird. Wir waren Kinder, von den Amis, wie ich später erfuhr „Ranzennazis" genannt.

Aber noch immer kommt leichte Panik in mir hoch, wenn ich in lange dunkle Tunnel gerate, oder mit Jalousien fest verschlossene Fenster und im Zimmer eingeschlossen bin. Gemerkt hatte ich das nach Jahren bei einem Dark Dinner, als in absoluter Dunkelheit, Essen serviert wurde, und man sollte nur nach Geschmack raten um was es sich handelte. Nach kurzer Zeit wurde es mir übel, ich bekam eine lähmende Angst und musste den Raum verlassen. Sobald ich im Freien war, wurde es mir zusehends besser. Also niemals mehr verdunkelte verschlossene Räume! Niemals !

Und plötzlich, die Meldung, der Krieg ist vorbei.

Und so sah es nach 12 Angriffen der Alliierten aus, wo waren die Menschen, die in den zerbombten Häusern gewohnt haben, wo waren Freunde, Verwandte, die man nicht angetroffen hatte? Lebten sie noch? Kein Telefon, keine Straßenbahn funktionierte um zu kontrollieren, was ist wem passiert. Nach Tagen erst kamen die verschiedensten Nachrichten von Familienangehörigen und Freunden, wer überlebt hatte und wer verwundet war und sein ganzes Hab und Gut verloren hatte. Meine Cousine ein Jahr jünger als ich wurde bei uns einquartiert, da Tante Lina ausgebombt war und Onkel Arthur irgendwo steckte, keine Nachricht wo und ob er überhaupt noch lebte.

Eltern, Nachbarn und Freunde diskutierten über die derzeitigen Verhältnisse, was wird, kommt noch mal eine Angriffswelle? Wie geht es überhaupt weiter? Für uns Kinder war erst einmal das Wichtigste, wir konnten endlich wieder an die frische Luft, spielen ohne auf Sirenen achten zu müssen, nur das zählte.

Bald kamen Verwandte aus den ehemaligen Ostgebieten, Schlesien, Pommern, zerlumpt und ausgehungert, schmutzig und übermüdet. Mit Hand- und Kinderwagen beladen mit den letzten Habseligkeiten kamen sie hier an, oft zogen sie weiter zu irgendwelchen Verwandten. Das Brot reichte nicht mehr aus, die vielen Menschen satt zu bekommen. Unsere Verwandten aus dem Riesengebirge blieben ca. einen Monat bei uns um dann irgendwie zu ihren Eltern nach Hamburg zu kommen. Die letzten deutschen Soldaten die desertierten, schmissen ihre Gewehre in den nahegelegenen Ziegeleiteich und verschwanden.

Mehrere Wochen krochen so dahin. In Rabenstein, einen westlichen Vorort von Chemnitz zogen die Amerikaner ab, die tatsächlich bis hier her gekommen waren. Sämtliche Radios, Uhren, Schallplattenspieler, Fotoapparate und Fahrräder mussten auf einen Platz gebracht werden und dann kam ein Panzer und bügelte alles platt.

Die letzten erhaltenen wohlgehüteten Sachen waren somit dahin, dann zogen sie gen Westen.

Wie geht es denn nun weiter? Keine Nachrichten aus dem Radio, keine Zeitung, die Menschen wurden unruhig, selbst wir Kinder bekamen die schreckliche Ungewissheit mit, die die Erwachsenen erfasst hatte.

In der Zeit vom 6. bis 7.Mai 1945 zogen die letzten Wehrmachtssoldaten ab. Was passiert jetzt?

Die Meldung machte die Runde, die Russen kommen. Angst kam bei vielen Menschen hoch, was werden die machen.

Da! Die ersten Russen kamen ab 8. Mai 1945, übermüdet und schmutzig. Sie kamen, eine nicht enden wollende Masse Soldaten mit uralten Lastern, dreckverschmierten Panzern, sogar mit kleinen Panjewagen und Feldküchen und manche richteten sich in unserem Hof ein. Sie sahen gar nicht so bösartig aus, wie uns gesagt wurde. Die Propaganda von Goebbels und Co. von den tierischen Untermenschen war noch in den Köpfen der meisten Menschen, wie ich immer wieder aus den Gesprächen, die natürlich nicht für uns bestimmt waren, heraushörte. Denn immer noch hörte man leise, die Russen kommen.

Russen in der Wohnung

Zwei Russen wurden in unserer Wohnung einquartiert, ein Oberst und ein einfacher Soldat. Sie bekamen das elterliche Schlafzimmer und wir vier mussten mit dem Kinderzimmer Vorlieb nehmen. Die Enge war beängstigend, denn das Wohnzimmer wurde genauso wie die Küche von ihnen belagert. Etwas Positives hatte die ganze Sache vor allem für meine Mutter, sie wurde von keinem anderen Russe belästigt und wir erhielten genügend Feuerung für die Wohnung, denn der Oberst hatte seinen ganzen Schreibkram in unserem Wohnzimmer deponiert und schrieb natürlich in einem warmen Zimmer. Aber was sich sonst manchmal abspielte war nicht zum Lachen und des Öfteren sah ich meine Mutter hilflos in die Gegend gucken. Was gut gemeint war von den Russen kam nicht so besonders bei Mutti an. Ein paar Beispiele. Damit das weiße Betttuch nicht von den russischen Stiefeln verdreckt wurde, haben die Soldaten im Inlett und auf der Matratze geschlafen, meine Mutter lief vor Ärger puterrot an. Die Fußlappen wuschen sie fein säuberlich und legten sie zum Trocknen auf den

Kachelofen. Ich fand das allemal spannend, meine Mutter allerdings nicht. Im Hof hatten sie ihr großes Lager aufgeschlagen, kochten dort und schliefen zum Teil in den Lastwagen oder in den schnell aufgebauten Zelten und in großen Kesseln wurde im Freien gekocht.

Der Duft, der frisch zubereiteten Suppen zog durch die kleinste Ritze in die Wohnungen der ewig hungrigen Menschen. Ich, mit riesiger weißer Schleife auf dem Kopf und mit einem kleinen Aluminiumtopf bin mit vielen anderen Kindern mit hungrigen Blicken an den großen Kochtopf gegangen um sehnsüchtig in die wunderbar, mit Fettaugen (wann war es das letzte Mal, das wir Fett gesehen hatten) versehene Suppe zu starren. Wir Kinder standen rund um die Feldküche und sahen traurig in die immer weniger werdende Suppe, bis ein Soldat sich unser erbarmte und den Germanskikindern eine Schöpflöffel voll Suppe in die mitgebrachten Behälter kippte, einfach köstlich, wie das roch und die Fettaugen sahen mich mit großen Augen an. Meine Mutter machte daraus schmackhaftes Essen, Brennnesselsuppe, Kartoffelflädlesuppe, aber trotzdem, das Essen reichte nicht aus und viele Eltern haben ihren Gürtel fest um die Taille gewickelt damit man das laute Knurren des Magen nicht hören sollte.

Einige Erlebnisse mit den Besatzern muss man einfach erzählen, da man diese für uns selbstverständlichen Dinge von der Seite der Soldaten beleuchten muss.

Die provisorische Feldküche war auf dem großen

Rasen hinter dem Haus aufgestellt. Die Soldaten kochten natürlich selbst. Die dicken Kartoffeln, auch noch messerdick abgeschält, mussten ja gewaschen werden. Was gab es feineres als die Toilettenschüssel im Nachbarhaus. Aber einmal abgezogen verschwanden die Kartoffeln auf Nimmerwiedersehen im Wasserstrudel. Der Koch schrie Sabotasch, Sabotasch, aber trotzdem blieben die Kartoffel weg und wir schüttelten uns heimlich vor Lachen und zum anderen taten uns die Kartoffeln leid, und wir Kinder bekamen für diesen Tag keinen Kascha (Brei). War ja klar.

Dann kam einer der Besatzer auf die Idee die übriggebliebenen Fahrräder, die doch noch vereinzelt vorhanden waren zum Fahren zu nutzen. Aber was macht denn der da, bevor er sich auf den Sattel schwang, zog er den Gummimantel vom Reifen und holperte so über den Asphalt. Russe fiel hin, natürlich Sabotasch schreiend und die letzten Fahrräder waren somit fahruntauglich. Wie schon erwähnt hatten wir zwei Soldaten in unserer Wohnung, einen Oberst und einen einfachen Soldat aus dem hintersten Taiga Gebiet der höchstwahrscheinlich noch nie in seinem Leben einen Spiegel gesehen hatte. Unser Kleiderschrank besaß einen riesigen Spiegel und das Schauspiel als der junge, wirklich sehr junge Russe, er war klein, stämmig mit schrägen Mandelaugen das erste Mal sein Ebenbild sah, war bühnenreif. Nein, so konnte der beste Regisseur keine Szene darstellen. Erst die Panik, dann das Leuchten in seinem Gesicht, die Grimassen die er zog. Ich stellte mich neben ihn und wir grinsten unsere

Spiegelbilder und uns an und lachten. Er schrie immer koroscho, koroscho (gut, gut). Das ging eine ganze Zeit lang gut, bis dem Oberst dieses Gekasperte auffiel, aus war es mit unserem Spiel. Schade, denn diese Albernheiten gefielen dem Oberst absolut nicht, nach kurzem Wortgefecht habe ich diesen jungen Soldat leider nicht mehr gesehen. Natürlich war nicht immer alles Zuckerlecken. Jede noch vorhandene Armbanduhr wurde dem Besitzer abgenommen und die Uhren bis unter dem Ellenbogen nacheinander angebracht. Mit finsteren Gesichtern kamen sie in jedes Haus und riefen Uhri, Uhri und schon hatten sie wieder ein neues Exemplar am Unterarm. Dann kam schon wieder der Ruf, Sabotasch, Sabotasch denn irgendwann mussten diese Uhren ja wieder aufgezogen werden. Aber sie wollten auch keinen der Männer näher an sich heran kommen lassen, hoben die Pistolen fuchtelten damit herum, schrien Germanski kaputt, du Sabotasch. Bis die kleinen Kinder mit ihren zarten Fingern die Uhr aufgezogen und ihr Ticktack ein Strahlen auf ihre Gesichter zauberte.

Aber das Schlimmste waren die kläglichen Hilferufe von Frauen und das Schleifen und Kratzen von Absätzen wenn sie sich voller Panik irgendwie auf dem Gehweg festkrallen wollten, meine Mutter sagte nur, ach Gott die arme Frau, jetzt haben sie wieder eine geschnappt. Erst viel viel später wurde mir klar, was das bedeutete. Aus diesem Grund, um nicht auch der Willkür der Russen ausgesetzt zu werden machten sich die Frauen jeden Alters sobald sie die Wohnung verlassen wollten hässlich, mit mutwillig verfilzten Haaren und dreckverschmierten Gesichtern.

Der erste Winter der Nachkriegszeit brach an, es war winterlich kalt, alles war zu Eis erstarrt, kaum dass wir etwas zum Heizen hatten. Die Russen waren zum Teil schon in die nächsten Kasernen gebracht worden, die von den deutschen Soldaten leergeräumt und gesäubert wurden, nur hinter unserem Haus und im Haus blieben einige wenige zurück um die nachrückenden Soldaten in Empfang zu nehmen. Jetzt kam der Hunger natürlich verstärkt, selbst die Russen hatten immer weniger zu Essen und warteten auf Nachschub, vor allem riefen sie immer öfter nach Wodka. Wir durften nur noch selten raus, in Mäntel und Mütze gehüllt blieben wir in der Küche, dem einzigen warmen Zimmer in der Wohnung.

Weihnachten 1945

Das erste Weihnachtsfest nach dem Krieg, Eine seltsame beklemmende Atmosphäre breitete sich aus. Was wird Weihnachten uns bringen? Und doch, einen Weihnachtsbaum hatte mein Vater irgendwie organisiert, woher haben wir nie erfahren. Als ich in das feierlich geschmückte und vor allem warme Wohnzimmer kam, stockte mir der Atem. Ein Weihnachtsmann mit grauer Pelzmütze und dicken Mantel, Bart und einen Sack in der Hand stand vor mir. Ich sagte mein Gedicht mit leise stotternder

Stimme auf. Er holte eine Puppe, mit neuem, naja aus alt mach neue, Kleid heraus. Dann eine Dose. Eine Dose ? Was war denn das? Ich drehte die Dose hin und her, sie war mit unglaublich komischen Zeichen versehen. Man erklärte mir, das ist kyrillisch. so schreiben die Russen.

Es war Dosenmilch eingedickt mit Zucker, ich war fassungslos. Der Weihnachtsmann war unser Russe und er hatte mir diese Köstlichkeit aus dem Lager mitgebracht. Der kleine Kaffeelöffel tauchte in die sämige weiße gut riechende Masse, nur einen kleinen Kaffeelöffel voll und meine Zunge leckte leicht über dieses weiße Wunder und meine Geschmacksknospen explodierten. Mein Inneres schrie, mehr, mehr. Diese Köstlichkeit!!! Ich spüre noch immer den Geschmack auf meiner Zunge, nur wenn ich daran denke.

Sobald ich jetzt einen russischen Laden betrete, muss ich mir eine Dose von dieser herrlichen Milch kaufen. Und schon sehe ich vor meinen geistigen Augen unseren Russen.

Die kalten Tage reihten sich zu Wochen und die Feuerung wurde immer knapper, es reichte nur noch zum Kochen. Als meine Mutter sah, dass sich die Soldaten im Freien mit Schnee wuschen und die Zähne putzten, kam sie auf eine brillante Idee. Kurz bevor ich ins Bett wollte hieß es Nachthemd an, Strümpfe, Schuhe aus und eine Runde barfuß über den Schnee laufen, das ersparte eine Wärmflasche. Prima! Ich schämte mich so sehr, denn jeder der mich sah, lachte, aber warme Füße hatte ich dennoch.

Wo ist denn das Orchester?

Wir hatten ein Grammophon, ein Schrankgrammophon, schwarz mit Verzierung an der Vorderfront und mit einer Seidengardine verhangenen Durchbruch, damit man die Musik auch bei geschlossener Schranktür gut hörte. Der ganze Schrank war circa 60x60x120cm groß. Im oberen Teil war der Plattenteller untergebracht und der s-förmige Tonarm war vor-und zurückklappbar, so dass man den Deckel gut schließen konnte und die Nadel nicht beschädigt wurde. Im unteren Teil war der Grammophontrichter und ein Fach für die Schelllackplatten und ein kleines Fach für die Kurbel und Zusatznadeln usw. Meine Mutter stellte immer eine Schale auf den Deckel, so sah niemand, dass sich da ein Grammophon darunter versteckte.

Mein Bruder machte es sich oft zum Scherz, drehte wie wild die Kurbel, setzte dann die Nadel vorsichtig auf und entfernte die Bremse die sich am Plattentellerrand befand und die Musik fing in den höchsten Tönen an zu quäken, die Noten schlugen Purzelbäume und dazwischen ein pink, kling ding, das waren die Trompeten, die Trommel und das Schlagzeug, der Gesang jämmerlich hoch, piepsig, schnell. Gut, und jetzt die Bremse und aus dem Gequäke wurde ein Gequake mit tiefen, langgezooogenen Tönen, der

Gesang wurde brummig und, der Bass kaum noch hörbar, bis die Nadel mit einen langgezogenen Qua... aufhörte. Meine Mutter schreckensblass, ihre guten Schallplatten. Die Kurbel wurde abgezogen in das Fach gelegt, der Schrank verschlossen, der Schlüssel abgezogen und ohne ein Wort zu sagen verschwand sie aus dem Zimmer, das war's mit unserer Musikveranstaltung.

Wir hatten für den Alltag das Radio, einen sogenannten Volksempfänger. Die Musik kam leicht brummend und mit vielen Nachrichten unterbrochen aus diesem Bakelitgehäuse. Aber die Musik, die laufend durch Nachrichten gestört wurde, gefiel den Russen wenig und uns noch weniger. Die Russen saßen oft auf den Stufen vor dem Rasengrundstück, spielten traurige Lieder auf der Balalaika und manchmal sangen sie ganz leise im Dämmerlicht und rauchten ihre Papyrossyzigaretten (Tabak Marke Machorka in Zeitungspapier gewickelt). Doch auch fröhliche Lieder wurden gesungen und das erste Mal hörte ich Suliko, Kalinka u.ä. Lieder immer und immer wieder.

Mein Bruder noch etwas verstimmt über die Wegnahme des Grammophonschlüssels, erzählte den Russen, dass wir ganz tolle Musik hätten. Sie waren sofort hellwach und wollten die Musik hören. Die große Hürde, Mutti, musste überwunden werden. Mutti erst blass, dann puterrot, aber dagegen konnte sie nichts mehr sagen. So wurde der Schlüssel aus ihrer Küchenschürze geholt, der Schrank mit Grammophon und Schallplatten aufgeschlossen. So, mein Junge, sagte sie zu meinen, doch nun etwas erschrockenen Bruder, jetzt zeige mal was du kannst.

Eine X-beliebige Platte wurde aus dem Fach geholt, aufgelegt und durch die hektische Kurbeldrehung in Bewegung gebracht. Was hatte da er nur rausgesucht, meine Mutter schaute wachsam die Russen an. Es war donnernde Blechblasmusik, der Füsilier Marsch. Musste es ausgerechnet Marschmusik sein. Deutsche Militärmusik den Russen vorspielen? Wie werden sie reagieren? Aber die Mienen der Russen hellten sich auf, diese Musik mit donnernden Bässen und schrillen Trompetenklängen ja das gefiel ihnen und so musste mein Bruder jede Art von Marschmusik auflegen und die Russen freuten sich, klatschten und tanzten.

Dann kam ein finster blickender Russe auf die Idee, die Grammophonschranktür aufzureißen und? – und schaute verblüfft in die schwarze Röhre aus der die Musik kam, ja wo war denn das Orchester? Alles lachte, selbst der etwas dumm um sich schauende Russe lachte mit, der Bann war gebrochen und nun spielten die Russen alle Platten durch, manche wurden nicht bis zu Ende angehört und mit einem Ruck die Platte zum Stehen gebracht, die mit einem lauten kratzenden Geräusch stehen blieb und eine tiefe Rille auf den kostbaren Schatz meiner Mutter, nämlich die gut gehüteten Schallplatten der damaligen Opernsänger (Richard Tauber u. ä.) einritzten. Oh, diese Blicke, die sie immer wieder meinen Bruder zuwarf, der nun doch sehr betroffen dem ganzen Schauspiel der Russen zuschaute. Nach dem Krieg wurden kaum noch die Platten abgespielt, da die meisten doch zu sehr verkratzt waren, schade.

Erklärung: *Es gab den DKE = Deutscher Kleinempfänger, er wurde zwischen 1933 und 1945 gebaut.*

Unser Radio war ein VE 301; Volksempfänger. 301 steht für den Tag der Machtergreifung durch Reichskanzler Adolf Hitler (30.1.1933). Auch Goebbels Harfe oder Goebbels Schnauze genannt. Das Gehäuse war aus Bakelite, ein Kunststoff auf Basis von Formaldehyd (aus Holz gewonnen) und Phenol (aus Kohle gewonnen).

Schelllackplatten bestehen unter anderem aus einer harzigen Substanz, die aus Ausscheidungen der Lackschildlaus hergestellt wird. Die Ausscheidungen kommen zu Stande, nachdem die Lackschildlaus an der in Ostasien wachsenden Pappelfeige gesaugt hat.

Es wurde auch wieder wärmer, die Straße, die Wiesen hinterm Haus und der Garten wurden erneut unser langvermisster Spielplatz. Die Kreisel hüpften, die Bälle wurden herausgeholt und unsere größeren Kinder unter anderen auch mein Bruder haben kleine „Bühnenstücke" auf dem Platz hinter dem letzten Haus vorgeführt. Eine große Decke war der Vorhang und dann kamen die Kinder vor die Bühne, setzten sich erwartungsvoll auf den Boden und die Jungen und Mädchen spielten eine kleine selbsterfundene Geschichte. Wir waren begeistert, klatschten und mussten natürlich pro Person 5 Pfennig bezahlen, nur die Flüchtlingskinder hatten bei uns Nulltarif. Das Geld wurde unter den „Akteuren" geteilt und Jochen zog mit seinen Freunden los und lies mich natürlich allein und ohne mir etwas von seinem Schatz abzugeben.

Endlich, die letzten Soldaten zogen nun auch in die freigeräumten Kasernen ab. Aber wir hatten zu Hause immer noch zwei Russen in der Wohnung. Eine Villa in unserer Nähe wurde zwangsgeräumt, die Besitzer wurden enteignet und „unsere" zwei Russen, ein hoher General und sein Adjutant zogen in die Villa mit der außergewöhnlich wertvollen Einrichtung ein. Die ehemaligen Besitzer wurden als Kapitalisten bezeichnet und waren von heute aus unserem Gesichtskreis entschwunden. Uns Kinder kümmerte es weniger, endlich hatten wir ja unsere Wohnung wieder für uns allein und kein Fußlappen auf dem Kachelofen noch der schwere Geruch der russischen Papyrossi störten uns mehr. Wir bedauerten nur, dass die provisorische Küche der Russen für uns nicht mehr existierte und der Hunger wieder kräftiger im Magen rumorte.

Und endlich kam auch der langersehnte Frühling, das erste Nachkriegsjahr 1946. Die Tage wurden länger, man konnte wieder auf der Wiese spielen. Noch immer kamen Flüchtlinge in Scharen und fuhren weiter, mit manchen hatte man näheren Kontakt, oft war die Verständigung schlecht, sie sprachen ja einen mir fremden Dialekt. Ein kleines Mädchen aus Schlesien, mit ihr hatte ich mich angefreundet, wohnte jetzt mit ihren Eltern in unmittelbarer Nähe zu unsere Wohnung in eine leergewordenen Wohnung, sogar die Möbel standen noch drin, allerdings ohne Rückenwände, denn die waren während des kalten Winters verfeuert worden. Wir spielten, tollten herum, machten Handstand auf der Wiese und ich sah, sie hatte ja nicht mal eine Unterhose an. Das animierte mich, zu ihr zu sagen, du kannst das so gut, mach das nochmal, nur damit ich ihren weißen Popo in der Sonne leuchten sah, herrlich. Aber die Rache kam, auf ganz kleinen Tierchen zu mir, ich brachte die Krätze mit. Meine beiden Arme jucken zum Gott erbarmen, dann kratzte sich auch noch mein Vater nur meine Mutter und mein Bruder hatten nichts abbekommen. Ich musste mir unter gewaltigem Donnerwetter mütterlicherseits die schlimmsten Vorwürfe anhören, „musst du auch in jedes Haus rumkriechen alles anfassen, ich schäme mich ja so sehr", und zog mich widerwillig zum nächsten Kinderarzt. Läuse hatte ich gottlob nicht. Der Arzt meinte, das haben wir gleich, das haben jetzt viele Kinder und es wurde eine übelriechende dickflüssige graue Salbe auf die juckenden Stellen aufgetragen und endlich, endlich hörte dieses teuflische Jucken auf.

Die Essensfrage stand immer noch im Raum. Die Lebensmittelmarken für Fett, Fleisch, Brot und Milch reichten kaum aus um satt zu werden, das meiste bekam mein Vater, da er auf der Lokomotive arbeitete und manchmal ein paar Tage nicht zu Hause war. Folglich blieb alles an Mutti hängen, vor allem das Essen besorgen. Wie viele Frauen fuhr meine Mutti ins Gebirge, zum hamstern. Wir warteten gespannt, bringt sie etwas mit, oder kommt sie ohne was. Die Eisenbahnwagen waren vollgestopft mit übermüdeten, hungrigen Menschen, sie saßen sogar zwischen den Puffern und auf den Dächern und so mancher verunglückte und kam nicht mehr nach Hause. Jetzt kam natürlich die Urangst in mir hoch, kommt Mutti wieder, Papa ist nicht da und wenn er nun auch nicht mehr kommt? Was mache ich denn alleine? Meine Mutter, wie ich immer glaubte stark und robust, hatte immer etwas dabei, ohne Teppiche, Schmuck oder sonst eine Begehrlichkeit der Bauern ging sie nicht mit zum Hamstern. Sie flickte und stopfte Socken der Bauern, nähte Knöpfe an und rackerte mit auf dem Feld um ein paar Rüben, Kartoffel oder Mehl zu bekommen. Zweimal hat sie mich mit ins Erzgebirge genommen. Die Fahrt in den übelriechenden Waggon, die fluchenden Menschen drängelnd und schimpfend, sie beängstigten mich je länger ich im Wagen hockte. Auf dem Bauernhof aber, bekam ich Mitleidsbonus, selbst die Mägde waren erschrocken wie dünn ich war, sie steckten uns Milch, Eier, sogar etwa Fleisch für Suppe zu, die Augen meiner Mutti leuchteten auf, aber als Papa hörte wo ich war, schimpfte er doch mit Mutti, da die Gefahr aus dem Zug zu fallen, denn die Zug Türen waren ja nicht geschlossen, war riesengroß. So musste Mutti die Essensbeschaffung allein durchführen.

Es blieb also alles an Mutti hängen, Essen beschaffen, die Familie ernähren, Russen vom Leib halten und auf die Kinder aufpassen. Die Hauptlast der Erziehung von meiner Wenigkeit lag zum großen Teil in den Händen meines Bruders, der mich überallhin mitschleppte, mich auch irgendwo mal abstellte mit der Bitte oder dem Befehl, du bleibst hier still stehen oder sitzen rühr dich nicht von der Stelle und lauf ja nicht fort und erzähl Mutti nicht, wo wir waren. Er zog kurzerhand mit ein paar Freunden ab und lies mich allein. Voller Schreck blieb ich wie angewurzelt an der Stelle sitzen und spielte im Wald- oder Feldboden bis endlich mein Bruder mit stolzgeschwellter Brust zurück kam und mir wundersame Geschichten erzählt, die er mit seinen Freunden erlebt hat, und zeigte mir wieder neue Patronen Splitter von Granaten usw.

Dann kam mein sieben Jahre älterer Bruder auf die findige Idee, mich in ein Kornfeld zu stellen, die Ähren waren höher als ich, mit einer Schere und einem Säckchen bewaffnet musste ich die reifen Ähren abschneiden. Er wusste natürlich, mir würden die Bauern nichts tun, klein und dünn wie ich war. Die ausgebuhlten Körner wurden dann heimlich zu einem Bäcker gebracht und wir bekamen ein kleines Brot dafür. Mein Bruder in der Pubertät, immer mit großem Hunger konnte endlich einmal voll in das warme frische Brot hineinbeißen, ein köstliches Gefühl. Nur, der

Abend bescherte ihm furchtbare Leibschmerzen und meine Mutter wurde ganz bleich und dachte, jetzt hat das Kind Typhus oder Cholera und wollte unbedingt zum Arzt. Jochen hingegen verweigerte den Arztbesuch und ich, ich tat ganz unschuldig und wusste von nichts. Wir wussten ja Beide was die Schmerzen auslöste, das frische, noch warme Brot.

Für uns Kinder war das alles Normalität, der immerwährende Hunger, die sauberen aber geflickten Kleider, die ewige Suche nach etwas Essbaren. Selbst im Wald war nicht eine reife Beere mehr am Strauch, selbst die noch unreifen, grasgrünen Beeren waren abgerupft. Sauerampfer, der am Bahndamm wuchs, wurde aufs Brot gelegt, das brachte wenigsten etwas Geschmack, und wenn die Bauern im Herbst ihre Kartoffeln, Rüben, Karotten oder andere Gemüsesorten ernteten, rannten wir nach Freigabe auf das Feld des Ackers, um eventuell eine zerquetschte Kartoffel, oder eine liegengebliebene Rübe zu stoppeln. Jeder Vorgarten war ein gut angelegtes und nachts bewachtes Gemüsebeet und sobald wir Getrappel von Pferden hörten sind wir mit der bereitliegenden Schippe schon vor die Tür gerannt. Hebt das Pferd den Schwanz? Äppelt es? Nichts wie hin, sonst nimmt ein anderer diesen exzellenten Dünger uns vor der Nase weg.

Unser Spielplatz war die Straße, dass ein Auto vorbeikam war höchst unwahrscheinlich. Wir spielten Fangen, Verstecken, Ballspiele, Huppekästchen, Murmelspiele mit Lehmkugeln, die bei der geringsten

Feuchtigkeit zerbrachen und viele Ringelreihenspiele.

Trümmerfrauen

Mutti und andere Frauen wurden fast täglich zum Ziegel putzen und Schutt wegtragen aus den Häusern geholt und sie mussten als Trümmerfrauen mit leeren und vor Hunger grollenden Magen Schwerstarbeit leisten. Auch die Russen waren nicht zimperlich. Als sie die Frauen einmal aufriefen mit einem Suppenlöffel auf die Kommandantur zu kommen, wunderten sie sich. Was sollte das denn? Wir bekommen doch nichts zu essen, das glaubten die Frauen nicht. Hinterher erzählte uns Mutti mit schwacher Stimme, völlig ausgepumpt und schmutzig verklebt. Die Russen haben die Frauen in den Wald geschickt und unter Kommando von einigen Russen mussten sie mit dem mitgebrachten Esslöffel Bombentrichter zulöffeln. Was sie natürlich unmöglich schaffen konnten, bis spät abends waren die Frauen unterwegs und die Kinder und die wenigen Ehemänner die da waren machten sich schreckliche Sorgen. Das andere Mal, auch Schikane pur, die armen Frauen, Jung und Alt mussten, da es Ärger mit einigen Männern gegeben hatte, die Toiletten und Baracken der Russen mit ihren mitgebrachten Zahnbürste reinigen, bis keine Borste mehr an dem Bürstenkopf dran war. Auch diesmal kamen die Frauen völlig ausgemergelt und müde nach Hause, bloß froh dass sie nicht auch noch vergewaltigt wurden. Todmüde und verängstigt stieg Mutti ins Bett, leise weinend und danach laut fluchend, so hatte ich Mutti selbst während der Bombardierung nie erlebt.

Die Zeit verstrich, wir waren viel im Freien, strolchten rum und kamen abends todmüde nach Hause mit Hunger im Bauch aber glücklich. Ich hatte meine Freundinnen, mein Bruder seine Freunde, er ging ja jetzt wieder in die Schule und er musste tüchtig pauken, denn es waren ja viele Unterrichtsstunden ausgefallen.

Das neue Schuljahr begann im September 1945. Während des Krieges wurden die Schulen als Lazarett genutzt und der Unterricht in ein nahegelgenes Kino verlegt um dort den Schülern einen notdürftigen Unterricht zu geben. Viele der alten Lehrer waren ja noch nicht aus dem Krieg heimgekommen oder im Krieg gefallen. Pensionierte, manchmal auch kranke Lehrer taten ihr Bestes und hielten Unterricht. Sobald feststand, wir werden in der russischen Besatzungszone bleiben, wurde der Unterrichtsplan völlig umgestellt, es kamen neue Fächer dazu und andere wurden ersatzlos gestrichen. Ja, jetzt musste mein Bruder Russisch lernen, was ihm besonders schwer gefallen ist. Nach diesen langen, unfreiwilligen Pausen und der unangenehmen Kälte im Kino war von den Schulkenntnissen ansonsten wenig übriggeblieben.

Ich hatte ja noch genügend Zeit zum Spielen, Toben und Rumstromern. Nur der Hunger war allgegenwärtig. Er bohrte schrecklich in den Därmen und unsere Augen schauten überall nach Essbaren aus. Aber es gab ja nichts, rein gar nichts.

Mein Bruder flippt aus

Eines Tages stieg Jochen über die Feuerleiter auf das Dach um vor mir und anderen Kindern seine Ruhe zu haben. Meine Eltern bemerkten es nicht, nur von der Parallelstraße wurden die Leute aufmerksam und kamen zu Mutti gerannt, die starr vor Schreck auf das Dach schaute, wo Jochen ohne sich um die Leute zu kümmern seelenruhig sonnte. Na, das war das erste Mal das mein Bruder enorme Schwierigkeiten mit meiner Mutter bekam, das hieß, er wurde ordentlich verprügelt. Darauf hänselte ich ihn, da ries er mich am Haar und Schwupps hatte er ein Büschel meiner dünnfädigen Haare in der klebrigen Hand. Ich zeigte daraufhin jedem freudig meine kahle Stelle am Kopf, endlich hatte ich mal keine Schuld wegen dieses Schlamassels.

Papas Arbeitsstätte

Mein Papa arbeitete im Bahnbetriebswerk und stellte Fahrpläne für die Lokomotivführer und ihre Heizer auf. Mit seiner schönen Schrift, alles in sauberen Druckbuchstaben, wurden in eine große lange Liste die Zeiten und der Endbahnhof eingetragen.

Zu dieser Zeit gab es noch keine Kantine und so

musste das Essen im Henkelmann in den Betrieb gebracht werden. Ich wollte ja gerne zu Papa. Die alte Holzbrücke mit dem Eisengeländer machte mir aber Heidenangst. Anders kam ich natürlich nicht auf die andere Seite der Schienen. Zwischen den Holzbrettern waren kleine Lücken, und ich mit meinen kleinen Füßen konnte da bestimmt hineinrutschen und in die Tiefe fallen direkt zwischen den Schienen aufkommen und dann kommt eine Lok und sieht mich nicht und dann? Mein Bruder lachte mich aus und zaghaft setzte ich einen Fuß vor den anderen, bedacht immer nur auf das Holz zu treten um nicht durch die Lücken zu fallen.

Da, was ich immer wollte und mir nie getraute, in der Mitte der Brücke in einer Dampfwolke einer Lok zu verschwinden um dann langsam wieder die Umgebung zu sehen. Endlich ein Zug kam vom BW (Bahnbetriebswerk). Die Dampflokomotive schnaufte und zischte, ein kleiner schriller Pfiff, das war das Signal für einen größeren Dampfausstoß der Lok. Schnell in die Mitte der Brücke gerannt und der dicke weiß graue Dampf mit kleinsten Wasser Tröpfchen und schwarzen Rußflocken schwebte direkt auf unseren Kopf und hüllte uns in einen dichten Nebel. Die Beine wurden warm, dann sah man den anderen mit lachendem Gesicht aus der Nebelwand wieder heraustreten und es war herrlich. Endlich, ich hatte es geschafft und konnte so das Schauspiel wieder und wieder erleben. Aber nun musste ich schnell, aber natürlich voller Stolz und mit leider rußgeschwärztem Gesicht meinem Papa das Essen bringen. Der Pförtner, ein kleiner dicker Mann schaute aus seinem kleinen Guckloch: wohin kleines Mädchen? und zeigte mir den Weg zu Papas Büro. Wichtigtuerisch gab ich ihm das Essen, als hätte ich es selbst zubereitet. Papa hatte seine Mittagspause, löffelte seinen Henkelmann leer und zeigte mir anschließend seine Arbeitsstelle, die vielen Lokomotiven, die Drehscheibe auf denen die Loks auf die verschiedenen Schienen geschoben wurden und die Werkstätten in denen die eventuellen Schäden an den Lokomotiven ausgebessert und für die nächste Fahrt bereitgestellt wurden.

Die riesengroße Dampflokomotive mit ihrer feuerroten Esse und den blankpolierten Getriebegestänge glänzte frisch eingeölt in der Sonne. Sie stand gerade auf der Drehscheibe wurde nochmal überprüft und hinausgefahren um einen Güterzug nach Dresden zu bringen. Papa erklärte mir alles, die Kuppelstange mit ihren Kolben, die monströsen Räder, die größer waren als ich, den Führerstand für Lokführer und Heizer. Jetzt hob er mich auf die Lok und ich schaute gebannt auf die vielen Geräte, deren Zeiger beängstigend hin und her pendelten, das große gefräßige Feuerloch, wo der Heizer die Kohle schippend in den Feuerschlund hineinschütten musste. Es zischte, die Signalpfeife wurde ausgelöst und mit einem Dampfausstoß, den ich auf der Brücke so liebte aus der Lok gestoßen und in diesen Moment war ich stolz auf Papa, dass er auch so eine verantwortungsvolle Arbeit geleistet hat. Er musste im Krieg Kohle gen Osten auf den Schienen weg bringen.

„Für heute hast du genug gesehen und wenn mal jemand krank wird weißt du schon mal Bescheid und kannst mit auf den Führerstand." Er hob mich wieder runter und ich lief völlig zufrieden nach Hause. Erstens hab ich mich doch tatsächlich getraut über die Brücke zu laufen ohne durch zu rutschen und dann noch die Einführung in die Maschinenlehre. Prahlerisch erzählte ich zu Hause mein Erlebnis meinem Bruder, der nahm es gelassen und lachte.

Nachkriegszeit bis Schulanfang

Das zweite Nachkriegsjahr 1947 und noch immer kaum was zu Essen und der Winter 1946/47 kam bitterkalt und schneebeladen. Das Thermometer zeigte „Spitzenwerte" von -30° C. Kaum Kohle, kaum ein warmes Essen, was also tun? Die kleinen Kinder schlichen den Lastautos, die mit Kohle beladen waren hinterher, ein größerer Junge schwang sich auf das Auto und schmeißt Kohle für Kohlestückchen herunter und wir sammelten in unseren mitgebrachten Taschen ein bis der Fahrer es merkte und mit donnernder Stimme uns verjagte. Papa brachte heimlich in seiner Arbeitstasche vom Bahnbetriebswerk jeden Tag zwei bis drei Briketts mit. Aber der Winter wollte und wollte kein Ende nehmen, die Feuerung wurde immer weniger, die eingelagerten Kartoffeln immer runzliger und keimten trotz Dunkelheit, vor sich hin. Es gab noch einige Rot- und Weißkrautköpfe und einen riesigen Topf mit Sauerkraut, das war's. Das bisschen Milch was nur kleine Kinder bekamen wurde mit Wasser gestreckt und zu Mehlsuppe verarbeitet, etwas Rübensirup, selbst hergestellt machte die ganze Suppe etwas schmackhaft, warm aber kaum satt. Schulen konnten nicht mehr beheizt werden, manchmal ging Jochen mit einem Brikett aus dem Haus um in eine Gaststätte zum Unterricht zu gehen. In den Büros waren die Temperaturen auf 4-6°C gefallen, Schreibmaschinen funktionierten nicht mehr und sogar die Tinte im Fässchen wurde zäh.

Papa hat aus alten Ledersachen mit einem Dreibein und Ahle für mich Lederschuhe gebastelt, denn meine waren zu eng und fielen fast von den Füßen. Die „neuen" Schuhe sahen abscheulich aus, dicke Strümpfe aus Schafwolle, handgestrickt vervollkommnete das Bild und gekratzt haben die Dinger auch. Für uns Kinder hat die Volkssolidarität Weihnachtsgeschenke, meist Lebensmittel, zusammengestellt die wir freudestrahlend ausgepackt haben, aber natürlich hat jedes Familienmitglied am „Festschmaus" teilgenommen. Unsere Mütter sahen aus wie Skelette in eine Kittelschürze gewickelt und in warmen Jacken verpackt. Es gab nur ein Thema: „Essen". Meine Tante Rosi, lag den ganzen Tag mit dicker Jacke verpackt im Bett um nur zu den dürftigen Mahlzeiten herauszukriechen. Die Fenster wurden mit Zeitungspapier und Wolldecken abgedichtet trotzdem glitzerten morgens die Wände unserer Küche vor Frost. Selbst der Wald wurde geplündert, sämtliche kleinen Ästchen, Reisig, ja selbst die Tannnadeln wurden trotz

Forstgehilfen, die ständig Kontrollgänge durchführten, in mitgebrachte Taschen forttransportiert. Der Wald sah nach diesem Winter aus wie gefegt. Wie viele Menschen vor Hunger oder Kälte gestorben sind kann man nur ahnen. Onkel Max der aus der Kriegsgefangenschaft kam, klapperdürr und hohlwangig, bekam, da er Mitglied der Nazi Partei gewesen war, keine Lebensmittelmarken, hatte ein Wasserödem im Bauch. Ich als Kind sagte, ach Onkel Max du bist aber schön dick, die Erwachsenen schwiegen betreten, und kurze Zeit später ist er tot im Wald aufgefunden worden, verhungert. Meine Tante Gerda ist im Winter des Jahres 1946 abgeholt worden und kam in russische Gefangenschaft, der Grund, sie war Gruppenleiterin im BdM (Bund deutscher Mädchen) gewesen. Jahre später kam sie mit TBC zurück, und wurde ohne uns groß begrüßen zu dürfen in eine TBC-Heilanstalt, die in einem Schloss bei Chemnitz für die vielen an TBC erkrankten Menschen umfunktioniert wurde, eingeliefert. Kaum sprach sie vom Lagerleben. Nur ein klitzekleines Geschenk, was sie mir mitbrachte, erzählte von den trübseligen und langen Nächten im Strafgefangenenlager, von der Kälte der Taiga und über die Kälte der Menschen, die sie oft drangsaliert hatten. Der Hunger, die Läuse, Flöhe und kein Arzt der irgendeine Krankheit behandeln durfte. Es war ein Taschentuch aus einem graugrünen Betttuch geschnitten und mit Fischknochen, die als Nadel diente, hat sie winzige Ornamente aus den Fäden von Pullis oder den verwaschenen Wolldecken, die sie für die Nacht bekamen, eingestickt. Für die Gefangenen die einzige Beschäftigung den ganzen Tag über. Das war für mich der kostbarste Schatz, den ich bekommen hatte.

Die Russen waren allgegenwärtig und der Hunger auch. Vor den Toren ihren Kasernen standen wir Kinder und spähten vorsichtig mit flehenden Augen zum „Magasin" (russischer Laden). Manchmal durften die kleineren Kinder in den Laden und bekamen für unser mitgebrachtes Geld Moloko (Milch), Eiweißpulver, Tee und auch mal hin und wieder eine Ölsardinenbüchse. Das war für Mutti ein Feiertag.

Mit wehmütigen Blicken schauten Männer jeder weggeworfenen Machorkakippe hinterher, die die Russen in den Dreck warfen und wenn so was außerhalb der Kaserne passierte stürzten sich die armen Männer auf die Kippe um die Tabakreste heraus zu pulen und für eine Selbstgedrehte zu sammeln.

Manche junge Frau stand am Zaun dicht angelehnt bei einem Russen. Erst viel später wurde mir bewusst, dass aus Hunger vieles gemacht wurde, denn Hunger tut weh!!

Die einfachen russischen Soldaten wurden immer mehr abgeschottet und nur die obere Führung der Armee durfte mit ihren Frauen, die stark nach exotischem Parfüm rochen, noch in die Stadt.

Die Russen saßen in der Kaserne fest und bei schönem Wetter spielten sie sehnsüchtige Weisen auf ihrer Balalaika. Sie kamen kaum noch mit der deutschen Bevölkerung in Berührung. Nur wenn sie auf Lastautos von den Kasernen singend zu den Exerzierplätzen gekarrt wurden, haben wir sie noch auf den Straßen gesehen.

Aber alles hat einmal ein Ende, auch dieser furchtbare kalte Winter ging vorüber und die Menschen starrten hohläugig in die erwachende Natur. Langsam, langsam kam der Frühling und mit ihm keimten auf dem Fensterbrett die ausgesäten Möhren und die ersten Brennnesseln wurden geerntet. Für meinen Bruder war wieder regelmäßig Schule. Langsam kam auch etwas Normalität ins Leben, die ersten Filme kamen in die Kinos (meist russische mit deutschen Untertiteln). Da ich noch nicht lesen konnte musste Bruder Jochen mir alles leise übersetzen. Die Eisenbahn kam wieder ins Rollen, nur das zweite Gleis war von den Russen demontiert und in die SU (Sowjetunion) transportiert worden. Viele Fabriken konnten auch nicht mehr produzieren, denn vieles wurde abgebaut und die Züge rollten ostwärts, das waren die Reparationskosten, wie ich immer wieder leise zu hören bekam. Im Garten wurden die ersten Gemüsesamen eingesät, die Hasenkästen wurden gereinigt und die Hasen, wenn noch vorhanden hineingesetzt.

In den beiden Nachkriegsjahren wurden alle Kinder gegen sämtliche Kinderkrankheiten und Epidemien geimpft. Wir fuhren zum Impfzentrum, denn die Gefahr von Typhus, TBC, Diphtherie war groß und der Piekser tat eigentlich auch gar nicht weh. Wir fuhren mit der Straßenbahn, ja auch die fuhr wieder im regelmäßigen Rhythmus. Vollgestopft mit Menschen ratterte die alte Bahn in die Stadt. Unser Hallenbad wurde wieder eröffnet, war es doch während des Krieges verschont geblieben und so konnte man wenigsten einmal pro Woche heiß duschen, eine Wohltat für Körper und Sinne. Aber die Schutthalden und Ruinen lockte uns Kinder magisch an, vielleicht konnte man etwas ganz Spannendes in den Trümmern finden, manchmal kamen unter Staubwolken verdeckt einige Ziegelsteinbrocken herunter, da heißt es vorsichtig den Kopf einziehen und raus aus dem Haus. Die größeren Jungs sammelten alte Patronenhülsen, die sie putzten um sie dann für andere Sachen wie Granatsplitter einzutauschen. Wir Mädchen spielten herrlich mit abgerissenen zerfledderten Gardinenfetzen und sammelten zertrümmertes Porzellan und Glasstücke als Glückser? Die Eltern haben uns wieder und immer wieder gewarnt, die schlimmsten Folgen heraufbeschworen um uns davon abzuhalten in den Ruinen zu spielen, aber wo konnte man so toll spielen wie auf den Schutthalden?

1948

Immer noch ist keine wesentliche Verbesserung unserer Lebenssituation eingetreten, der Hunger war da, die Lebensmittelmarken reichten nicht aus und unser Garten war unser Lebensretter.

Der erste Schultag 1949

Die Schule begann nun auch für mich. Die Vorbereitungen für meinen Schulanfang wurden getätigt

Ich bekam aus einem weißen Bettlaken ein feines Kleid mit Faltenrock genäht, das ganze krönte ein Seemannskragen in blau-weiß gestreift. Ich sah einfach toll aus. Meine dünnen fusseligen Haare wurden zu einer Doppelrolle mit Kämmen aus feinzinkigem Aluminium auf den Kopf gedreht, und hinter diesen Rollen saß eine breite blütenweiß gestärkte Schleife. Der Spiegel zeigte mir eine kleine Prinzessin. Ich fing an zu tanzen, dabei drehte sich der Faltenrock, ich schwebte, und tänzelte mit kleinen Schritten auf Zehenspitzen im Kreis. Die Schleife löste sich, die Kämme hingen schief auf meinem Kopf. Mutti kam rein und wurde fahl grau im Gesicht, die eine Augenbraue hob sich, das heißt für mich Alarmstufe rot. Was hab ich denn nun schon wieder falsch gemacht, ich wartete doch nur auf den Prinzen, wie aus dem Film neulich.

Wir haben keine Zeit mehr und dann du mit deinen Firlefanz. Jetzt mussten nochmal die Rollen auf den Kopf erneuert werden, die Zinken der Kämme gruben sich schmerzhaft in die Kopfhaut, die Schleife wurde mit einer Haarnadel befestigt, gut das Mutti keine Sicherheitsnadel zur Hand hatte sonst hätte sie die Nadel sicherlich in meine Kopfhaut gerammt. Die Patentanten standen bereit, meine Lieblingstante, Tante Herta brachte aus ihrer gestickten Tasche einen winzigen goldenen Ring mit zwei noch winzigeren blutroten Steinen und steckte ihn mir an den Mittelfinger, ich umarmte sie stürmisch mit dem Erfolg, die Schleife im Haar rutschte, war etwas verknittert saß sie nicht mehr korrekt in der Mitte meines Kopfes. Oh, Gott, ich sah schon wieder Mutters Augenbraue zucken, aber für ein Donnerwetter war es sichtlich zu spät. Von meiner anderen Tante, Tante Lina hatte ich ein paar neue Schuhe bekommen, mit der Vorsorge, schon mal zwei Nummern größer zu nehmen, also kam in die Spitzen der Schuhe eine watteähnliche Substanz, die sich während des Laufens in eine Art Beton verwandelte und somit mir das Laufen erheblich erschwerte.

Endlich, der Gang zur Schule konnte beginnen. In der einen Hand die Zuckertüte auf dem Rücken den Schulranzen, aber ein paar kleine Steine auf dem Weg mussten doch noch schnell wegekickt werden, ein schneller Blick zu Muttis Augenbraue, sie hat nicht gezuckt, gottlob. Also setzten wir uns in Bewegung. Endlich, die Schule am Ende der hohen Friedhofsmauer mit der Kirche im Hintergrund war erreicht noch ca. 20 Treppen hinauf und da war es, das Haupttor der Schule. Hier wurden wir schon erwartet, begrüßt und in die Aula geschickt. Die größeren Kinder gaben sich aufrichtige Mühe, Gedichte aufzusagen und Lieder zu singen, dann wurden wir in die zukünftigen großen, mit käsegelber Farbe gestrichenen Klassenräume gebracht. Der uns zugewiesene Platz und die neue Nachbarin wurden ausgiebig gemustert und als, es geht so, eingestuft. Die Klassenlehrerin, war eine kleine graue Maus, mit buntem Rock und weißer Bluse, ihr etwas ergrautes Haar war zu einer Hallelujazwiebel hochgesteckt, sie sah richtig lieb aus, fast wie meine Tante Herta. Als die Zeremonie zu Ende war standen wir auf, bedankten uns artig mit einem Knicks und wurden mit einem freundlichen huldvollen Lächeln entlassen.

Auf ging es nach Hause den Stundenplan im Ranzen, die neuen, gebrauchten Bücher mussten noch sorgfältig mit Zeitungspapier eingeschlagen und mit einem hellen Etikett beklebt werden. Stolz schrieb ich meinen Namen und die Klasse drauf.

Der Schulweg

Was mich besonders begeisterte war der Schulweg. Wir wohnten in der Hausnummer 39, also erst einmal bis zum Straßenende laufen. Rechts standen unsere dreistöckigen Häuser mit Vorgarten, die mit einem mehr oder weniger breiten Mäuerchen umzäunt waren, darauf konnte man herrlich balancieren. Auf der anderen Straßenseite befanden sich Schrebergärten. Die Straße endete auf einem Platz, den Bahnhofsplatz. Hier stand eine einfache Wippe , ein dicker Holzstamm mit zwei Haltegriffen versehen, lag auf zwei großen

Steinbrocken und ein Brett diente als Sitzfläche, das war's ohne Sicherung ohne Farbe, nichts, und daneben eine Schaukel, die an zwei Stricken befestigte Platte aus Holz schaukelte leise im Wind. Jetzt kam der interessanteste Teil der Strecke. Hier kamen die Straßenbahnschienen der Linie 8 vorbei und die alten hellgelbgrauen Straßenbahnen quietschen und ratterten durch die Eisenbahnunterführung. Rüttelnd und schlingernd ging es in die Kurve um endlich den Berg zu bezwingen. Das grelle Geschrei der Bahn klang wie das Quietschen der Kreide auf der Tafel und wir hielten uns immer erschrocken die Ohren zu. Die Unterführung war zum Teil während des Krieges zerstört, aber es gab einen halb verfallenen, verdreckten Durchgang, neben den Gleisen der Straßenbahn, die dort lärmend einbog, und dahinten war es so schön gruselig. Die Kleidung, die ist natürlich dadurch nicht besser geworden.

Aus der Unterführung ging es den Berg hinauf, auf unserer Seite standen einzelne Häuser auf der anderen Seite wieder einige mehrstöckige Wohnhäuser. Das für uns schönste Haus, war das Kanonenhäuschen. Eine Kanonenkugel aus dem Napoleonischen Krieg war hier in einer Art Vogelkäfig ausgestellt und mit der Jahreszahl des Fundes aufbewahrt. Wir standen voller Ehrfurcht davor, aber trotzdem erstaunt, wie so eine kleine Kugel überhaupt Schaden anrichten konnte.

Die Schule stand in unmittelbarer Nähe der Kirche, dem Pastorenhaus und dem Friedhof. Man konnte also auch über die Friedhofsmauer laufen, was natürlich verboten war, aber trotzdem... die Versuchung war groß und die Aussicht riesig. An den Straßen standen überall Ruinen, mehr oder weniger zerfallen und einsturzgefährdet, ein wunderbarer Spielplatz für uns Kinder, die natürlich ohne Wissen der Eltern darinnen rumstöberten. Deshalb dauerte der Schulweg morgens 45 Minuten und nach Schulschluss wurden daraus schnell 60 bis 75 Minuten mit dem Ergebnis, verschmiert, staubig und schlimmstenfalls mit einem Riss im Kleid zu Hause anzukommen, und, wie ich meinte, zum wohlverdienten Mittagessen. Wie oft sah ich in dieser Zeit die Augenbrauen zucken, wie oft kam die Handfläche meiner Mutter, nicht etwa streichelweich, über meine Wangen gezogen.

Jetzt kamen auch immer öfters die etwas bissigen Bemerkungen meiner Mutter, warum bist du nur ein Mädchen geworden, dein Bruder, sieh dir deinen Bruder an, wie lieb der ist. Ja, es war schon so, dass Jochen immer sauber, lieb, pünktlich, ordentlich war, also all die guten Eigenschaften besaß die man als liebes Kind haben sollte. Ich habe es mir immer und immer wieder vorgenommen so zu werden wie er. Es hat irgendwie nie so richtig geklappt. Zuerst lief ich von der Schule aus brav auf dem Gehweg und ganz plötzlich stand ich auf der Mauer mit einem Dreckfleck auf dem Rock. Ich konnte es mir selbst nicht erklären. Wieder und wieder erklärte mir Mutti, die Kleider kann man nicht so oft waschen, da leidet die Farbe usw. usw. Das leuchtete mir alles ein, ich versprach alles, aber...

Nach nicht ganz einem Jahr, stellten die Behörden fest, ich war falsch eingeschult worden. Für mich sei eine andere Schule zuständig, wurde meinen Eltern mitgeteilt. Also, mitten im Schuljahr wurde mein Schulweg drastisch länger. Aus einer Dreiviertelstunde wurde daraus gut eine Stunde Schulweg, nach Hause. Dann natürlich um noch eine halbe Stunde länger. Denn auch dieser Schulweg war voller Überraschungen, so konnte man auf dem Heimweg im Sommer, Herbst die schönsten, knackigsten Äpfel von den Bäumen holen, wenn man sich nicht erwischen lies. Denn der Schulweg führte an alten Ställen, Bauernhöfen und kleinen Häusern vorbei. Wenn es sehr heiß war, haben wir klares Quellwasser aus dem Dorfbach getrunken. Ja, es ging auch aufwärts mit der DDR, im zweiten Schuljahr gab es das erste Mal Schulspeisung. Sie bestand aus einem Vollkornbrötchen und einem Topf schwarzen Kaffee, natürlich Muckefuck, aber das hat geschmeckt, jedenfalls besser als der gemahlen Eichelkaffee. Na, das war doch schon ein Fortschritt.

Der Winter kam, eiskalt und mit riesigen Bergen von Schnee. Das musste erst mal bewältigt werden. Und wir hatten natürlich alle kein richtiges Schuhwerk. Entweder waren die Schuhe zu groß, da konnte man sich ja noch behelfen, aber wenn die Schuhe zu klein wurden, krallten sich die Zehen in die Sohle und am Abend wurden sie erst wieder zurechtgebogen, damit man keine Hammerzehen bekam, wie mir Mutti mitteilte. Wenn es ganz schlimm wurde, hat Papa die Schuhe vorn ausgeschnitten, und somit wurde in Zeitungspapier eingewickelte Socken getragen um keine Frostbeulen zu bekommen. So wurde der Schulweg kürzer, denn man musste natürlich immer in Bewegung bleiben, damit die Füße vor lauter Kälte nicht von den Beinen fielen.

Mein Bruder ging in die gleiche Schule. Über der Straße war die alte Schule, ein wunderschöner Altbau im Fachwerkstil, da wurden die Klassen 5-8 unterrichtet und im Neubau, die Klassen 1-4.

In dieser Zeit fing auch für mich der Religionsunterricht in der Kirche und im Pfarrhaus an, das war nochmal 10 Minuten von der Schule entfernt. Die Kirche, eine alte, dunkle mit verschiedenen religiösen Motiven versehene Innenbemalung verschlug uns die Sprache. Selbst ich, die überall und immer am Reden war wurde ganz ruhig und still ich getraute mich nicht nach hinten zu schauen. Das alte Modell eines schwarzen mit vielen Schnüren verankerten Schiff war die Sensation für uns. Die vertrocknete aber noch gelbe Zitrone die nie verfaulte wurde immer und immer wieder betrachtet.

Ich ging gern dahin, es war so schön geheimnisvoll. Wenn auf der Orgel gespielt wurde, gab sie manchmal asthmatische Laute von sich, die Klänge waren oft schräg anzuhören aber das schreckte mich nicht, das machten die bunten Fleißkärtchen mit schönen

Engelsfigürchen wett, die man bekam, wenn man ein Lied auswendig aufsagen konnte. Für diese bunten Engelsfiguren lernte ich gern „Ein feste Burg ist unser Gott".

Die Sache mit dem Glockenturm

Mein Bruder kam auf eine außergewöhnliche Idee, nach Schulschluss holte er mich ab, nicht um nach Hause zu gehen, nein, sondern wenn alle Kinder sich verlaufen haben in die Kirche auf den Glockenturm zu steigen. Ich skeptisch, wollte erst nicht, denn was würde Mutti sagen? Zu spät zum Essen kommen und dann womöglich noch dreckig, ich weiß nicht.... Dann sah mich mein Bruder mit so traurigen Augen an. Ich hatte immer noch Angst. Aber trotzdem, neugierig war ich schon, denn wenn auch immer Jochen was aussheckte wurde es spannend. Das Haupttor war verschlossen, ich atmete auf. Nichts da, Jochen zog mich über einen teilweise verrotteten langen schummerigen Gang der vom Nebeneingang aus durch die Grotte mit den Sarkophagen führte. Ich wurde ermahnt still und leise durch die Sargreihen zu schleichen. Mir schlotterten die Knie, aber nur ein ganz klein wenig. Die im halbdunklen liegende Treppe zum Glockenturm ächzte, knarrte und die Wendeltreppe wollte kein Ende nehmen. Fledermäuse, ich durch sie, und sie durch uns aufgeschreckt, flatterten auf und um uns herum. Lass uns nach unten gehen. Mein Flehen wurde nicht erhört wurde abgetan mit ach wir sind ja gleich da. Plötzlich ein Rauschen, Ziehen, Rattern, Schnaufen die Seile und die Zahnräder fingen an zu Surren, eine volle Stunde war angebrochen, vor Schreck fing ich an zu Weinen. Und was macht mein Bruder? Er schwingt sich auf die große Glocke und lässt sich hin- und herschaukeln. Ich durfte gar nicht hinschauen, ich sah ihn in den dunklen Schlund des Glockenturms stürzen und mich irgendwie in der Ecke zusammengekauert verfaulend sitzen. Denn ich war felsenfest überzeugt, dass ich niemals hier wieder heraus käme und meiner Meinung nach geht keiner aus freien Stücken in diesen Turm nachschauen. Endlich der ohrenbetäubende, dröhnende Lärm ebbte ab, mein Bruder strahlte und ich war aus Angst fünf Zentimeter kleiner geworden. Auf den Heimweg fiel mir meine Schulkleidung auf, schmuddelig, der unteren Saum mit einem feinen Spinnweben Geflecht behangen. Die Haare? Der Kamm lag nur noch lose auf dem Kopf und die Schleife statt schneeweiß grau mit schwarzen Fingerabdrücken von meiner noch schwärzeren Hand. Oh weh, und wie sah mein Bruder aus? Natürlich ohne Schrammen, er hatte ja auch eine Lederhose an, die sah ja immer gleich aus.

Na, das gibt wieder ein Theater, ich heulte, schmierte mir noch mehr Staub, Spinnweben und Dreck durch das Gesicht, das selbst mein Bruder mich etwas bange ansah. Von dem Donnerwetter will ich lieber gar nicht reden, das war jedenfalls knallhart! Diesmal für beide.

Wie wir zu einem Zuchtstallhasen kamen

1950, immer noch gab es wenig zu essen, wir Kinder klapperdürr, heute würde man das magersüchtig nennen. Es mussten immer wieder auf neuen Wegen nach Nahrungsquellen gesucht werden. Mein Onkel aus dem Taunus schrieb uns, dass er zu viele Stallhasen hat, er aber sie nicht schlachten möchte. Daraufhin war klar, Mutti und ich mussten in den Westen die Hasen holen. Offiziell, war es verboten von Ost nach West zu gehen. „Schwarz über die Grenze gehen" nannte man es. Bis nach Thüringen, aber nicht so nahe an die innerdeutsche Grenze nahm man eine Fahrkarte, es musste noch die Sperre durchschritten werden, damit die Fahrkarte ordnungsgemäß entwertet werden konnte. Da die Karten für uns ziemlich teuer waren, wurde für mich entschieden, ich muss unter der Sperre durch schlupfen um das Fahrkartenknipsen zu umgehen. Also kroch ich unter den Beinen der anderen Fahrgäste hindurch und damit war die erste Hürde schon mal genommen. Der Zug stand schon mit dampfender Lokomotive da, war aber schon zum Bersten gefüllt, wir wurden trotzdem noch mit Schwung hineingeschoben. Langsam machte sich ein Unmutsbrummen breit, überall Menschen eingequetscht zwischen Koffern und losen Bündeln. Jetzt ein Ruckeln und Zuckeln, ein schriller Pfiff, es ging los, ganz langsam setzte sich der übervolle Zug in Bewegung. Ich saß auf einem Pappkoffer, die Arme um die Beine geschlungen, mehr Bewegungsfreiheit hatte ich nicht. Ich bekam kaum Luft, sie war stickig und dumpf und durch die zum Teil feuchten Kleider der vielen Menschen ließ sie sich schwer einatmen. Das Schlimme war, bei jedem Halt, kamen immer noch Menschen hinzu, die Tür wurde während der Fahrt schon nicht mehr zugemacht, damit man noch etwas frische Luft erhielt. Ich musste mal und mir war es schlecht. Aber keiner achtete auf mich und meine Mutti sprach mir Mut zu, wir sind doch bald da, nur noch ein bisschen Geduld. Das war gut gesagt und gemeint, da lief mir schon der Urin die Beine runter und die Leute beschimpften mich und meine entsetzte Mutter. Ich roch unangenehm, weinte leise vor mich hin, weil ich mich so schämte, und wir waren noch lange nicht am Ziel unserer Reise. Ich habe Jochens ausgedienten Schulranzen auf den Rücken geschnallt bekommen um meine Sachen selbst tragen zu können, meine Mutter hatte einen größeren Koffer dabei, ziemlich leer, weil wir hofften einige Sachen im „Westen" zu bekommen. Auf einen Bahnhof in Thüringen war Schluss, die Grenz war in einigen Kilometern angezeigt, normalerweise durften wir nicht „nüber". Die Einwohner wurden befragt, wo man heute am besten rüber schleichen konnte. Sie zeigten in eine ungewisse Richtung. Da, am Bahndamm vorbei, aber ganz leise oben auf dem Damm laufen die Russen mit schussbereiter Waffe und sicherten die Zonengrenze.

Mehrere Leute warteten bis es dunkel wurde, ich hatte entsetzliche Angst davor, was alles passieren könnte. Ich fing an zu reden weil es mir so ganz und gar unheimlich war, die Düsternis, das Flüstern der anderen Menschen, die Feindseligkeit die auf einmal da war. Meine Mutter puffte mich energisch in die Seite und warf mir einen bitterbösen Blick zu, ich hörte nur das zischelnde Wort „still". Im Gänsemarsch, lautlos schoben wir uns vorwärts und noch immer hörten wir nur russische Wörter und die genagelten Stiefel wie sie auf den Weg im Stechschritt klackten. Wie lange wir liefen? Für mich waren es Stunden. Zu allem Entsetzen musste doch tatsächlich noch durch den Grenzfluss gelaufen werden. Meine Mutti hob das Gepäckstück über das Wasser und ich schlich langsam am Rocksaum meiner Mutter, der im Wasser hing vorsichtig durch die eiskalte, im Dunkeln schwarze Flut. Jetzt reichte mir das Wasser knapp unter der Brust. Also so ging es nicht, meinte meine Mutter, also wieder mit mir zurück auf die andere Seite. Erst ging sie mit Gepäck allein rüber, kam zurück um mich zu holen. Ich schlotterte vor Angst und Kälte. Die Gedanken schlugen Purzelbäume, wenn sie nun nicht wieder zurückkommt, oder vorher kommen die Russen und nehmen mich mit. Ich war wie gelähmt und starrte ängstlich in das Wasser und merkte gar nicht das Mutti schon neben mir stand, mich in die Arme nahm und mich durch das Wasser trug. Endlich, endlich ein heller Schein zeigte uns an, wir sind im Westen angelangt. Die Menschen hatten eine Baracke aufgestellt und wir durften die restliche Nacht dort verbringen um erst mal schlafen zu können. Meine

Mutter setzte mich noch auf einen Nachttopf, dies habe ich gar nicht mehr mitbekommen, da schlief ich schon. Der nächste Morgen, viel zu früh aufstehen, seine sieben Sachen packen, und los. Mutti war total übermüdet, da sie die Nacht kaum geschlafen hatte, immer eine Hand auf das Gepäck, damit es auch noch da lag, wo man es abends hingelegt hatte. Es lag noch eine enorme Strecke vor uns, und die Amerikaner wollten die Pässe und den Fahrschein kontrollieren und wir wurden gefragt, wohin und weshalb. Ob wir bleiben wollten, dann die Aufenthaltsgenehmigung, bitte, oder wieder zurück in die Ostzone. Ja, ja, natürlich wollten wir wieder zurück, der Rest unserer Familie, mein Bruder und mein Papa waren ja da. Plötzlich musste ich an Papa denken, vielleicht sehe ich ihn nie wieder, Tränen flossen ganz leise über mein Gesicht. Dann saßen wir endlich mal wieder im Zug, nach dem ewigen Stehen und Laufen eine Wohltat. Meine Mutter machte es sich in einer Ecke bequem, immer wachsam, wegen des Gepäcks da gab mir ein Schwarzer einen prallen rosigen vor Saft triefenden Pfirsich. Ich schaute ihn ungläubig an, so was hatte ich bis dahin noch nicht gesehen. Ich wog ihn in der Hand, streichelte über die samtige Haut, aber ich traute mich nicht hinein zu beißen. Der Schwarze schaute skeptisch zu mir herüber, sagte etwas auf Englisch, was ich natürlich nicht verstand. Meine Mutter stumpte mich wieder mal in die Seite, bedank dich hieß das und esse den Pfirsich. Ganz kleinlaut fragte ich, ob ich den Samt mit essen kann. Alle im Abteil lachten, das verstand ich nun absolut nicht. Aber dann schlürfte ich den Saft dieser wunderbaren Frucht in mich hinein, die Hände klebten und es tropfte auf mein Kleid, aber ich war ganz weg und habe es überhaupt nicht bemerkt, nur am Gelächter der erstaunenden Nachbarn sah ich wie unmöglich ich mich benahm. Meine Mutti saß still und vor Scham ganz ruhig in ihrer Ecke, so als gehörte ich nicht zu ihr.

Endlich in Frankfurt/Main angekommen. Mein Onkel Arthur mit einem Freund holte uns mit einem uralten Auto ab, aber es war schon mal ein Auto. Quietschend und rumpelnd fuhr der Wagen durch die Straßen bis nach Kelkheim wo Onkel Arthur wohnte. Sie hatten uns schon viel eher erwartet, doch mit der Bahn ging es da nicht so schnell und vor allem nicht ohne diese ewigen lästigen Unterbrechungen.

Tante Lina hatte für mich mein Lieblingsgericht gekocht, Grießbrei mit Zimt und Zucker und brauner Butter, wie köstlich das roch. Da es im Westen keine Lebensmittelmarken mehr gab, wurde eine riesige Menge brauner Butter auf den Berg von Grieß gekippt und die Butter floss langsam den Grieß hinunter und vermischte sich mit dem Zucker und Zimt zu einem unsagbaren guten Gemisch, ein Duft wie Weihnachten wehte mir um die Nase. Ganz langsam und behutsam fing ich an zu essen.

Müde, zufrieden und vor allem übermäßig satt ging ich die Stufen zum Gästezimmer hoch, dort sollte ich mit Mutti in einem kleinen Zimmer und mit ihr in einem Bett schlafen. Die erste Nacht habe ich gar nichts mehr mitbekommen, wann und dass Mutti ins Bett kam. Tief, fest, traumlos und überaus zufrieden hab ich geschlafen. Aber die anderen Nächte waren nicht so störungsfrei, Mutti wälzte sich oft hin und her und schnarchte und ich wurde bis an die Bettkante geschubst. Aber es ging.

Aber trotz Schokolade, Bananen, einen immer satten Bauch wurde es mir ganz seltsam zumute. Das Heimweh nach Papa setzte ganz plötzlich ein und verzehrte mich fast. Ich hatte genug von allen Menschen hier, Papa fehlte mir, auch mein weiches Bett, meine Spielsachen und überhaupt. Wir waren vier Wochen bei Onkel Arthur und Tante Lina mein Cousin war auch so lieb und nett, aber trotzdem ich wollte nicht mehr. Mutti hatte sowieso geplant, in den nächsten Tagen die gleiche Strecke wieder zurück zu fahren. Diesmal hatte Onkel Arthur den Schulranzen weich mit Heu und frischem Gras ausgefüttert das wunderte mich doch sehr. Die Antwort auf meinen fragenden Blick. Ja, wir nehmen einen Stallhasen mit und du musst auf ihn aufpassen, wenn wir über die Grenze zurückgehen, lass ihn ja nicht raus, aber füttere ihn mehrmals, sagte Onkel Arthur. Ein weißer putziger Hase mit langen braunen Ohren und Stummelschwanz wurde mir in den Arm gelegt und ich schob meine Nase in das dichte weiche Fell und streichelte ihn hinter den Ohren. Prompt ließ er ein paar Kügelchen fallen, ich entsetzt, die anderen lachten. „Das gehört nun auch dazu" riefen sie. Alle anderen Sachen wurden sorgfältig gepackt, hin und her geschoben, eingewickelt und diskutiert, was nehmen wir noch mit, was lassen wir hier. Eine schwerwiegender Aspekt, denn es gab ja hier so viele Sachen, die bei uns nicht mal in der Vorstellung vorhanden waren. Endlich, alles war fertig, es konnte losgehen. Die abenteuerliche Fahrt begann wieder, diesmal in die andere Richtung. Bis zu der Baracke zum Übernachtungsheim ging ja auch alles reibungslos. Der Hase schlief, scharrte hin und wieder mit den Pfoten, ich schlief selig neben dem Schulranzen ein, Mutti war bestimmt wieder wach um jetzt unsere beträchtlich angewachsene Habe zu bewachen. Den Papa und Jochen sollten ja auch was vom „Westen" bekommen. Wir hatten Schokolade, Kakao, echten Bohnenkaffe, Milchpulver und andere schöne Dinge dabei, selbst an den Weihnachtsstollen hatte Mutti schon gedacht, mit echtem Orangeat und Zitronat, eine für uns seltene Zutat, aber zu einem richtigen Dresdner Stollen gehörend. Der nächste Morgen brach dunkel, düster und regnerisch an. Wieder musste durch das Wasser gewatet werden, meine Mutti war schon drüben, ich hatte eine ganz schmale Stelle erwischt und diesmal konnte ich allein, mit meinen Hasen auf den Rücken durch das Wasser laufen. Nass bis auf die Haut kamen wir an das andere Ufer. Mutti nieste unaufhörlich, leise vor sich her schimpfend, den ganzen Weg bis zum Bahnhof. Endlich da, aber was sahen wir, Grenzkontrolleure und Russen, strenge Augen fixierten uns. Wo wollt ihr hin, warum, weshalb? und und und...

Der Kontrolleur schimpfte, der Russe schaute interessenlos zu und wir wurden nicht in den Zug gelassen. Mutti sagte darauf hin, na gut, das ist sowieso nicht meine Tochter, da muss sie eben wieder zurück, ich wollte sie sowieso nur zu ihren Vater bringen. Was hörte ich da, meine Augen weiteten sich tellergroß und entsetzt schaute ich Mutti an, was war das, keine Mutti, und sie lief auch plötzlich von mir weg zum Zug, ohne mich. Mein Mund klappte auf und ich schrie aus vollem Halse und dazu, "ich will zu meinem Papa" immer und immer wieder, ich konnte überhaupt nicht aufhören, schrie, schrie, bis mein Gesicht erst rosarot dann dunkelviolett anlief. Ich konnte mich überhaupt nicht mehr erholen, schnappte nach Luft um noch lauter, schriller und anhaltender zu schreien. Der Russe guckte ganz erschrocken drein, er wusste ja überhaupt nicht was da vor sich ging, der Kontrolleur redete mit Händen und Füßen auf ihn ein. Beide nickten und der Kontrolleur sagte zu Mutti, jetzt steigen sie schon mit diesen schreienden Bündel ein, und zu mir gewandt, halt endlich deine Klappe. Ich schluchzte noch lange Zeit lautlos im Zug, das alles verstand ich nicht. Ich schaute immer wieder zu Mutti, wer war sie, nicht meine Mutti?

Mutti lächelte geheimnisvoll und plötzlich sagte sie zu mir ganz leise flüsternd, gut gemacht. Ich war sprachlos, was sollte das denn nun wieder heißen. Später, viel später ist mir erst alles klar geworden, warum meine Mutti so reagierte, denn wir wären nicht weitergekommen, wenn ich nicht so geschrien hätte und dann noch ohne eine Fahrkarte für mich. Wir hatten es für diesmal geschafft. Am Hauptbahnhof Chemnitz sah ich von weiten meinen lieben, vor Freude strahlenden Papa, fast flog ich auf ihn zu, umarmte ihn, immer noch mit dem scharrenden Hase auf dem Rücken und wollte ihn schon rausholen. Aber zuerst habe ich Papa von der Sache mit Mutti erzählt.

Mutti hat gesagt, sie ist nicht meine Mutti, und ich habe geweint, er schaute Mutti an, sie zwinkerte ihm zu und sagte: „Zu Hause mehr. Aber erst mal alles auspacken und vor allem einmal richtig ausschlafen." Später ist mir erst richtig bewusst geworden, was für Strapazen, diese Fahrten waren. Denn diese Reise blieb nicht die einzige dieser Art, nach Göttingen zu Tante Gerda nochmals zu Onkel Arthur nach Kelkheim.

Immer wieder das gleiche, über Umwege zur Grenze, anschleichen ohne Geräusche, immer wieder hören, wo waren die Russen? Langsam weiter, heimlich rüber heimlich nüber. Ja nicht schnappen lassen und vielleicht zur Strafe in ein Lager kommen und für die Russen irgendwelche Arbeiten erledigen.

Von einer dieser „Reisen" hat Mutti eine riesige Blasenentzündung verschleppt und ihr ganzes Leben hat sie daran zu knabbern gehabt.

Der neue schneeweiße Hase kam zu unserer Häsin in den neugebauten Stall und nach Wochen lagen wuschelige weißbraune Fellbüschel und wurden zu allerliebsten braunweißen Häschen.

Leider waren die Hasen ja nicht als Zierde und um auf meinen Armen getragen zu werden aufgepäppelt, sondern als Nahrung gedacht. Die Hasen wuchsen prachtvoll heran und wurden trotz der mageren Kost und den frisch gerupften Gras dick und zum nächsten Anlass, kam Hasenbraten auf dem Tisch. Als ich erfuhr, das Häschen ist tot und ich sollte essen kommen, unmöglich. Ich schob den vollen Teller still Papa hinüber, wortlos ging ich raus zu den übrigen Hasen und weinte. Papa folgte mir und versuchte zu erklären, das Wie und Warum. Ich nickte nur stumm. Es folgten mehrere solcher Tage und mehrere solche Ablehnungen von den geliebten Hasen zu essen, meinerseits. Zu meiner Überraschung habe ich aus den Fellen der Hasen eine Jacke und einen Muff bekommen, etwas von meiner Trauer war genommen.

Aus dem Frühling wurde Sommer und es wurde Herbst.

Die ersten Schuhe Made in DDR

Im zweiten Schuljahr, es hatte ja bereits im September angefangen, kamen ganz besonders elegante Schuhe auf dem Markt der DDR. Man kann ja aus zwei getragenen Kleidern eins nähen, aber aus zwei Paar Schuhen konnte man leider keine größeren Schuhe anfertigen. Lederschuhe gab es kaum. Da kam ein neuer auserlesener Schuh auf dem Markt der DDR. Der Igelitschuh. Ich war auch dabei, so einen überaus hässlich geformten Schuh zu tragen. Denn es wurde langsam kälter und irgendwas musste doch an die Füße, kein anderer Schuh war noch tragbar.

Igelit war ein elastischer Kunststoff in Form eines Schuhs gepresst, in der geschmackvollen Farbe Schwarz mit einer kleinen Lochperforation zum Schnüren. Aber im Winter wurden diese Schuhe knallhart, steif und eiskalt. Auch zwei oder drei Paar Strümpfe halfen nichts, der Fuß blieb erstarrt, leblos, knallrot. Da auch die Schule nicht so viel Brennstoff hatte, wurden die Klassenzimmer leider auch nicht besonders warm und damit blieben die Füße die ganze Zeit wie leblose Eisklötze an den Beinen baumeln. Erst wenn die Schulglocke das Ende der Schulzeit einläutete kam durch die Bewegung wieder etwas Leben in die Füße. Das einzig Gute daran war für uns Kinder, wir konnten damit ganz toll auf Eis und Schnee rutschen und der Heimweg dauerte entsprechend lang. Zu Hause wurden vorsichtig die Schuhe ausgezogen, die Schnürsenkel waren in der Zwischenzeit gefroren. Die Strümpfe wurden behutsam und mit Mühe von den Füßen geschält. Durch Massage, und wenn es ganz schlimm war, wurden die Beine in die Backröhre des Küchenofens gesteckt und unter Schmerzen tauten sie langsam auf und es kam wieder etwas Leben hinein.

Im Sommer lief man lieber barfuß, denn die Schuhe und die Sonne vertrugen sich absolut nicht. Die Sohle klebte förmlich auf den Boden wurden glühend heiß und damit auch die Füße, die aufquollen und wie Feuer brannten. Also rannte man ohne Schuh bis vor die Schule und dann schnell in die Strümpfe und Schuhe geschlüpft und ab ins Klassenzimmer. Es war uns verboten, den Klassenraum ohne Schuhe zu betreten. Die ganze Unterrichtszeit siedeten die Füße vor sich hin, man hatte das Gefühl die Füße steckten in Brennnesselsäcken. War die Schule aus, schnell wieder raus aus den Schuhen und Strümpfe um mit vorsichtigen aber schnellen Schritten nach Hause zu laufen, so wurden unsere Füße trainiert und nach der zehnten Schnittwunde auf der Sohle merkte man sowieso nichts mehr. Später kamen Sandalen auf den Markt, ähnlich der Holzsandalen, die aber nur für den Sommer geeignet waren. Aber in der Zwischenzeit hatte man sich so schön ans barfußlaufen gewöhnt, so dass die Sandalen immer nur am Wegrand standen und selbst Fußballspielen konnten wir mit nackten Füssen bald besser als mit Schuhen.

Endlich bekam ich vor den nächsten Winter einen Bezugsschein von der Schule für ein Paar Lederschuhe. Stolz und mit viel Vorfreude ging ich mit Mutti in das HO-Geschäft und was suchte meine Mutter raus? Ein Paar dunkelbraune Schnürschuhe die bis zum Knöchel reichten und natürlich wieder zwei Nummer größer, damit ich sie mindesten noch zwei Jahre tragen konnte, dazu kamen die handgestrickten dunkelbraunen langen Strümpfe und wieder sah man aus wie eine braune Feldmaus.

Mich wundert es noch heute, dass ich keine

verkrüppelten, erfrorenen Füße aus dieser Zeit mit geschleppt habe.

Der Alltag

Die Schulkleidung war etwas Besonderes. Da die Stoffe nicht so oft gewaschen werden konnten, musste sofort das Kleid, sobald wir von der Schule nach Hause kamen auf den Bügel gehangen werden. In der ersten Klasse im Winter hatte ich ein mit Blüten besticktes blau gestricktes Kleid an, ich mochte es nicht, es kratzte auf der Haut, aber was sollte ich denn sonst anziehen? Untendrunter kam ein sogenannter Hampelmann. Es sah aus wie ein Strampelanzug für Babys nur ohne langen Arme und die Beine gingen bis Mitte Oberschenkel und da drüber die bei Allen so beliebten braunen Strickstrümpfen.

die Sommerkleider wurden aus mehreren Resten der Erwachsenenkleidung genäht und vor allem mit reichlich viel Saum versehen, damit man auch das nächste Jahr noch was davon hatte. Nur war dann der ehemalige Saum sichtbar und die Stellen farblich dunkler. Ich mochte die Schulkleidung sowieso nicht, ich musste dann immer wie eine Puppe laufen, nichts anfassen, damit man das Kleid nicht ruiniert, was trotzdem nicht selten vorkam. Meine Mutter war darüber überhaupt nicht erfreut, wenn wieder mal der Rocksaum aufgerissenen über das Knie schlabberte. Aber ich konnte doch wirklich nicht dafür, dass mein

Schulweg so lang und vor allem so interessant war. Kann man denn an einem Apfelbaum mit voll reifen, rotwangigen Äpfeln einfach vorübergehen ohne mit den Stock einen Apfel herunter zu schlagen? Konnte man einen Laubfrosch, der frech vor einen in den Graben sprang einfach springen lassen? Oder wenn nach einem erfrischenden Gewitter überall warme Pfützen waren, konnte man doch nicht vorbei gehen ohne die Strümpfe auszuziehen und darin barfuß herumlaufen und das dann natürlich auch der Rock vom Schmutzwasser profitierte war doch klar. Warum konnte meine Mutti das nicht einsehen? Ja, dann kam wieder die alte Leier, dein Bruder macht das doch auch nicht!!! Warum eigentlich nicht? Das ist mir bis heute fremd geblieben, wie ein Junge so blitzsauber und adrett aussehen konnte, mit gepflegten Fingernägeln und geputzten Schuhen, unglaublich!

Zu Hause wurde die Schulkleidung gegen ein älteres verwaschenes Kleid mit einer Schürze darüber ausgewechselt. Die Schürze war schon toll, die hatte wenigsten eine große Tasche vor dem Bauch. Da konnte man Essbares, Laubfrösche, Steine und was es sonst noch interessantes gab, transportieren. Diese Schürze konnte auch gewaschen werden. Nur komischerweise wurde die nie so schmutzig, wie mein Schulkleid.

Die dicken dunkelbraunen langen Strümpfe, die wir im Winter tragen mussten, wurden mit langen Strapsen mit einem Leibchen verbunden welches vorn an der Brust geknöpft wurde. Ein Knopf, hielt die

Strümpfe fest. Das Stückchen Oberschenkel zwischen Ende des Strumpfes bis Anfang Unterhose war immer eiskalt, bis man zu Hause war, schon mal blau angelaufen. Denn für die Schule galt, die Mädchen hatten Röcke zu tragen, nur in der Freizeit zog man Trainingshosen aus dicker Baumwolle an. Im Sommer hatte man mehr Glück, ein einfaches Kleid aus mehreren alten Kleidern geschneidert ergänzten den Kleiderschrank für uns Kinder.

Mitten im 3. Schuljahr sind wir umgezogen, war das prima. Der Schulweg verkürzte sich auf etwa fünfzehn Minuten. Zaghaft betrat ich das neue Klassenzimmer, alles Mädchen, eine Mädchenschule, aber nur fast. In unserer Klasse gab es fünf Jungens. Ich wurde neben einem Mädchen gesetzt, die allein saß und ebenfalls erst mitten im Schuljahr in diese Schule kam. Sie war mit ihren Eltern und fünf Geschwistern aus Pommern gekommen und bis jetzt in einen Dorf in der Nähe von Chemnitz untergebracht. Da ihr Vater einen Job in der Stadt bekam, wurden sie in ein ehemaliges Bürogebäude einquartiert. Die hatten dann auf dem Korridor wenigsten schon eine Toilette, wir nur ein Plumpsklo, einen Abort im Treppenhaus. Die gesammelten Tageszeitungen wurden fein säuberlich in Quadrate geschnitten und an einen Haken aufgespießt, das war unser Toilettenpapier. Wenn man Lust hatte konnte man noch die Zeilen die man noch nicht gelesen hatte, oben auf dem Plumpsklo nachlesen, aber der zugige, kalte Ort hat eigentlich niemanden animiert die Pflichtlektüre dort zu lesen, stand ja sowieso immer das gleiche drin. Wir die DDR stehen vor einem neuen Rekord in der Ernte, der Zweijahresplan ist erfüllt von dem Werk ...und die Aktivisten der Produktionsgenossenschaft haben ihr Soll übererfüllt, usw. usw. Nur komisch, bei so klasse Ergebnissen, hatten wir nichts von alledem.

Die Wohnung, ähnlich der vorigen, war aber hell, freundlich und vor allem nicht nass. Aber sie war in der 3. Etage und als ich das erste Mal auf die Straße schaute, bin ich zurückgezuckt, mein Gott war das tief bis zum Erdgeschoss. Momentan hatte ich Angst und mir wurde es schwindlig. Die Menschen die vorbeiliefen wie aus dem Kasperltheater so klein, der Vorgarten mit seinem Rhododendronstrauch wie aus einer Puppenstube. Lange Zeit konnte ich nicht bei offenem Fenster herunterschauen, aber wie ein Sog zog es mich immer näher an das schmale Fensterbrett und dann klammerte ich mich an den Fenstergriff um ganz vorsichtig nach unten zu schauen. Nach und nach ließ die Angst nach, nur wunderte ich mich immer wieder, wie die meisten Frauen fast freihändig schwebend, sich mit nur einer Hand festhaltend, die Fenster von innen und außen säuberten. Sogar auf dem äußeren Fensterbrett schwangen sie sich mutig herum um auch die entferntesten Ecken sauber zu bekommen.

Meine Spielsachen und Schulbücher bekamen den Schrank im Flur mit der Aufgabe den immer sauber und ordentlich zu halten, das Ergebnis war, Chaos und Mutti triumphierte, na was hab ich dir gesagt, du kannst keine Ordnung halten, und wieder kamen die Bemerkungen, dein Bruder hat immer alles sauber und ordentlich, ich konnte es nicht mehr hören. Er bekam ja auch das etwas größere Kinderzimmer, und ich musste in einer abgetrennte Nische im Schlafzimmer meiner Eltern verbringen.

In unserer „guten Stube" stand ein dunkelgrüner Kachelofen mit verschnörkelnden Ecken. Der Lieblingsplatz meines Vaters war ein kuscheliger Sessel neben dem Ofen. Wenn es draußen windig, und eiskalt war und am Fenster die Eisblumen blühten, konnte man mit dem Rücken am Kachelofen herrlich vor sich hin träumen oder die Füße an die Kacheln legen, das waren die herrlichsten Momente wenn man aus der Schule ausgefroren nach Hause kam. Die Sessel mit den bestickten Kissen waren für mich tabu, weil ich angeblich immer alles so durcheinander brachte. Aber leider wurde die" gute Stube" seltener beheizt, meist nur das Wochenende und zu den Festtagen. Es musste ja noch an Heizungsmaterial gespart werden. Meine Aufgabe bestand darin, Staub zu wischen, denn mit der Aussage meiner Mutti: "du hast so schöne kleine Finger, du kommst ja überall gut hin" wurde mir das Staubtuch in die Hand gedrückt und das zweimal die Woche. Die blöde Singer Nähmaschine hatte ja so viele Schnörkel, und Mutti kontrollierte immer genau nach das ich keins dieser schwarzen Kringel vergessen habe. Aber trotzdem war ich auch immer etwas stolz, wenn die liebe Verwandtschaft zur Weihnachtsfeier, Ostern oder anderen Jubiläen kamen und unser Wohnzimmer lobte und natürlich das gute Essen was Mutti trotz Mangel immer auf den Tisch brachte. Ich glaube, sie lobten nur, damit sie wieder eingeladen zum wurden... zum Essen und nicht wegen der Wohnung!! In der großen Küche, Koch- und Esszimmer zusammen, spielte sich das normale Leben ab. Hier war es im Winter immer warm, auf dem gemauerten Berliner Ofen stand ein riesiger Topf mit Kaffee (Muckefuck) drauf und an der hinteren Emaille Wand waren vier Tassen blau mit großen weißen Punkten in verschiedenen Größen angebracht. Papa bekam selbstverständlich die größte Tasse. Im sogenannten Schiffchen befand sich heißes Wasser, denn abends musste sich in der Küche in einer Waschschüssel gewaschen werden, ein Bad gab es natürlich nicht. Wenn Mutti oder Papa sich wuschen, wurden wir rausgeschmissen und ins ziemlich kalte Wohnzimmer geschickt. Aber jeden Samstag war trotz alledem Badetag. Die Zinkbadewanne, die aussah wie ein mausgrauer Sarg wurde vom Boden geholt, heißes Wasser in die Wanne geschüttet, und dann in der nebelverhangenen Küche einer nach dem anderen gebadet. Papa hatte die Möglichkeit in der Firma zu baden bzw. zu duschen. Somit war das Vergnügen ein Vollbad zu nehmen auf uns drei reduziert. Herrlich, nur schade ich musste in die Wanne rein in der sich erst Mutti gewaschen hatte, Kernseifenreste schwammen noch obendrauf und es wurde nur heißes Wasser nach geschüttet, nee das gefiel mir nicht so sehr. Aber was sein musste, musste sein.

Wenn es wieder mal eiskalt und windig war und ich blaugefroren nach Hause kam, die Füße kaum noch gespürt habe, durfte ich die Klappe des Backofens aufmachen und die Füße hineinstecken, langsam und unter unwahrscheinlichen stechenden Schmerz kam mit Prickeln wieder Leben in die Beine.

Mutti war zu dieser Zeit auch wieder berufstätig, wie fast alle Frauen in der DDR, und ich lief wie die anderen Kinder den ganzen Tag mit einem Schlüssel um den Hals herum. Dann, so ab dem vierten Schuljahr kam die Schulspeisung und der Aufenthalt in der Schule wurde durch Zusatzlehrgänge immer mehr zum Aufenthaltsort für uns. Für die Mütter war diese Einrichtung der Schulspeisung von großem Vorteil, so konnten die Lebensmittelkarten, die es immer noch gab, etwas gestreckt werden. Wir nahmen immer einen kleinen Henkelmann mit in die Schule, später bekamen wir dann Teller und Besteck für die mittägliche Suppe, in der manchmal winzige Fasern von Fleisch drin schwammen, aber sie war heiß und satt wurde man auch. Das ganze kostete 1 Mark die Woche.

Abends, wenn Mutti vom Krankenhaus, ihrer Arbeitsstätte, nach Hause kam wurde dann pünktlich gegessen. Papa war zu dieser Zeit bei der Bahn tätig und seine Arbeitszeit war nicht geregelt. So mussten wir als Kinder mit einem Schlüssel um den Hals in die Schule und zum Spielen gehen, um die Wohnung zum Erledigen der Hausaufgaben aufschließen zu können. Da Papa sehr lärmempfindlich war wurde die Tür ganz leise auf und zu gemacht, ansonsten konnte Papa nicht schlafen und er wurde etwa launisch.

Unser Spielplatz war die Straße oder der in der Nähe liegende Wald. Da kaum Autos kamen und unsere Straße eine Seitenstraße war, konnte man unbedenklich Völkerball und andere Ballspiele auf der Straße spielen, ein Kreisel mit Schwung zum Drehen bringen, Seilspringen und die ganzen Singspiele wie „wir wollen die goldene Brücke bauen, wer hat sie denn zerbrochen, oder rote Kirschen esse ich gern"… und all die anderen Kreisspiele. Irgendeine Tante kam mit etwas ganz besonderen zu mir, sie brachte ein paar Rollschuhe. Herrlich, die Rollschuhe an die Schuhe gebunden und ab ging es. Unsere Straße war sehr steil und wir flitzen auf die nächste Straßenlaterne zu und umschlangen sie, der Aufprall war äußerst heftig und wie oft verfehlten wir die rettende Laterne und ein Sturz war vorprogrammiert.

Um einmal ins Kino zu gehen, für 0,25 DM oder 0,50 DM brauchte man Geld. Taschengeld, das Wort gab es überhaupt nicht. Also mit was könnte man etwas Geld ergattern?

Zeitungspapier? Nee, das wurde als Ersatztoilettenpapier verbraucht. Eisenartikel jeder Art mussten wir für die Schule sammeln um ein paar Zusatzpunkte für das Zeugnis zu bekommen. Das wurde für den Martinsofen in Frankfurt an der Oder gebraucht für den sozialistischen Aufbau, was haben wir denn gedacht, einfach so für uns, nee, das ging nicht. Wie kommt man an Geld für ein Kitaneis oder für die Filmschau. Im Herbst sammelten wir Eicheln für die Försterei, als Tierfutter oder als Saatgut. Es gab 0,20 DM für ein Kilo. Mit einem Beutel aus Sackleinen zogen wir los, aber wie lange musste man sich für einen Kinobesuch bücken, sammeln und zum Förster tragen. Leere Flaschen und Gläser wurden von Mutti selbst abgegeben, höchstens mal ein Marmeladendeckel für 0,05 DM blieb für mich übrig. Aus dem Nachbarhaus habe ich zu meinen Ausflügen im Wald oft ein Kleinkind im Kinderwagen mitgenommen, dafür bekam ich dann für den ganzen Nachmittag stolze 0,50 DM. Aber leider kam das nicht so oft vor. Mit Hunden spazieren gehen wurde nur mit 0,25 DM bezahlt, da das von Frauchen als mein pures Vergnügen dargelegt wurde, da der Hund ihrer Meinung nach ja ein ganz „Süßer" war. Aber da hatte ich auch schon meine Prinzipien, umsonst nicht! aus! So kam dann doch immer mal eine Mark zusammen und Kinobesuch war angesagt. Die ersten ausländischen Filme kamen in die Kinos. Immer und immer wieder haben wir diese Filme aus Frankreich, Italien und natürlich der BRD angeschaut und im Hof nachgespielt. Gérard Philipe, der Traum unserer Jungmädchennächte. „Fanfan der Husar", ein Schmachtfetzen, von der Schule als infantil, sozial unmoralisch und überhaupt, dass so was eigentlich bei uns gespielt wird ist dekadent, dann doch die Filme über die Schergen des Hitlerkrieges, über den Faschismus und dessen Niederkämpfen durch die sowjetischen Patrioten. Aber diese Filme mussten wir ja dennoch ansehen, weil darüber in der Schule diskutiert oder geschrieben werden musste. Und das sollte dann zusätzlich unsere Freizeitbeschäftigung sein? Dann doch dekadentes Verhalten zeigen.

Ein paar Groschen brauchte man ja noch für Süßigkeiten, denn in den HO (Handelsorganisation) Geschäften gab es Lebensmittel und vor allem die von den Kindern ersehnten Stundenlutscher oder Sahnekaramellen, der Haken war, die waren immens teuer. Was es sonst noch für Leckereien gab? Kunsthonig, Erbswurst, scheußlich schmeckend, Lebertran für ein Quäntchen Vitamin D. Jeden Tag wurde ein Esslöffel verabreicht, bis dieses zähe übelschmeckende dicke Öl erst mal runterrutschte, musste man aufpassen, dass es nicht wieder retour kam. Die Devise war, Nase zuhalten schlucken, luftschnappen, und sich tüchtig schütteln. Der Geschmack blieb leider bis zur nächsten Mahlzeit permanent im Rachen haften. Graupen und Haferflocken waren dagegen recht schmackhaft, aber nach dreimal wöchentlich Graupensuppe und zweimal Haferflockenbrei ist es mir bis heute nicht gelungen, diese Lebensmittel als schmackhaft in meine Küche aufzunehmen.

Meine Cousine, ein ruhiges und stilles, natürlich auch immer sauberes Kind, die unweit von uns wohnte, wollte nicht so gern auf der Straße spielen. Lieber blieb sie zu Hause und spielte mit den Puppen. Ich hatte auch Puppen, eine Schildkröt Puppe, dann eine

Babypuppe mit „lebenden" Augen und eine Puppe, die auf der Couch saß mit einem fliederfarbenen Kleid und die am Kopf und Körper immer dunkler wurde, die gefiel mir absolut nicht. So spielten wir eben bei ihr zu Hause und Mutti war froh, dass ich nicht verdreckt und verschmiert in der Küche stand, endlich beschäftigte ich mich mit „Mädchensachen". Um nicht immer unangenehm aufzufallen hab ich eben mal mitgespielt, Spaß sah anders aus.

Schule und der Schulalltag

Das Bildungssystem in der DDR bestand seit 1946 in der Sowjetischen Besatzungszone (SBZ) mit dem Gesetz zur Demokratisierung der deutschen Schule als Einheitsschule. In den ersten beiden Schulklassen wurde wir noch nicht mit Politik konfrontiert, nur ließ man auch schon ganz sacht durchblicken, dass wir politisch gesehen sozialistisch werden sollen. Wir waren zwar, wie jedes Kind formbar, aber der Druck, Essbares zu besorgen, die Notwendigkeiten, sich um die kleinsten Belange des Lebens bemühen zu müssen, war vorrangig und färbte sich natürlich auch auf uns Kinder ab. Unsere Augen waren stets und immer wachsam, es konnte ja doch mal möglich sein, dass es etwas Außergewöhnliches zu kaufen gab. Außergewöhnlich waren zum Beispiel, Zitronen aus dem Bruderstaat Russland zu bekommen. Orangen meist etwas angefault und überreif kamen aus dem sozialistischen Ausland Kuba. Das war für uns schon sensationell, und sogleich wurde sich in die lange Schlange eingereiht um von der etwas vergammelten Ware zu bekommen. Dafür hatte mir Mutti immer Geld in einer Geldbörse mitgegeben, denn sie war ja arbeitsmäßig unterwegs. Aber wenn einer glaubt, ohne irgendeinen Zusatzkauf bekommt man diese für uns seltenen Früchte, dann war er auf dem Holzweg, ein Rotkohl oder Wirsing musste zugekauft werden, erst dann bekam man die Früchte des Südens.

Wenn mal im Winter die Temperatur stark unter null fiel und es kräftig schneite, mussten wir ein Brikett mit in die Schule nehmen, oder die Schule wurde ganz geschlossen und der Unterricht fand in dem nächstgelegenen Gewerkschaftshaus statt, wo die verschiedensten Klassen in einem riesigen Raum unterrichtet wurden, recht und schlecht, aber er fand statt. Es gab kein schulfrei wegen mageren 20 Grad minus. Denn die Brüder und Schwestern in der glorreichen Sowjetunion hatten auch kein schulfrei. Also tapfer, die Hände tief in den Manteltaschen vergraben, die Mütze fest ins Gesicht gezogen und schnell laufen, damit man nicht unterwegs anfror und dann eilig ins Gebäude und Tür zu. Selbst an den Straßenbahnschienen wurden am offenen Feuer die Weichen am Vereisen gehindert, die Männer vom Straßenbau hüpften vor Kälte zitternd, wie Ballerina Tänzerinnen von einem Bein auf das andere. Die schlimmste Temperatur die ich damals erlebte waren 35 Grad unter null.

In den späteren Jahren, so ab dem dritten Schuljahr wurde von den Schülern dann Engagement im Sinne von sozialistischem Aufbau in der DDR erwartet. Die Freizeitgestaltung übernahm mehr und mehr an den Schulen die Pionierorganisation „Ernst Thälmann" in den späteren Jahren wurden man automatisch zum FDJler (Freie Deutsche Jugend) Das staatliche Bildungssystem hatte neben der Wissensvermittlung die Aufgabe der politisch-ideologischen Erziehung.

Da die überwiegende Zahl der Schüler Pionier bzw. FDJler waren, wurde nach dem Betreten des Lehrers zum Unterrichtsbeginn etwas anders gegrüßt, die Schüler sprangen auf, der Lehrer grüßte mit „Seid bereit" und wir antworteten, mit an den Kopf gelegter Handkante: „Immer bereit!" Es sah aus wie ein abgeknickter Hitlergruß. Später, als FDJler in den höheren Klassen, Oberstufen und Berufsschulen wurde der Gruß, der Lehrer: "Freundschaft!" und die Schüler „Freundschaft" verwendet und die Schüler durften sich dann setzen.

In den höheren Klassen wurde auch in der ersten Unterrichtsstunde am Tag, die Nachrichten über Radio in jedes Klassenzimmer durchgegeben, die dann die Lehrer von uns kommentiert haben wollten. Die meisten Schüler, selbst die Lehrer spulten das alles irgendwie automatisch ab, ohne viel zu überlegen oder gar eine negative Aussage zu treffen. Denn die Standardredensarten, wie „der segensreiche

Sozialismus" oder „die kriegstreibende kapitalistische Bundesrepublik" und „Plan erfüllt" und „der Zweijahresplan" wird durch den „Fünfjahresplan" ersetzt, Standardsätze die überall passten und uns gut über die Zunge liefen. Denn wer sich dagegen wehrt, wird die Konsequenzen bei Weiterbildung, Aufnahme in Oberstufen oder Fachschulen haben. Am Wochenanfang wurden in den höheren Klassen zu den Fahnenappellen gerufen. Dabei wurde die Fahne der DDR aufgezogen und es wurden bei diesem Anlass auf Besonderheiten im Schulbetrieb hingewiesen, Veränderungen in der Zusammensetzung des Lehrkörpers bekannt gegeben und auf besondere Veranstaltungen hingewiesen. Besonders peinlich war, wenn besonders auffälliges Verhalten einzelner Schüler benannt wurden und der Schüler hatte "vorzutreten", man stand vorn vor allen im Blickfeld jedes Schülers neben dem für den Appell verantwortlichen Lehrer, der Schüler musste eine Erklärung über sein Verhalten abgeben. Ein Appell fand meist in der Turnhalle, auf einem Hof oder in der Aula der Schule statt. Alle Klassen marschierten im Klassenverband ein. Am Ende eines Schuljahres wurden im Rahmen des Appelles auch Leistungsabzeichen, für besondere schulische, sportliche oder politische Leistungen vergeben.

In der DDR gab es für die Schüler fünf Notenwerte:

1 = sehr gut

2 = gut

3 = befriedigend

4 = genügend

5 = ungenügend

Auf dem Zeugnis standen neben den Zensuren in den einzelnen Fächern außerdem die so genannten Kopfnoten Betragen, Ordnung, Fleiß, Mitarbeit.

Ein wichtiger Grundsatz des Bildungssystems war die „Einheit von Bildung und Erziehung". Die Kinder und Jugendlichen sollten ja zu vollwertigen Mitgliedern der „sozialistischen Gesellschaft" werden und sich mit dem Staat identifizieren. Das gesamte Schulsystem war stark ideologisiert. In der Berufs- und später in der Fachschule wurde eine "vormilitärische Ausbildung" mit einbezogen. Wir lernten unter anderen Schießen, über Zäune klettern und unter Stacheldraht robben und das Aufstellen von Zelten und behandeln von Verwundeten, da ich in dieser Zeit in einer Fachschule für Medizin ausgebildet wurde.

Nach dem Unterricht haben wir in Arbeitsgemeinschaften unsere Kenntnisse und Fähigkeiten mit Unterstützung eines Lehrers gefestigt und die Hausaufgaben konnten wir hier unter Aufsicht machen, damit wir zu Hause dann nur Freizeit hatten. Ich interessierte mich für Biologiezusatz und Sport. Meist wurden sie von Lehrern geleitet, oder von der Pionierorganisation.

Das „gesellschaftliche Engagement" der Schüler

und die Noten entschieden über ein Fortkommen in Schule und später im Beruf, natürlich musste man bei einer Ablehnung gegen das Regime mit Repressalien die auch Eltern und Geschwistern betraf, rechnen.

In den ersten Schuljahren war ich begeisterter Jungpionier, die taten etwas, Klassenfeste, Ausflüge.

Wir, die im Chor waren und ich, damals im Theaterkreis, kamen zum Auftritt in verschiedenen Arbeitsbrigaden in Fabriken und Betrieben, endlich stand man im Mittelpunkt und nur die sich nicht in die Organisation aufnehmen lassen wollten, saßen außen vor und wurden noch von uns bemitleidet. Die „richtige Uniform" der Jungpioniere war eine weiße Bluse auf der am linken Ärmel das Emblem „JP" (Junger Pionier) in blauer Schrift aufgenäht und am Hals hing das blaue Pionierhalstuch und nur wer sehr viel für Politik (Wandzeitungsgestaltung, Gestaltung der Pioniernachmittage) tat, bekam ein rotes Tuch wie die Jungpioniere (Bzw. Jungkomsomolzen) in der UdSSR. Wir waren eigentlich recht stolz auf unsere Kleidung und auf unser Halstuch, trugen es jeden Tag um zu demonstrieren wir gehören dazu. Den Eltern blieb nichts anders übrig als zuzuschauen und keinen Einspruch zu erheben. Die Frucht der ständigen Konfrontation mit dem Sozialismus, der Aufbauarbeit und das Streben zur Verbesserung der Lebenssituation wurden dem ständigen Handeln unserer Arbeiterschaft zugerechnet.

Auch zu den vorgeschriebenen Demonstrationen

z.B.: zum 1. Mai, dem höchste Feiertag der Arbeiter und Bauern des Sozialistischen Staates war in den ersten Jahren in der Schule bei Weiten keine Bestrafung winkte doch am Ende des Vorbeimarsches der Tribüne, die oft durch hohe Würdenträger der Politik, wie Ulbricht, Grotewohl u.a. besetzt war und wir mit Fähnchens aus Papier mit der Farbe und dem Emblem der DDR vorbeizogen und Parolen und Lieder gesungen und die Fahnen geschwenkt haben. Danach gab es als Geschenk eine Bockwurst mit Brötchen und eine Limonade. Dann durften wir die Reihen verlassen und uns amüsieren. Es wurden meistens Buden und Karussells aufgestellt und wir amüsierten uns dann noch köstlich, Hauptsache wir waren dabei. Wir Schulkinder, um eine Belobigung zu bekommen, haben vor dem Aufmarsch zum 1. Mai die roten Anstecknelken, die jeder an seinem Jackenaufschlag tragen sollte, verkauft.

Später, in den älteren Klassen wurde uns das ganze Trara erst bewusst und gingen trotzdem als freiwilliges Muss mit zur Demonstration.

Als ich später in der Bundesrepublik gefragt wurde, warum habt ihr euch denn nicht gewehrt? Das konnten nur Menschen fragen die nicht die Gefängnisse der DDR kannten und die Folgen für die Familien nicht erkennen konnten. Deshalb haben wir den Mund gehalten und außerdem wollten wir ja studieren oder an einer Fachschule einen Beruf erlernen, das hätten wir nie gekonnt mit einer anderen Meinung als die der

Partei. Wollte ich etwa in einer Spinnerei oder an einem Band arbeiten, nur weil ich meinen Mund nicht halten konnte, nein und nochmals nein!

Das beste Beispiel war ja der 17. Juni 1953, als die Massen der Arbeiter auf die Straße gingen um gegen Staat und die Sowjetunion zu demonstrieren., gegen Normerhöhung und hohe Preise in den HO (Handelsorganisation) Wie viele Menschen wurden getötet, nie haben wir eine Zahl gehört und hinterher wurden strengste Maßnahmen durchgeführt damit so was nie mehr in der DDR auftreten sollte. Die ersten Wochen nach dem Aufstand durften keine Zusammenkünfte, also mehr als 10 Leute stattfinden und später als 21:00 Uhr durfte niemand mehr auf der Straße sein, außer mit Sonderausweis (Krankenschwestern, Bahnleute u. ä.)

Einzig und allein der Sender RIAS (Rundfunk im amerikanischen Sektor)sendete die Nachricht, die wir durch viele Störungen hindurch hören konnten: „Bonn hat sich wenig gesamtdeutsch verhalten in dieser Frage, die preußischen Kartoffeläcker waren halt nicht so interessant wie die Reben am Rhein. Wir in der DDR waren traurig, dass uns die Bundesrepublik nicht geholfen hat. Denn wir hatten ja keine Hilfe über den Marshall Plan, sondern höhere Reparationskosten zu tragen als die Bundesrepublik. Aber schnell hatte uns der Alltag wieder mit seinen Sorgen und Nöten, geändert hatte sich nur wenig. Die Norm der Arbeiter wurde etwas gemindert, aber die hohen Preise für alle

Artikel die nicht über die Lebensmittelkarten liefen waren noch beträchtlich hoch.

Was passierte politisch zwischen 1945 und 1960 in Chemnitz:

1947... Die Pionierorganisation „Ernst Thälmann" entstand.

1948... die ersten HO-Läden wurden eröffnet, hier konnten Lebensmittel markenfrei zu totalen überhöhten Preisen gekauft werden, aber Mutti hat es tatsächlich fertiggebracht manche Köstlichkeit zu ergattern, vom Bäcker ein Schweinsohr, oder eine winzige Tüte mit Bonbons. kaum zu glauben. Ganz langsam änderten sich die Preise vor allem nach dem Aufstand

1953... als die Arbeiter streikten und auf die Straßen gingen. Die Arbeiter in den Fabriken wurden zu immer neuen Normen und den Planerfüllungen aufgerufen, das heißt, das Soll erfüllen, besser noch übererfüllen, wie der Bergmann Adolf Hennecke. Die Aktivistenbewegung begann und der Zweijahresplan und später der Fünfjahresplan wurden eingeführt und die Arbeiter mussten Zusatzleistungen erbringen.

1949... am 7.Oktober wurde die DDR gegründet und die Oder-Neiße-Grenze wurde von Polen und der DDR festgelegt.

1949... die Königstraße wurde in Straße der Nationen umbenannt. Der Johannisplatz wurde zum Stalinplatz und als Stalin in Ungnade fiel wieder zum Johannisplatz.

1953 ... wurde aus Chemnitz Karl-Marx-Stadt.

1957... das Marx, Engels, Lenin, Stalin Denkmal wurde enthüllt.

Ich war schon im Krankenhaus „Zschopauer Straße" tätig und wurde zu diesem Ereignis mit der Lehrlingsausbilderin "auserwählt", von jeder Station musste noch eine Schwester mit und der BGL-Vorsitzenden hingeschickt, einer passte auf den anderen auf, damit niemand vorzeitig die sogenannte Denkmalsenthüllung verlässt. Natürlich war das Wetter glühend heiß und wir schwitzten. Aber nach endlosen Reden waren wir frei und konnten machen was wir wollten, hurra!

Weihnachten, Ostern und Pfingsten

Wie jedes Kind freute ich mich auch über Feier- und Festtage. Das schönste Fest – war für mich die Adventszeit und natürlich als Höhepunkt Weihnachten.

Schon Wochen vorher wurde Stollen gebacken. Am besten schmeckt der Stollen wenn er vom Bäcker in dem großen Backofen geschoben wird. Also wurde mit Leiterwagen, Holzbrettern für die fertigen Stollen, und den Backzutaten losgezogen und beim Mischen und

Rühren aufgepasst, dass auch alle Zutaten ordnungsgemäß in „unserem" Stollenteig landeten. Ich war immer dabei. Faszinierend, wie der Geselle knetete, walkte, Rosinen, Zitronat Orangeat zu gab um wieder zu kneten. Endlich kamen die Laibe in den Ofen, wir warteten geduldig bis der Vorgang beendet war. In der Zwischenzeit wurden ja auch andere Köstlichkeiten zubereitet, Sahneröllchen, Butterkremtorten, Eierschecke und und und. Jetzt wusste ich natürlich auch ganz genau was ich mal beruflich werde, Bäcker, klar, denn da hatte ich immer was Leckeres zu Essen. Ich wurde unsanft aus meinen Zukunftsplan herausgerissen. Die Stollen waren fertig, vorsichtig wurden sie auf die mitgebrachten Bretter gelegt und vorsichtig nach Hause gekarrt, damit auch keiner zerbricht. Jetzt kam das Leckerste, die Stollen wurden mit zerlassener Butter begossen und mit Puderzucker dick bestreut, eine süße Masse die wie kleine Perlen nach dem Erkalten auf dem Stollen saßen und ich naschte davon bis es mir übel wurde, selbst Mutti sagte dazu nichts. Die Stollen wurden vor Weihnachten nicht angeschnitten, dies kam überhaupt nicht infrage. Und der letzte Stollen war meisten noch zu Ostern da und wurde feierlich angeschnitten und als Delikatesse gelobt.

Vor dem 1. Advent wurden aus der Bodenkammer Kisten und Kartons herausgeholt und nach unten geschleppt. Der Schwibbogen, der kommt natürlich ans Fenster. Früher, im Erzgebirge waren die Lichter in den Fenstern den Menschen ein Zeichen der Freundschaft, damit die Bergleute den Weg nach Hause fanden, wenn sie aus den dunklen Bergwerken ans Tageslicht kamen.

Dann die große Pyramide, dreistöckig mit den Krippenfiguren und Kurrende Sängern. Ist auch alles noch intakt? Die Nussknacker, die Räuchermännchen, die Engelkappelle? Alles wurde aufgestellt, die Wohnung sah festlich geschmückt aus und wenn die Pyramide sich langsam drehte und der Schatten an der Decke durcheinanderlief, der Kachelofen im Zimmer seine wohlige Wärme ausstrahlte, da strahlte auch ich. Der Tannenbaum und der Stall mit Jesus, Maria und Josef, den große weiße Engel und die drei Weisen aus dem Morgenland wurden erst am Heiligen Abend aufgestellt und erstrahlte im schönsten Kerzenschein.

Tage vor dem großen Fest, die Heimlichtuereien, das Verschließen der Zimmertür, die glänzenden Augen von Papa und Mutti, wenn sie wieder Mal im Zimmer verschwanden hinter sich die Türe verriegelten, da steigerte sich meine Ungeduld bis aufs Äußerste. Die Zeit blieb fast stehen, die Erwartung immer größer, was werde ich bekommen? Alles war geheimnisvoll, spannend. Mit ein paar Mark, die ich monatelang gespart hatte, ging ich in die Geschäfte um Mama und Papa etwas zu kaufen. Für Papa war es leicht, eine dicke Zigarre mit dicker Bauchbinde, das war die teure, zu erstehen. Ich liebte es, wenn Papa zufrieden, die Spitze mit einer besonderen Schere abschnitt, die Zigarre mehrmals zwischen den Fingern rollte um dann mit einem Streichholz, auf keinen Fall mit einem

Feuerzeug, die Zigarre anpaffte um sie dann genüsslich in seinem Lieblingssessel zu rauchen, hin und wieder streifte er die Asche ab, die wie eine lange graue Schlange in den Porzellan Ascher fiel. Da setzte ich mich neben Papa, beide lächelten wir uns zufrieden an und Papa erzählte mir Geschichten aus seiner Kindheit. Ach, habe ich diese Zeit genossen. Deshalb war klar, Papa bekommt eine besonders gute Zigarre mit imponierender Bauchbinde, auch wenn Mutti schimpfte und um ihre schönen weißen Gardinen besorgt ist. Schwieriger, das Geschenk für Mutti, das was ich gerne gekauft hätte, war immens teuer. Da kam ich auf die blendende Idee, ich könnte doch Mutti jedes Jahr ein schönes Stück für den Tannenbaum schenken, mal eine Täte, mal einen Schwebeengel, mal eine besonders schöne Baumkugel, natürlich alles aus Glas vom Thüringer Wald. Aber was bekam ich denn nun? Die Spannung stieg, endlich der letzte Tag kam, wir hatten schon Winterferien und der Tag wollte und wollte nicht enden. Es dunkelte und die Spannung war kaum noch auszuhalten, Hektik seitens Papa und Mutti, gähnende Langeweile für mich. Da, das kleine zierliche silberne Glöckchen bimmelte, die Tür wurde aufgerissen und ... gebannt schaute ich den bis zur Zimmerdecke reichenden Tannenbaum an, mit seinen silbernen Kugeln, in denen sich die Kerzen spiegelten, die Pyramide drehte ihre Kreise und auf dem Tisch waren die Geschenke aufgestellt. Staunend, wie jedes Jahr wieder wurde das passende Geschenk gesucht, Geschenke verteilt, Geschenke ausgepackt. Ich musste, auch wie jedes Jahr wieder ein auswendig gelerntes Gedicht vortragen und es war einfach herrlich. Was war es denn diesmal, ich suchte, fand das Geschenk nicht, Verzweiflung machte sich schon breit, dann sagte Papa, schau mal in die Ecke hinter deinem Puppenhaus, das natürlich auch wieder mit ein paar Neuigkeiten aufwartete. Dann sah ich sie, Schneeschuh, schwarz glänzend lehnten sie an der Wand. Mensch war die Freude riesig, weil doch Mutti noch mit bitterernster Miene erklärte, in ganz Chemnitz und Umgebung gibt es leider keine Schier. Am liebsten hätte ich sie mir gleich ran geschnallt, ein Blick auf die Straße, der Schnee glitzerte einladend. Na, bis morgen wirst du es ja noch aushalten können, war der Kommentar von meinem Bruder. Das Fest ging weiter, gutes Essen wurde aufgetafelt, endlich auch von den vorzüglichen Stollen probiert, aber ich war nicht bei der Sache und fieberte den neuen Morgen entgegen. Gott sei Dank, Papa hatte den ersten Feiertag frei und begleitete mich. Jetzt das erste Mal Skier an den Füßen, so einfach wie ich mir das vorgestellt hatte, war das gar nicht. Immer waren die Beine schneller als der übrige Körper und schon lag ich wieder auf dem Boden, mal sanft mal hart, und das Aufstehen war schon eine Sondervorstellung. Ich hab's geschafft und Schifahren war dann eine meiner liebsten Wintervergnügen.

Weihnachten als Kind, nie wieder war Weihnachten so schön, so geheimnisvoll, so wundersam. Selbst als Mutter dreier Kinder war Weihnachten nie wieder so geheimnisvoll.

Weihnachten, das Fest der Freude, der Feierlichkeiten, die sogar auf die Schule abgefärbt hatte und so wurde kurz vor den Weihnachtsferien, Wichtelnachmittage mit Vorführung einer Weihnachtsgeschichte, und Lieder die wir lang vorher geprobt haben. Die Eltern waren herzlichst eingeladen. Ich stand als Engel verkleidet und mit einer Kerze in der Hand im Chor, und sang ein Vers des berühmteste aller erzgebirgischen Weihnachtslieder. „Heit is der heil' ge Ohmd ihr Leit." Die Kerze schwenkte nach vorn und schon schwelte das lange Engelshaar meiner Chornachbarin, bis plötzlich deren Mutter schrie. „mein Kind brennt!" Mit Geschrei und einen nassen Lappen wurden die Haare gelöscht und zurück blieb eine etwas an gekokelte Stelle und ich nur war froh, dass mich Mutti nicht begleitet hat, die hätte sich wegen mir wieder total geschämt.

Das Osterfest wurde natürlich nicht mit so viel Aufwand gefeiert wie Weihnachten, dafür waren wahrlich kein Geld und keine Lebensmittelmarken vorgesehen. Aber kleinste Leckereien, eine Tafel Vitalate, eine hellbraune weiche Masse, in Form einer Tafel Schokolade gepresst, das war die DDR Schokolade, halt klebrig süß mit einem seltsamen Beigeschmack, aber essbar. Ein paar buntbemalte Eier und evtl. ein paar neue Socken, das war's. Aber Kuchen hatte Mutti dennoch gebacken und dazu gab es den letzten Stollen von Weihnachten, von allen voll gelobt. Denn wie auch wieder jedes Jahr kam die Verwandtschaft, einmal zu uns. Es wurden Tanten,

Onkel und deren Kinder eingeladen. Der Tisch war mit Tafelsilber und dem „guten" Porzellan gedeckt. Die Tischdecke steif gestärkt, lag auf dem ausgezogenen Tisch, nur ich musste wieder einmal mit Cousine Rita am Kindertisch sitzen.

Anschließend wurde ein Verdauungsspaziergang durchgeführt. Endlich frei Fahrt für mich, nach der langen Stillsitzerei. Aber durch die Spezereien war dennoch Ostern immer wieder ein Höhepunkt der Familienfeste.

Ebenso war Pfingsten ein anderer Höhepunkt, denn dann bekamen wir Kinder, wenn möglich und wenn der Sozialismus etwas vom Handel in den Westen übrig hatte, neue Schuhe für den Sommer und eventuell ein neues geschneidertes Kleid, wochenlang vorher von Mutti genäht. Die Anprobe erfolgte auf den Küchentisch, um noch abzustecken, den Saum kennzeichnen und kleinste Veränderungen durchzuführen. Zu den Ritualen gehörte zu Pfingsten, der Spaziergang durch Feld und Flur. Meine liebe Tante Lina, hasste den Wandertag wie sie ihn nannte, denn sie bekam danach immer einen Wolf. Später habe ich erst erfahren, dass Tante Lina nie eine Unterhose getragen hatte und ihre dicken Oberschenkel von dem langen Marsch total aufgerieben waren. Nur, ich, war voll in meinem Element. Ich konnte laufen, laufen, laufen. Für die Frauen war das einzige und große Ziel, die Gaststätte mit dem besten Kuchen der Region um dann mit wundgescheuerten Oberschenkeln und humpelnd, wegen der neuen Schuhe zur nächsten Straßenbahnhaltestelle zu laufen und laut aufzuseufzend auch diesmal wieder den schönen Weg geschafft zu haben. Und jedes Jahr, dasselbe Spiel, aber wir hatten trotz wundgelaufener Beine immer unseren Spaß.

Ich habe Schwimmen gelernt

Im dritten Schuljahr sollte ich die Kunst des Schwimmens erlernen. Also, erstens Schwimmkarten kaufen, zweitens ein Schwimmkissen nähen. Wieder einmal musste ein älteres Leinenbetttuch geopfert werden. Zwei kleine Kissen (20x20cm)) wurden genäht und mit einem Steg verbunden, und wenn man die Kissen nass machte und feste in die Naht hineinblies waren die Gebilde eines Luftballons nicht unähnlich. Damit konnte man dann ins Wasser, den Steg unter die Brust und so sollte man schwimmen. Trockenübung auf einem Hocker ging der Nassbewegung voraus. Ich schwamm schon stolz mit meinen Schwimmapparat rum, plötzlich riss die Verbindungsschnur von einem zum anderen Kissen und ich ging gemächlich unter und sah nur noch die Beine von den anderen Kindern über meinen Kopf zappeln. Erst war ich verdutzt, dann wich langsam die Luft wie kleine Perlen aus mir und stiegen tanzend nach oben, die Bettchen schwammen allein ziellos an der Oberfläche. Das schlimmste war, keiner hat meinen Untergang bemerkt. In der Brust wurde es eng und endlich begriff ich, Mädel stoß dich ab, du kannst ja nicht hier unten bleiben. Ich schob mich mit den Füßen nach oben um japsend die frische Luft in vollen Zügen einatmen zu können. Keiner, auch der Bademeister hat mein Verschwinden nicht gemerkt, na so was. Da kann man ertrinken und keiner merkt was, ich strampelte und ruderte mit Händen und Füßen und kam am Beckenrand an, sammelte meine nutzlos gewordenen Schwimmkissen ein, und schwamm, die Seitenstange im Blickwinkel in die Nichtschwimmerzone nach draußen. Ich war erleichtert und stolz, ich konnte allein schwimmen, ohne Lehrer, ohne die mahnende Stimme meiner Mutter, „gleichzeitig Arme und Beine bewegen, Luft holen, ausatmen, stell dich nicht so dumm an" aber wer kennt das nicht. Und später, hat man das nicht auch bei seinen Kinder exerziert, ja? Von da an war Schwimmen mein Lieblingssport und jede Woche einmal, später mit der Schule 2x die Woche ging es in das Hallenschwimmbad. Nun wurde aus dem einfachen Gepaddel ein richtiger Schwimmunterricht, mit Prüfung in Schwimmen (Frei- und Fahrtenschwimmer) Tauchen und Wettschwimmen. Ich war zwar gut, wurde auch in die Staffel aufgenommen, aber wegen meiner Figur, ich war ja immer noch zu klein und zu dünn, war die Laufbahn als Meisterschwimmerin unterbrochen bzw. gar nicht forciert.

Die Lehrer und Sportmediziner hatten bei der Untersuchung nämlich festgestellt. Ich, klein, zierlich und mit einem wunderschönen Hohlkreuz wäre total gut geeignet für Geräte- und Bodenturnen. Ab jetzt ging alles nach den Plänen der Schule. Aufgenommen in die jüngste Gruppe der Turnerinnen, war alle zwei Tage Training, Bodenturnen und die Übungen auf dem Schwebebalken haben mir besonders gelegen, wegen des Hohlkreuzes und das häufige Üben brachten mich bis in die Kreismeisterschaften der DDR. Als es darum ging mich in die Sportschule aufzunehmen, das wäre strenge Internatserziehung, Sport, Sport, Sport und dazu das ganze Pensum der Schule zu bewältigen, sagte meine Mutter nein. Auch diese Seifenblase ist zerplatzt, plopp. Heute bin ich doch froh, dass ich diese Laufbahn nicht eingeschlagen habe. Hätte Mutti mir nur besser deutlich gemacht, warum ich nicht in diese Schule durfte, hatte sie vielleicht doch angst das ich dazu zu mager war und vielleicht gesundheitlich leiden würden? Ich wäre bestimmt nicht so sauer gewesen! Immer musste alles lautlos ohne Widerspruch über die Bühne gehen.

Die Primaballerina

In der Schule kamen wieder einmal die Schuldoktoren zur jährlichen Untersuchung. Die Lungen wurden abgehört, es gab doch immer wieder einige Fälle von TBC. Die Augen, die Ohren wurden untersucht und der Bewegungsapparat in Augenschein genommen. Der Arzt schüttelte sein graues Haupt als er mich dürres Ding gesehen hat, stellte mit Leidensmiene fest, schiefes Rückgrat. Einmal orthopädisches Turnen und eine Kur wurden verordnet, meine Eltern bekamen die Nachricht schriftlich mitgeteilt. Was soll ich sagen, die Kur an die Ostsee im Winter nach Usedom war für meine Mutti kein Problem, herrlich, aber von wegen orthopädischem Turnen. "Mein Kind ist doch kein Krüppel" war der ganze Kommentar ihrerseits. Kein Turnen, nein, dafür aber Ballett. Mein Traum war das schon immer. Ich, als Primaballerina, Pirouetten drehend, Saltos schlagend und mit kurzem Tütü über die Bühne schwebend. Ich sah mich schon auf der Opernbühne in Dresden und die Menschen stehen Schlange um mich und nur mich zu sehen. Ich freute mich gewaltig. Also die Anmeldung lief und die ersten Stunden begannen. Eine Freundin meiner Mutter schickte ihre Tochter auch gleich mit zum Ballett, mit der Begründung, „meine Tochter ist ja so begabt". Du liebe Zeit, jedes Mal wenn die Ballettmeisterin sagte links zwei drei, drehte Hanna sich auf ihren überlangen staksigen Beinen rechts auf herum. Wieder Hanna, links, links bitte und im Takt laufen, Hanna! Ob rechts oder links, ob Sprung oder im Takt, nichts ging, die Lehrerin verzweifelt, Hannas Mutti entzückt, immer mit den Worten „meine Tochter ist ja so begabt", gingen beide nach Hause, Hanna mit langen ungelenken Beinen, ihre Mutter mit stolzgeschwellter Brust. Zweimal war Hanna noch im Unterricht, ihr hat es nicht gefallen, die Ballettmeisterin war sichtlich erleichtert als sie nicht wieder kam. Auch später hat Hanna weder Ballett noch Walzer gelernt, Takt und Musik überhaupt waren Fremdwörter für sie. Ich hatte unwahrscheinlich viel

Spaß an der Bewegung, am Ballett. Wenn man wieder mal vor den Spiegeln stand und mit mehr oder weniger anmutigen feenhaften Schritten auf und ab zum Takt der Musik lief und sich dann hunderte Mal in den Spiegeln sah war das schon beeindruckend. Wir lernten die Grundübungen Pass 1, 2 und 3 usw. Die Füße mussten kerzengerade auf eine Stange gelegt werden und mit leichtem Druck auf die Schulter wurde unser Oberkörper immer weiter nach unten gedrückt, bis das Gesicht blutrot anlief und wir vor Schmerzen keuchten. Wir probten schon für das Weihnachtsstück im Adventshaus, ich freute mich riesig und tanzte auch zu Hause im Wohnzimmer und zeigte jedem meinen perfekten Spagat.

Aber leider war auch hier wieder ein Haken dabei. Der Unterricht erfolgte in unserem großen Hallenbad. In dem hinteren Teil des Gebäudes war ein Lernschwimmbecken, verschiedene Saunen und Gymnastikhallen. In einer dieser Hallen war „unser" Ballettraum, mit Klavier, einer Ballettstange, weichen Matten und den Spiegeln. Die anderen Räumlichkeiten einschließlich des Schulschwimmbeckens waren den Russen vorbehalten. Russen, das weiß man, gehen gern in die Sauna (für uns zur damaligen Zeit völlig unbekannt) und liefen natürlich dort auch nackt rum. Ein Russe sah mich im Gang zum Ballettraum, nahm mich auf dem Arm schmiss mich in die Luft, fing mich auf und lachte. Ich lachte mit, dachte mir überhaupt nichts dabei, deshalb erzählte ich es zu Hause. Das Ergebnis war, ich wurde sofort vom Ballett abgemeldet, ich habe mich schrecklich geärgert, so kurz vor der ersten Aufführung, ich sollte einen kleinen Hasen darstellen, meine ganze Zukunft als Primaballerina zerrann an so bisschen nackten Russen. Hätte ich doch bloß den Mund gehalten, wie blöd aber auch von mir. Ich frage Mutti, warum? keine Antwort, nochmal, warum darf ich nicht mehr ins Ballett, etwas lauter meinerseits, keine Antwort. Halt endlich deinen Mund, du weißt genau warum, so die Antwort nach einiger Zeit, das war also die Aufklärung über das Kapitel, zweierlei Menschen. Also keine Primaballerina, aber auch kein orthopädisches Turnen. Nichts!!

Meine Mutti zu tiefst empört, schimpfte auf die Russen, nackig, so was und das vor den Kindern usw. usw. Was war denn eigentlich passiert, ein nackter Mann, na und? Du liebe Zeit als hätte ich noch keinen Mann nackt gesehen, durchs Schlüsselloch allemal und im versteckten Doktorbuch im Wohnzimmerschrank hab ich mit meiner ersten Liebe ganz genau den Unterschied von Mann und Frau studiert.

Hätte mal lieber Mutti mich richtig aufgeklärt, so wären andere Begebenheiten ganz anders gelaufen.

Erster Fall

Im Winter, mit Schlitten und viel, viel Schnee zogen wir ab zum Rodeln in den Wald. Meine Freundin Rita hatte einen ganz neuen Schlitten, der wurde ganz behutsam an langer Leine gezogen. Auf der frisch angelegten Rodelbahn, an einer Waldschneise sind wir ununterbrochen gerodelt. Diese Bahn war von der Schule gebaut mit Flutlicht bestrahlt und in der Mitte total vereist, eine herrliche Bahn. Jetzt war es aber Zeit nach Hause zu gehen, es wurde leicht dunkel, und viele Kinder waren schon auf dem Nachhauseweg. So mussten wir uns endlich auch trollen, sollten wir nicht zu Hause Ärger bekommen. Da war nur noch der eine Berg, der berüchtigte Katzenbuckel. Wir trauten uns beide nicht, den hinunter zu fahren, so steil und mit einem riesigen Buckel in der Mitte, der einen vom Sitz schleuderte und mit einem Krach wieder zur Erde beförderte. Wir hatten beide Angst. Sollten wir? Da kam ein junger Mann, fragte soll ich mit euch fahren. Jeden einzeln, erst die eine und dann die andere? Gesagt, getan. Wir stiegen den Berg hinauf, Rita war die Erste, die der junge Mann vor sich auf den Schlitten schob und mit viel Geschrei ging es abwärts. Unten angelangt, wedelte Rita ganz furchtbar aufgeregt mit den Händen. Was wollte sie mir mitteilen?? Hat sie sich vielleicht verletzt?? Was war nur? Nun der junge Mann war jetzt bei mir. Ich setzte mich auf den vorderen Teil des Schlittens schubste ihn an und ab ging es. Plötzlich schob der Mann meine Hand in seine offene Hose. Oh, was war da so schwabbelig und doch nicht schwabbelig, warm und eklig. Ich schrie ganz laut und kniff zu, der junge Mann schmiss mich vom Schlitten und schrie auch, aber ich glaube vor Schmerz, na Gott sei Dank waren wir schon unten angelangt. Also das wollte mir meine Freundin mitteilen. Wir nahmen unsere Schlitten und jetzt wurde uns doch bammelig zu Mute. Der Mann wollte sich nicht abwimmeln lassen und lief nach dem er seine Kleidung gerichtet hatte hinter uns mit großen Schritten her, und es waren natürlich keine Kinder oder Erwachsenen mehr unterwegs, vor allem nicht auf diesem versteckten Stück Wald. Der Mann redete auf Rita ein, er wolle ja nur eine gebrauchte Unterhose von ihrer Mutter haben, ich hab mir den Kopf zerbrochen was er mit schmutziger Unterwäsche machen wollte, das konnte ich mir überhaupt nicht vorstellen. Also beteiligte ich mich nicht an dem Gespräch, sondern überlegte wie kommst du aus dem Dilemma raus, unmöglich meiner Mutti davon zu berichten. Endlich, die ersten Wohnhäuser kamen in unser Blickfeld, ein paar Straßenarbeiter waren dort noch unterwegs und hatten mit Schlacke die vereiste Straße bestreut. Rita lief mit den Worten zu den Arbeitern, „Ach, da ist ja mein Onkel". Sofort stürzte der junge Mann mit Eiltempo davon doch irgendein Arbeiter hat die Polizei gerufen und binnen kurzer Zeit war sie vor Ort, nahm uns mit auf das Revier. Ich hatte Angst, furchtbare Angst. Wir wurden befragt, was, wie sah er aus, was sagte er, wie alt war er? Usw., usw. wir waren müde, hungrig uns war's kalt und es war spät, wir wollten eigentlich nur noch nach Hause. Und nochmal kam ein anderer Polizist und stellt die gleichen Fragen noch einmal. Jetzt rannen uns die Tränen die eiskalten Wangen hinunter bis einer sagte, es reicht. Die Tür ging auf und was sehen meine entsetzten Augen, Mutti sitzt stocksteif auf dem Stuhl, wie auf einer Anklagebank, dunkelrot vor Zorn. Sie zog mich ohne Kommentar hinter sich her hinaus und schimpfte auf dem ganzen Weg nach Hause, alles war natürlich wieder mal meine Schuld, ich habe den Mann provoziert, hab ihn angeguckt, bin nicht weggelaufen. Ich sag's ja, warum musste ich auch wieder alles vermasseln. Eine Woche Stubenarrest war die Folge und das bei schönstem Rodelwetter. Ich saß zu Hause und war sauer und Mutti sprach wiedermal nicht mit mir. Bis Papa die Situation regelte und mit Mutti sprach.

Zweiter Fall

Das passiert mir nicht nochmal, ich erzähl nichts mehr und wenn mir jemand den Kopf abschlägt, das hab ich mir fest vorgenommen. Und es passierte tatsächlich nochmal ähnliches.

Die ersten grünen Triebe, vornehmlich von Birken, zeigten den Frühling an. Meine Freundin Ute und ich wollten Birkengrün und vielleicht ein paar Blumen aus den Schrebergärten vornehm gesagt entwenden und zwischen die grünen Zweige stecken, eine kleine Freude für unsere Muttis. Die ersten Zweige hatten wir mühselig abgeschnitten. Da kam mit ernster Miene, düsteren Blick und scharfen Schritten ein Mann in grüner Hose und Jacke auf uns zu. Mit donnernder Stimme kam es aus seinem Mund "was macht ihr denn hier, habt ihr die Zweige etwa abgeschnitten, ihr wisst doch dass das verboten ist!! Wussten wir zwar nicht aber beide nickten wir beklommen mit dem Kopf unfähig einer Antwort. „Ich bin der Forstgehilfe und muss euch mit zum Förster ins Forsthaus mitnehmen, macht also keine Sperenzien, habt ihr verstanden?" Wieder ein bekümmertes Kopfnicken unserseits. Also ganz langsam, um das Zusammentreffen mit dem Förster hinaus zu schieben liefen wir geknickt hinter dem grünen Mann her, überzeugt, er spricht die Wahrheit. Er zeigte vage in die Richtung, das war tatsächlich der Weg zum Forsthaus. Wir kürzen ab und gehen durch den Steinbruch. Na, wenn es sein muss. Der Steinbruch, schon seit langer Zeit stillgelegt, war eine für uns Kinder ungeliebte Gegend, düster mit viel Gestrüpp überwucherten Gestein und am Ende das gewaltige Eingangstor aus Stein, die Teufelsbrücken, voller Magie und Aberglauben. Dort heulten die Eulen oder was für unheimliche Tiere und der Teufel holt sich hier immer Kinder und Frauen, so der Aberglaube. Uns gruselte es. Können wir nicht den anderen Weg nehmen, unsere Bitte an den angeblichen Forstgehilfen, blieb ungehört. Nein, donnerte er, sonst wird es zu spät und ihr müsst im Forsthaus übernachten bis morgen früh. Nur das nicht, also tapfer sein und schön hinter dem Mann her tappen, kein Blick nach rechts oder links. Nach einer längeren Strecke, jetzt waren wir in dem eigentlichen Abbaugebiet des Steinbruchs, lag ein riesiger Felsen schräg an der Felsenwand und bildete so eine natürliche Höhle. Der junge Mann sagte, dort habe ich etwas zu trinken, und danach geht es zum

Förster, wir nickten wieder wortlos, eingeschüchtert gingen wir über loses Gestein und halb geschnittenen Felsen zu dieser Höhle. Drinnen war es richtig gemütlich, es lag eine Decke auf dem Boden, ein kleiner Felsen war als Tisch umfunktioniert und eine Kerze stand auch darauf. Daneben standen tatsächlich eine Flasche und zwei Aluminiumbecher. Die beklemmende Angst lockerte sich etwas. Lasst uns setzen, zieht euch doch aus, es wird euch gleich schön warm werden. Warum das denn, mir war es aber gar nicht warm. Er zog die Schuhe und Strümpfe aus, stellte sie sorgfältig nebeneinander, zog seine lange Hose aus, legte sie sorgfältig Bügelfalte auf Bügelfalte auf den Erdboden ab, den Pullover stülpte er sich über den Kopf und als er dann an seiner Unterhose rumnestelte, war mir es entsetzlich übel. Nee, da stimmt was nicht, nicht schon wieder ein nackter Mann, nein nein nein. Ute setzte sich und wollte sich gerade ausziehen zu mindestens ihre Strickjacke, wurde es mir siedeheiß. Ich ergriff hastig Utes Hand und rief nein, nein, so komm doch schnell, schnell und wir rannten uns an den Händen haltend aus dieser Höhle und rannten den Teufelsbrücken entgegen. Die waren ja direkt harmlos gegenüber diesem komischen Mann. Immer wieder zurückblickend rannten wir auf die rettende Straße, natürlich kein Auto, kein Mensch in Sicht und das am helllichten Tag, wo waren die denn alle?? Da, da vorn das große Tor zur Gartenkolonie. Rein, hinter eine Hecke gerobbt und erst mal Luft geholt und dann sahen wir den Mann auch schon hektisch auf die

Straße rennen und nach allen Richtungen schauen. Wir verkrochen uns noch tiefer ins Gebüsch, und zitterten, Ute weinte hemmungslos. Ich legte meinen Kopf an ihre Schulter und schluchzte gleich mit. So saßen wir, wie lange, keine Ahnung, jedenfalls solange bis es uns eiskalt den Rücken runterrieselte. Vorsichtig und steifbeinig verließen wir unser Versteck, immer noch war keine Menschenseele unterwegs und langsam Schritt für Schritt, bei jeder Bewegung und kleinsten Windstoß zusammenzuckend haben wir uns vorwärts bewegt. Endlich, das eiserne Eingangstor der Kinderklinik kam in Sicht und dann auch die ersten Menschen. Jetzt brauchten wir sie auch nicht mehr, denn hier war ein normales Wohngebiet und wir hatten uns schon wieder etwas im Griff und fingen tatsächlich an zu lachen, es klang aber sicherlich unecht und mehr weinerlich als glücklich. Mein erster Gedanke war, Mutti darf das nie erfahren. Ich sag zu Hause nichts, meine Freundin spontan auch, nee ich auch nicht. Das ist unser Geheimnis, auch den anderen sagen wir nichts, nee denen auch nicht, abgemacht, abgemacht. So trennten wir uns dann und jeder ging nach Hause.

Hätte meine Mutter mir schon beim ersten Mal erklärt, wäre alles anders gelaufen.

Musikliebhaberin

Wir hatten leider keinen Platz für ein Klavier. Sonst wäre meine Mutter auf die ausgefallene Idee gekommen, ich müsste Klavier lernen. Denn e i n Instrument müsse eine Tochter spielen können, war ihre Meinung. Wenn ich schon nicht singen kann, dann wenigsten ein Instrument spielen. Es war ein Akkordeon, was meine Mutti glückstrahlend aus der Stadt mitbrachte. Jetzt wurde noch ein Musiklehrer für mich gesucht. Begeisterung meinerseits sah anders aus. Ein Junge aus unserem Haus bekam auch so eine Quetschkommode zu Weihnachten geschenkt, sogar mein Bruder hatte so ein wunderschönes Schifferklavier. Ich glaube die DDR hatte zu viel angefertigt und so durften wir auch etwas bekommen, was sonst nicht so leicht zu bekommen war.

Hätte ich damals geahnt was auf mich zukommt, mit Händen und Füßen hätt ich mich gesträubt, die Tasten jemals überhaupt zu berühren. Den Lehrer hatte Mutti schnell gefunden. Einmal die Woche habe ich das Akkordeon auf den Rücken geschnallt bekommen und dann trabte ich zu meinen Lehrer. Es war ein dicklicher Mann mit nur noch einem kleinen dünnen schwarzen vor Pomade glänzenden Haarkranz. Mit seinem schwarzen, leicht glänzenden Anzug der an den Beinen etwas ausgefranst war, seiner schwarzen Fliege, auf einem schon in die Jahre gekommenen weißem Hemd saß er stolz vor seinem altersschwachen Klavier, wie der Herr Kapellmeister persönlich. Die stramm sitzende Hose erregte mein Interesse, denn immer wenn er sich nach rechts oder links beugte, meinte ich jetzt, jetzt muss die Hose platzen. Was wird der denn für Unterhosen anhaben. Fasziniert schaute ich die pralle Hose an und konnte mich absolut nicht konzentrieren. Leider, die Hose explodierte nicht, und der erste Unterricht begann.

Er erklärte mir die einzelnen Noten, die Begriffe von Dur und Moll und auch die ersten Lieder und Fingerübungen. Säuberlich waren die Übungsstücke in einem Notenbuch aufgeschrieben um zu Hause üben zu können. Das herrlichste, mein Bruder, so alt er auch war musste auch mit lernen. Er gab aber sehr schnell auf und es wurde von Mutti anstandslos akzeptiert. Und um die Schülerin Frieda aus Geldnot nicht auch noch zu verlieren, erklärte der Lehrer meiner Mutter ich sei begabt. Sie glaubte es tatsächlich. Jetzt also jeden Tag die Noten auf den Notenständer und die von mir vom Notenblatt des Lehrers abgeschriebenen Lieder üben, üben, üben. Niemand im Haus hat sich jemals beschwert, was mich wunderte, denn es kamen nicht selten die seltsamsten Misstöne heraus. Kaum kam ich zu meinem Lehrer Schulze wurde das Metronom auf das Klavier gestellt, ich musste dann das gleichmäßige tak-tak-tak abwarten und das gelernte Lied abspielen. Manchmal wurde ich auch vom Sohn des Meisters begleitet, sogar auf einer Geige, der konnte es. Das nächste Mal war es ein Klavier, was mich begleitete. Ich war erstaunt, denn heute sah der Sohn etwas anders aus. War er auch nicht etwas größer und hatte hellere Haare? Mit breitem Lächeln erklärte mir der Lehrer, er habe 21 Kinder, davon 18 Jungen und drei Mädchen. Mir blieb der Mund vor Staunen offen stehen. Sein Haus mit großem Nutzgarten bekam er im dritten Reich als Anerkennung und Dank dafür, dass er so viele zukünftige Soldaten produzierte. Also: ohne Fleiß kein Preis. Jetzt in der DDR behielt er das Haus, aber die Einkünfte als ehemaliges Orchestermitglied waren recht bescheiden und so musste er Klavier- Geigen- und Akkordeonunterricht an begabten und unbegabten Kindern geben. So lernte ich fleißig die Lieder, die wir von alten Notenblättern abschrieben, viele Lieder aus alten UFA Musikfilmen, neue Noten gab es kaum und wenn, waren es sozialistische Lieder. Ich übte fleißig und da hatte ich auch noch Freude daran, wenn ich die Schlager aus längst vergangener Zeit spielte. Jetzt wurde meine Mutter langsam hellhörig und sicher, dass ich spielen konnte, und das musste den Anderen auch vorgespielt werden. Mein Leidensweg begann! Ob zu Geburtstagen, Familienfeiern, Weihnachten oder anderen Feierlichkeiten, das Akkordeon wurde auf meinen Rücken geschnallt und ab ging's.

Die Verwandten, Bekannten saßen am gedeckten Tisch mit Stapeln von Kuchen und wunderschönen sogenannten bunten Tellern, da waren Sahnerollen, Buttercremestückchen, die aussahen wie ein grasgrüner Frosch oder braune Granatsplitter mit Schokolade übergossen und andere Leckereien. Und ich, ich musste zur allgemeinen Unterhaltung, Akkordeon spielen. Der Kuchenberg wurde immer kleiner, die Platte der Cremetörtchen leerte sich zusehends. Ich spielte, die Augen begehrlich fast flehentlich auf den Tisch gerichtet. Ein neues Lied aus meinem Fundus auf das Notenbänkchen gestellt, und dann ... meine Augen wurden feucht, der Frosch war weg, ebenso die Sahnerolle und von der Eierschecke war auch nicht mehr viel übrig. Was mussten die Menschen solche Mengen von Kuchen vertilgen, während ich mir die Finger krumm spielte. Dann endlich die Kuchengabeln wurden beiseitegelegt, ein wohliges Ächzen war zu hören. Jetzt, jetzt bekomme ich ... ich hatte noch nicht zu Ende gedacht, da kam laut und deutlich das Signal – weiterspielen – das Lieblingslied meiner Tante, "Kalinka". Tante Gerda sprang auf, die Hände auf den Fußboden gesetzt, die Beine wurden nach vorne geschleudert und sie tanzte Kasatschok. Kasatschok bis der Rock zu den Strumpfbändern rutschte und der rosa Spitzenunterrock sichtbar wurde. Und nochmal und nochmal, bis Tante Gerda müde auf den Stuhl sank. Meine Tante schweißnass, ich hungrig. Vor Durst klebte mir die Zunge am Gaumen. Meine Finger waren im Gelenk steif wie bei einer gichtkranken Person von 80 Jahren. Endlich, meine liebe Tante Herta sagte, jetzt mal Schluss, Frieda muss ja auch mal was essen und brachte mir die ersehnte Sahnerolle, den Frosch und einen Negerkuss, selbst ein Stück Eierschecke war noch für mich da. Mein Platz war am Kindertisch oder in der Küche, egal, ich hatte meine Lieblingsstücke bekommen und war nur noch kaputt. Meiner Mutter war das gar nicht recht, ich sollte eigentlich noch weiter spielen. Tante Herta hielt sie davon ab, denn, allen hat es gefallen und müde und zufrieden „bis zum nächsten Mal" rufend gingen wir auseinander.

Das nächste Mal, die nächste Feier, dieselben Lieder, derselbe Ablauf und dann als krönender Abschluss wieder Kalinka, mal mit mal ohne Kasatschok, erschöpfte Tante Gerda und ich hungrig und durstig, entkräftet. Bis dahin war mir nicht bewusst, wie viele Onkel und Tanten ich hatte und wie viele Jubiläen es zu feiern gab.

Weihnachten nahte. Meine Mutter kam vom Krankenhaus (einer Nervenklinik Psychologie und Neurologie) nach Hause und erzählte mir freudig. „Die Oberschwester der Station..... möchte, dass du zu Weihnachten auf ihrer Station, (einer Station mit tief Depressiven und Selbstmördern) ein paar Weihnachtslieder spielen solltest, es würde sie sehr freuen und würde die Kranken etwas aufmuntern." Also, Akkordeon auf den Rücken, die Noten in die Tasche und in die Abteilung. Alle Patienten saßen aufgeregt, leise flüsternd und erwartungsvoll in den festlich geschmückten Aufenthaltsraum. Natürlich, die Menschen um mich herum bei Kaffee und Kuchen und ich, ich spielte Weihnachtslieder. Es wurde immer stiller und dann fingen die Patienten an mit zu singen und plötzlich die eine, still in der Ecke sitzende junge Frau fing bitterlich an zu weinen, wehmütige Blicke trafen sie und dann das, einer nach dem anderen fing an zu weinen, die Oberschwester wich erschrocken aus dem Zimmer. Was nun? Eine bis dahin stille kleine Frau mit einem langen geflochtenen Zopf kam auf mich zu, bitte spielen sie doch mal was Lustigeres, richtige Tanzmusik eben. Was sollte ich tun, die

Weihnachtslieder wurden verstaut, das andere Notenbuch mit den alten Schlagern der 30er und 40er Jahre hervorgeholt. Und ich spielte das ganze Repertoire durch. Von „Was machst du mit dem Knie lieber Hans" „Untern Linden untern Linden" bis zum „wenn der weiße Flieder wieder blüht" alles wurde aufgespielt. Der Bann war gebrochen, es kam wieder Normalität auf. Nach mir erschienener endloser Zeit setzte ich mein Akkordeon ab und dann durfte ich zu der Weihnachtsfeier der Belegschaft gehen. Auf der Bühne spielte ein Ensemble ein klassisches Weihnachtsmärchen und die Werkskapelle die traditionellen Lieder. Neben mir saß ein Mann, stocksteif und mit übertriebener hochdeutscher Sprache zischelte er mir ins Ohr, „ist das nicht schön" hölzern drehte er sich wieder dem Geschehen zu. Ich dachte nur, oh Gott von was für einer Station ist der denn entwichen. Dem war natürlich nicht so, denn alle hatten mich beneidet ich saß nämlich neben dem Oberarzt der Neurologischen Abteilung. Das war's mit dem Vorurteil. Eine Lehre auch für später, sei vorsichtig mit deiner Beurteilung. Für diesmal war erst mal Schluss mit Weihnachten und der Akkordeonspielerei.

Meine Konfirmation rückte näher. Mein Kleid, war ein Zweiteiler, ein wunderschöner schwarzer weitschwingender Taft Rock, aber das Jäckchen! Das Jäckchen wieder wie immer mindestens eine Nummer zu groß, mit Schalkragen und Bindegürtel, der locker gebunden werden sollte. Aber die üppige Weite konnte ich nur in den Griff bekommen, wenn ich denn Bindegürtel, wie einen Schnürriemen um die nicht vorhandene Taille raffte. Ich sah aus, als hätte ich Muttis Kleid angezogen. Wieder mal schämte ich mich! Nützte alles nichts, ich musste es anziehen, denn ein anderes hatte ich nicht. Na ja, vielleicht passe ich in 10 Jahren mal da rein.

Nach der ganzen kirchlichen Zeremonie liefen wir nach Hause. Ich musste mich sofort umziehen, denn jeder kann es sich denken was dann passierte. Zu meiner eigenen Konfirmation musste ich Akkordeon spielen. Alles lachte, alle speisten, alle hatten ihren Spaß nur ich saß da und spielte zur allgemeinen Fröhlichkeit. Jetzt kam der Trotz, der Unwillen in mir hoch. Ich rief ganz laut. "Das ist mein Fest, ich will auch an der Festtafel sitzen, ich will auch Kuchen essen". Daraufhin Totenstille, ich rannte tränennass aus der Stube ins elterliche Schlafzimmer warf mich in die weichen Kissen und schluchzte erbärmlich.

Nach kurzer Zeit kam Papa ganz aufgelöst zu mir, nahm mich ganz fest in seine Arme und sagte, „komm wieder rein, es ist alles gut". Das wollte nun ich nicht mehr, der ganze Tag war für mich hin. Nach nicht so langer Zeit gingen auch die Verwandten etwas betroffen nach Hause. Meine Mutti hat mindestens zwei Wochen nicht mit mir gesprochen, sie sagte nur immer im Vorbeigehen, was muss ich mich meiner Tochter schämen, so ein Theater zu machen, wegen so ein bisschen Musik! Es war das erste Mal, dass ich Papa und Mutti streiten hörte und das alles, alles wegen mir. Ich war nieder geschmettert, unglücklich, so hatte ich mir mein Fest auch nicht vorgestellt.

Das Ende von diesem ganzen Dilemma war, ich musste auf keiner der Familienveranstaltungen mehr aufspielen.

Meine erste Dauerwelle

Meine Mutter immer darauf bedacht, ein niedliches sauberes Mädchen mit blondem lockigem Haar zu haben, wurde natürlich nicht erfüllt. Ich hatte weder blondes geschweige lockiges Haar, wie konnte sie mich denn dann so anziehen wie ihrer Meinung nach ein kleines Mädchen auszusehen hatte. Mein dünnes glattes Haar war mit einem Scheitel versehen und rechts mit einer Haarklemme festgesteckt, für mich einfach und schnell zu richten, mir reichte es und außerdem liefen ja alle so ähnlich rum. Und schon ging das Gezeter wieder los, du siehst aber überhaupt nicht wie ein Mädchen aus und deine Haare, deine Haare. Es muss was passieren! Konnte ich etwa etwas wegen meines Aussehens. Denn --- Neulich Im Schwimmbad wurden meine Freundin und ich ausgiebig von einer uns fremden Frau aufgeklärt, wo und wie die Kinder entstehen und was so im Bett passiert. Interessiert hörten wir mit aufgestellten Ohren zu. Haha, jetzt wusste ich auch woher ich die zotteligen Haare hatte, Familienerbsache. Väterlicherseits. Da musste ich ja jetzt wohl auf meine Eltern moralisch aufpassen, aber so was machen die doch nicht?? Oder doch. Ich schlief in einer abgetrennten Nische im Schlafzimmer und konnte jetzt ja genau kontrollieren was meine Eltern machten. Das fiel natürlich meiner Mutter auf und schon änderte sich meine Situation drastisch. Ich flog prompt aus dem Schlafzimmer und wurde in die Kammer im 4. Stock verwiesen. Papa hat mir ein Bett aufgestellt, dazu kamen Nachttischchen und ein kleiner an der Wand abklappbarer Tisch, eine kleine Tischlampe vervollständigten den Raum und fertig war mein neues Domizil. Papa hatte eine Leitung gelegt mit einer Glocke daran, so konnte er mich immer zur richtigen Zeit wecken. Das war ja alles ganz schön wenn nur der lange Flur zur Tür nicht so dunkel gewesen wäre. Dass die Kammertür, die letzte im Gang war und das Licht oft ausging, bevor ich den Schlüssel in die rettende Tür stecken konnte, und von innen mit einem Seufzer der Erleichterung schloss, war nicht der einzige Schrecken. Hoffentlich musste ich nichts nachts raus und bis zum Schalter im Dunkeln davor laufen und die Treppe runter. Wie grausam können Eltern sein. Mutti meinte, du bist doch sonst nicht so zimperlich, hast deine Augen überall und dein Mund ist kaum eine Minute still und jetzt mach kein Trara. Da hatte ich es. Das gute an der neuen Behausung war, ich konnte bis zur Kapitulation meiner Augen lesen, niemand hat urplötzlich das Licht ausgeknipst.

Jetzt ging mir es ans Haar

Es wurde ernst mit meinen Haaren, da bisher alle Maßnahmen scheiterten mir Locken ins Haar zu drehen. Die Lockenscheren brachten nur vorübergehend etwas Gewelltes in mein Haar, das nachdem ich dreimal drin rumgewurschtelt habe schlapp wie immer nach unten hing.

Also, ohne Widerrede, Mutti schleppte mich zur Freundin einer Freundin um mir per Dauerwelle einen Lockenkopf verpassen zu lassen. Die Freundin hatte ein monströses Ding, mit mehreren Stöpseln und Drahtschnüre die bis zur Decke reichten und dort mit den elektrischen Schalter verbunden waren in ihrem Wohnzimmer aufgestellt und dann wurde eine ätzende stark nach Ammoniak riechende Flüssigkeit auf meinen Kopf gegossen. Die Haare wurden mit kleinsten Wicklern auf den Kopf aufgedreht und links und rechts mit dem elektrischen Draht verbunden. Eine mir unendliche Zeit schmorte ich an diesem Gestänge. Endlich, die Wickler wurden entfernt und... was war denn das auf meinen Kopf? Ich sah aus wie Frankensteins Monster unter Strom aus. Wie Spirillen standen die Enden meiner Haare ab, kleine leblose Spirillen. Was musste ich mitmachen, ich tat mir unendlich leid. Wie sollte ich morgen mit diesen Krautkopf in die Schule gehen. Ich griff mir an die Stirn, nein Fieber hatte ich nicht auch keinen ekelerregenden Ausschlag, ich musste also morgen in die Schule. Was denken sich eigentlich die Eltern denn bei diesen Aktionen. Aber meine Mutti sah auch nicht gerade glücklich aus als sie meinen verhunzten Haarschmuck sah, sie hatte sich das auch anders vorgestellt und dafür musste sie auch noch bezahlen!

Mein erstes genähtes Kleid

Es kam ein Film aus dem „Westen", das doppelte Lottchen, ach war der schön. Wievielmal hab ich ihn mir angeschaut und nicht nur ich, sondern auch Mutti, so genau weiß ich das gar nicht mehr. Einige Passagen konnte ich schon auswendig und sprach sie vor mich hin. Mutti war von dem Kleid was Lottchen im Film anhatte ganz begeistert. Es galt, dieses Kleid zu kopieren, nämlich es selbst ohne Schnitt nach zu nähen. Und wer sollte es tun, ich. Du musst sowieso mal nähen lernen warum dann nicht jetzt. Die ersten bunten leichten Baumwollstoffe gab es schon wieder im Kaufhaus und das Schnittmuster aus Zeitungspapier, wurde von einem ähnlichen Schnittmuster übertragen, die ersten Seitennähte, der Rock und das Oberteil mit Rüschchenbesatz angeheftet, um dann von Mutti korrigiert und mit Heftnadeln neu angesteckt zu werden. Die Nähte waren schief, die Rüschen buckelig, aber es war naja im weitest gehenden Sinne ein Kleid und ich trug es doch mit Stolz, das erste Kleid und das mit so viel Aufwand, Rüschen am Oberteil und um die Taschen. Im Film hat es mir zwar besser, viel besser gefallen. An mir sah es so aus, als wäre ich krummbuckelig. Ich wollte es natürlich nicht Mutti beichten, dass dieses Kleid an Liesa und Lotte viel besser ausgesehen hatte als an mir. Später gestand sie mir aber auch, na das war wohl ein bisschen daneben, aber das nächste Kleid wird bestimmt viel besser.

Mein Papa kann a l l e s

Papa malerte, tapezierte, reparierte, besserte Schuhe aus, lötete Drähte an undichten Stellen, also alles was defekt war besserte Papa aus oder stellte es neu her. Sicherungen, hoffentlich halten die, es gab ja keine in der Stadt und wenn sie geschmolzen waren und das Sicherheitsplättchen herausflog wurde es repariert, heute unvorstellbar. Schuhe, deren Absätze abgelaufen und kaputt waren wurden von Papa ausgebessert.

Der „Malertag"

In unserem Haus, Baujahr 1902, mit 3,50m hohen Decken musste ja irgendwann mal wieder neu gestrichen werden. „Das Wohnzimmer ist mal wieder dran", sagte Mutti und Papa sah sich um und nickte, es war beschlossen, der nächste freie Tag von Papa war „Malertag". Mutti und wir Kinder fingen an, den Teppich aufzurollen, die Schränke leer zu räumen und dieselben in die Mitte des Zimmers zu wuchten und mit einem Betttuch abzudecken. Die große Malerleiter, Bürsten und Eimer kamen zum Einsatz. Die Wände und die Decken waren mit Farbe bemalt und so musste der alte Kram erst mal abgewaschen werden, eine Drecksarbeit und bei einem Holzfußboden natürlich dementsprechend schwierig. Mutti sauste mit den Eimern hin und her um kein Wasser zwischen den Fugen absickern zu lassen.

Die neue Farbe, der Farbroller standen bereit und jetzt war Papa gefragt. Zuerst die Decke, die Schwierigkeit war, es war eine Stuckdecke, die in der Mitte einen Blumenkranz mit ineinander verschlungenen Bändern zeigte und die besonders gewissenhafte Arbeit bedurfte. Papa schaffte es, was dachte ich denn? Auf der Leiter stehend, mit dem Kopf steil nach oben schauend malte er mit weißer Farbe jedes einzelne Blatt des Kranzes sorgfältig aus. Der erste Schritt war getan. Nun kamen die Wände dran, zuerst die Wände mit weißer Farbe grundieren. Papa stand auf der Leiter und lief mit der Leiter zwischen den Beinen an der Wand entlang und weißte die Wand. Ich sah immer mit Schrecken wie die Leiter wie ein Klappmesser auf und zuging, gefährlich anzusehen und ich bangte wieder mal um ihn. Aber er lachte nur. Nachdem die erste Schicht aufgetragen und getrocknet war kam die Farbwalze zum Einsatz. Auf der Gummirolle war ein erhabenes Muster mit Blumenmuster oder Ranken, je nachdem wie man es haben wollte. Mutti hatte lange im Malergeschäft rumgeschaut um für sie das schönste heraus zu holen. Diesmal sollte es was ganz besonderes sein, zweimal mit verschiedenen Farben überrollen. Na klar, das wurde akzeptiert.

Die erste Schicht, das Rollenmuster dicht an dicht, damit ja keine weißen Flecke an der Wand verblieben, dann nach einer Antrockenzeit, wurde die zweite Schicht aufgerollt, wunderbar, sah das ganze fertige Zimmer aus. Die noch nasse Farbe roch nach Kalk und Kreide und nach ausgiebiger Reinigung des Fußbodens mit anschließender Bohnerwachsbearbeitung wurde das frisch renovierte Zimmer wieder wie vorher eingeräumt und es sah hell, freundlich und neu aus und duftete nach frischer Farbe. Geschafft, Papa das hast du wieder toll hingekriegt! Völlig entkräftet lag Papa dann in seinem Lieblingssessel und schmauchte seine erste dicke Zigarre nach getaner Arbeit.

Papa, der großartigste Uhrmacher

Die Uhren und die exakte Zeit, für meinen Vater gehörten sie zusammen wie ein Paar Schuhe, denn er war ja ein Bahnmensch. Pünktlichkeit war die oberste Priorität, und alle hatten sich daran zu halten. Voraussetzungen waren natürlich, die Uhren in der Wohnung gingen genau, so dass niemand sagen konnte, das war die Uhr in der Stube, die ging falsch. Das gab es nicht! aus! Ob ich zum Spielen auf die Straße ging oder später zum Tanzen in den Ballsaal und es hieß Punkt 22:00 Uhr bist du zurück, hieß es wirklich 22:00 Uhr und nicht fünf Minuten später. Das erste Mal, ich kam vom Tanzsaal, die Straßenbahn war weg, die nächste kam erst eine halbe Stunde später und ich natürlich 15 Minuten zu späte nach Hause. Was habe ich mir anhören müssen. „Was glaubst du denn, wenn ich den Zug 15 Minuten später abfahren lasse, was dann passiert? Überlege dir das mal? Und sollte das noch mal passieren, dann ist die nächste Tanzerei passe!" Mein sonst herzensguter Papa war wütend und ich, ich schämte mich.

Seine goldene an einer kleinen Kette hängende Klapptaschenuhr zeigte die genaue Bahnzeit an und nach dieser wurden die Uhren in der Wohnung kontrolliert und wir hatten uns genau nach dieser Uhr zu richten. In dem Deckel waren die Anfangsbuchstaben meines Opas OA eingraviert. Die Zeiger zierlich und schlank und der Sekundenzeiger, zuckte im gleichmäßigen Takt, mir gefiel sie, sie war wunderschön und meines Vaters bester Schatz.

Ob die Wohnzimmeruhr mit dem Westminster Gong, oder der Wecker, die Küchenuhr, die Mutti heimlich immer wieder vorstellte, damit ihre Tochter rechtzeitig aus der Wohnung zur Schule trabte, meine Kuckucksuhr, die ich selbst aufziehen durfte jeder diese Uhren wurden überwacht, aufgezogen, gestellt, wobei er die kleinen Schräubchen nach rechts oder nach links drehte in der Hoffnung, dass sie jetzt punktgenau gehen und wenn nötig repariert.

Jetzt war es wieder einmal so weit, die kleine Armbanduhr meiner Mutter bewegte keinen Zeiger mehr, stand still. Papa mit erhobenem Zeigefinger,

Mutti müsste sie viel mehr anziehen, sie muss bewegt werden. Aber Mutti wollte sie für „gut" aufheben und nicht für „Alle Tage" nutzen.

Also war es wieder soweit. Ich schaute voller Faszination zu, saß auf der zartblaugestreiften Couch und damit ich unter anderem auch zum Teller greifen konnte, zwei dicke Wilhelm-Busch Bücher und mit einem Kissen obendrauf unter den Po geschoben. Gespannt, das Kinn auf die Hände gestützt schaute ich der Vorbereitung zu. Mutti entschwand aus dem Raum mit hochgehobenen Augenbrauen (Achtung!) Es konnte beginnen. Das Ritual begann.

Der Esstisch wurde mit einer weichen Decke abgedeckt und darauf kamen ein weißes Bettlaken, eine Schale mit Reinigungsbenzin und ein kleines graues Fläschchen mit Pipettierhilfe für die letzte Ölung. Ein fusselfreies weißes Tuch zum Abtupfen lag rechts. Dann wurde die Uhr parat gelegt. Voller Stolz erklärte er mir, die Uhr läuft auf 12 Steinen. Ruckartig ging mein Kopf zu Papa, war das wieder einmal einer von Papas Scherzen? auf Steine? wie soll das denn gehen? Nein, er schaute mich nicht mit seinem sonst pfiffigen, spitzbübigen Lächeln an, wenn er mich verkohlte, sondern lächelte fast zärtlich und stolz. War doch die Armbanduhr sein Hochzeitsgeschenk für Mutti!

Papa setzte sich seine Brille auf, und aufs rechte Glas kam eine Uhrmacherlupe, das mir sein Auge überdimensional groß zeigte und in dem linken Mundwinkel hing schräg nach unten seine Tabakspfeife die in regelmäßigen Abständen kleine duftende weiße Wolken wie bei einer Minilokomotive aus seinem Mund entschwebten.

Die kleinsten Geräte Pinzette, Schraubenzieher lagen schon bereit. Die kleine Armbanduhr wurde hinten geöffnet. Die winzigen Zahnrädchen standen still, die Unruh wurde als erstes mit einer Pinzette angefasst und sprang aus der Uhr, hüpfte über den Tischrand und verlor sich im bunten Persermuster unseres Linoleumteppichs. Ein ellenlanger Fluch entfläuchte Papas Mund. Ach konnte Papa so schön fluchen, herrlich. Augenblicklich stand Mutti im Türrahmen, „Aber Werner...., das Kind". Ich schaute neugierig von rechts nach links, war das spannend!!! Stille! Papa holte tief Luft. Nach einer Schreckenspause, wie geht es jetzt weiter ... Frieda? Darauf hatte ich nur gewartet. Ich steckte meinen Kopf unter den Tisch und tastete vorsichtig erst mit den Fingern der einen Hand die nähere Umgebung ab, nichts, kein Metall, nichts. Langsam schob ich mich nach unten und tastete nach und nach alles ab. „Ich hab das Ding", freudig überreichte ich das kleine goldenen Stück Metall meinem Papa. Er strahlte, setzte seine Brille mit Lupe auf die Nase und steckte sich die Pfeife frisch gefüllt in den Mund und paffte zufrieden. Die Arbeit wurde wieder aufgenommen, es wurde gereinigt, gedreht, geölt und dann zeigte Papa mir die „Steine". Diese winzigen roten Pünktchen waren die viel gepriesenen Steine? Ich war mächtig enttäuscht. Papa merkte nichts von alledem, höchst zufrieden setzte er die Uhr wieder zusammen, hoffentlich geht sie jetzt wieder, hat er auch alles wieder an die richtige Stelle gesetzt? Jetzt kam auch Mutti wieder aus dem Wohnzimmer und aus unserer Werkstatt wurde wieder eine Wohnküche.

Später fiel meiner Mutter mit oder ohne Absicht die, oder besser gesagt meine Kuckucksuhr nach deren Reinigung vom Nagel und der Vogel verlor seinen Kopf und es kam nur noch ein erbärmliches Schnurren alle halben Stunden aus dem schwarzen Loch. Papa war sauer, er vermutete, Mutti hatte das absichtlich gemacht, denn die äußerste einmal, „ich dreh dem Vogel mal den Kopf um, mit seinem ewigen Geschrei". Papa war sauer, schmiss ohne Kommentar die Uhr in den Kohlekasten. Und ich, ich war sauer auf Mutti und diesmal auch auf Papa.

Die große Wäsche

Wir hatten im Haus zehn Parteien, die dementsprechend alle zehn Wochen für die große Wäsche dran waren und somit auch für die Reinigung des Waschhauses, des Bodens und des Trockenplatzes im Garten verantwortlich.

Im Hof befand sich in einem Nebengebäude ein Haus mit großem gemauerten Ofen, in dem oben ein riesiger Kessel eingebaut war. In diesem Kessel wurde die Weißwäsche gekocht und die Buntwäsche hinterher gewaschen und zu allerletzt ging es an die Grobwäsche, wie Männersocken, Arbeitskleidung usw. Die

Schmutzwäsche musste aber erst auf einem riesigen Tisch und einem Waschbrett mit Wurzelbürste und Kernseife vorgeschrubbt werden. Das war Schwerstarbeit. Einen Tag vorher wurde die Weißwäsche mit einem besonderen Waschmittel eingeweicht um über Nacht die Flecken aufzuweichen oder zu entfernen.

Also es war wieder einmal so weit. Mutti hatte wie immer Körbe mit den unterschiedlichen Wäschestücken aus dem dritten Stock nach unten gewuchtet. Ihr war es nicht gut und sie sah auch irgendwie fleckig im Gesicht aus. Hin und wieder seufzte sie auf und setzte die vollen Wäschekörbe ab und massierte sich den Unterleib. Das kannte ich gar nicht von ihr. Was nun und was tun! Papa kam gerade von der Arbeitsstelle und war für das Anheizen des Waschküchenofens und des Auffüllens mit Wasser zuständig. Die Utensilien, wie Waschmittel, (für das Feine FEWA und für die Weißwäsche Persil) dazu kam ein großes Stück Kernseife für die Arbeitskleidung, eine dicke Bürste und nicht zu vergessen das Waschbrett. In der Ecke stand eine gewaltige mit Hand zu betreibende Schleuder, ohne jegliche Riegel oder Sicherung. Mehrere kleinere Wannen standen auch schon bereit, denn nach dem Waschen musste die Wäsche ja gespült werden.

Mutti griff sich immer wieder an den Bauch, auf einmal ein großer Seufzer und sie klappte zusammen. Ich war furchtbar erschrocken, rief meinen Vater um dann schnell den Notarztwagen zu rufen. In der Zwischenzeit hatte mein Vater eine Tasche für Mutti gerichtet, der Notarztwagen kam, Mutti wurde eingepackt, der Arzt befürchtete, einen Blinddarmdurchbruch. „Konnte sie nicht schon eher kommen, sie hatte doch sicherlich schon längere Zeit starke Schmerzen!", aber so war Mutti, immer bis zuletzt warten, nach dem Motto es wird schon wieder, ist alles halb so schlimm. Jetzt hatten wir das Dilemma und saßen in der Klemme. Mein Vater hetzte sich ab, der Ofen war angeheizt, die erste Wäsche im Kessel und Mutti im Krankenhaus, klasse. Jetzt bist du gefragt, sagte lakonisch Papa zu mir. Ich fahre ins Krankenhaus und du musst dich diesmal um die Wäsche kümmern, hast ja schon immer mit aufgepasst und mitgeholfen und nun fang schon mal an. Er gab mir noch den einen und anderen Ratschlag und mit den Worten ich beeil mich, war er zur Türe raus. Ich war da gerade mal 13 Jahre alt. Natürlich hatte ich bei der großen Wäsche immer geholfen, aber alleine, alleine hab ich die noch nie gemacht. Also die Weißwäsche brodelte im Kessel und musste mit einem dicken Stampfer aus Holz, immer mal durchgerührt werden. Jetzt sah ich zu meiner Freunde, meinen Bruder im Türrahmen stehen. Er sah sich um, wo ist Mutti, wo ist Vati? Ich klärte ihn auf. Sofort musste der erste Kessel Wäsche mit dem dicken Holzstampfer herausgeholt und in eine bereitgestellte Wanne gewuchtet werden. Das restliche Wasser wurde für die Buntwäsche in eine andere Wanne gelegt und der Kessel mit frischem

Wasser und weiterer Weißwäsche gefüllt, zwischendurch darf das Feuer auf keinem Fall ausgehen. So ging es drei bis viermal je nach Wäscheaufkommen. Wir haben gewaschen, geschrubbt, dreimal die Wäsche gespült und endlich in der großen Schleuder, die nur mein Bruder bedienen konnte, eingelegt und mit Kraft und Geschwindigkeit die Nässe aus der Wäsche ausgedrückt, je mehr Geschwindigkeit, je trockener die Wäsche. Mein Bruder hat sich richtig ins Zeug gelegt. Plötzlich kam mein Papa zur Tür herein, „ich kann jetzt mithelfen. Mutti ist operiert worden, der ganze Bauch war voller Eiter, das kann dauern, morgen gehen wir alle ins Krankenhaus und besuchen sie". Besuchszeiten waren nur Sonntags- und Mittwochnachmittag, sonst nur im Einzelfall zu einem anderen Zeitpunkt.

Also die Leine musste aufgespannt werden und endlich die ersten Laken, Kopfkissen und Bettbezüge flatterten im Wind, auch die Bunt- und Arbeitswäsche war fertig, ein schöner und beglückender Augenblick, denn da wusste man, die Hauptsache ist erledigt. War es regnerisch, dann ging man auf den Boden um dort die Wäsche trocknen zu lassen. Aber wir hatten Glück, die Sonne schien, es wehte sogar ein kräftiger Wind. Die Waschküche wurde wieder gereinigt, aber vorher ist eine Waschwanne aufgestellt worden mit dem letzten heißen Wasser und jetzt begann der schönste Teil, es wurde ausgiebig gebadet. Ein Stück Lavendelseife bekam ich in die Hand gedrückt und selig schloss ich die Augen und war stolz wie schon lange nicht mehr.

War das ein Tag!! Wir haben es ohne Mutti gemeistert!!!

Die ersten Teile der Wäsche waren schon am Abend fertig und konnten abgenommen und in den Wäschekorb gelegt werden. Diese Wäsche roch gut nach frischem Wind und Sonnenschein. Der Rest blieb über Nacht auf der Leine. Frühmorgens, der Rest der Wäsche war trocken und alles wurde in den Körben verstaut.

Der zweite Teil begann. Die Wäsche war ja noch zerknittert. Jetzt musste die Wäsche gebügelt werden. Im Nachbarhaus stand eine riesige Kaltmangel, ein beängstigendes Ungetüm. Auf einem zweieinhalb Meter langem und ein Meter hohem Holz Sockel war ein riesiger schwerer Holzkasten beweglich aufgesetzt um die Doggen mit der zu bügelnden Wäsche unter Ächzen und Knarren auszuwalzen und durch ihr Eigengewicht zu glätten. Das Gatter vor diesem riesigen Kasten musste geöffnet werden, die Doggen wurden untergelegt um dann nach Schließen des Gatters durch Hin- und Herrollen zu glätten. In der Zwischenzeit wurde eine neue Dogge, die aussah wie ein riesiges Nudelholz, wieder mit einer Reihe Wäschestücke aufgerollt und dann wurden die beiden Doggen ausgetauscht, eine körperlich schwere Arbeit. Diesmal, weil Mutti immer noch im Krankenhaus war, hatte Papa die Arbeit übernommen. Aber ich musste feststellen, dass sah nicht so akkurat wie bei Mutti aus. Aber Papa und natürlich ich haben es schließlich geschafft.

Meine Lieblingsspeise

Die Wäsche wäre für dieses Mal wieder einmal sauber und glatt im Schrank. Mutti wird sich bestimmt freuen. Denn noch immer war sie im Krankenhaus und ihr Aufenthalt zog sich in die Länge zum Verdruss meines Vaters. Denn er musste immer noch Hausmann spielen, was bei den Essensangeboten der DDR nicht so einfach war und leider war er auch nicht der allerbeste Koch.

Ich kam aus der Schule und bemerkte im Haus roch es penetrant nach verbranntem Fleisch, doch hoffentlich nicht bei uns, hat Papa etwa für die letzten Fleischmarken Fleisch gekauft und verbrannt? Ich schloss vorsichtig die Wohnungstür auf, ja der Gestank kam aus unserer Küche. Ich schaute auf den Küchentisch und zuckte zurück, da lag doch tatsächlich ein halber Schweinskopf ohne Ohren auf den Küchentisch. Das Ohr war durch abbrennen von seinen Borsten befreit und wurde in einem großen Topf gekocht. „Was machst du denn da?" die entsetzte Frage von mir. Sülze! Kein Wort mehr von ihm. Schwitzend schnitt er die großporige Steckdosennase in kleine Stücke. Er schabte, zerkleinerte, kochte. Die graue schwabbelige Masse hat er mit Salz, Pfeffer und anderen Gewürzen versehen und das ganze wurde nochmal gut durchgekocht. Das Ende von dem langen Kochtag war ein riesiger Topf in dem grau rosa Fleischstücke in der noch flüssigen Gelatine schwammen, denn das sollte mal Sülze werden. Mich schüttelte es innerlich, Papa strahlte!

Was gab es am nächsten Tag, selbstverständlich Bratkartoffeln mit Sülze. In jedem Stück Sülze sah ich die feuchte Steckdosennase. Abends Sülze mit Brot. Am nächsten Tag wer hätte das gedacht, Sülze mit Salzkartoffel und Tomaten, abends Sülze mit Brot und kein Ende in Sicht. Denn im Topf war noch reichlich von dieser Masse.

Zwei Tage später kam Mutti aus dem Krankenhaus und sie sah den Topf mit der hervorragenden Sülze und so wurde der Rest auch noch vertan, Mutti hell begeistert das noch etwas da war, ich hellbegeistert das dieses Geschwabbel endlich alle war. Na, eines kann ich sagen Sülze ist nie meine Lieblingsspeise geworden.

Mein erster Bikini

Ganz langsam wurden wir größer, älter und modebewusster. Obwohl ich immer noch steckendürr war, von weiblichen Rundungen keine Spur. Im Gegenteil, selbst meine Mutti spottete oft, „was hab ich armes Mädchen entdeckt, zwei Linsen auf ein Brett gezweckt", oder „du kannst dich ja hinter einen Besenstiel ausziehen", was ich ihr damals schon sehr übel nahm. Ich hatte ja schon mit den Spott der Jungens aus der Klasse oder vom Sportverein zu kämpfen, die immer schrien, „kommst du aus Mönchen-Gladbach?". Mann tat das weh, aber trotzdem brauchte ich keinen Psychologen, damit musste ich selber fertig werden.

Nun, da werde ich euch imponieren mit einem Bikini. Mutti lachte nur und sagte, wo soll der den halten, du kannst doch keinen Bikini anziehen, nehme einen anständigen Badeanzug! Aber wer wollte denn einen anständigen Badeanzug, den hatte ich ja schon für den Schwimmverein. Meine liebe Tante Lina häkelte mir einen in blau-weiß, hurra. Wie der aussah? Ganz einfach, man stelle sich zwei handgehäkelte runden Topflappen vor, in der Mitte zusammen gebunden mit einer blauweißen Schleife aus gedrehter Kordel und die Bänder für den Rücken und den Hals waren ebensolche und wurden dann mit einer Schleife verschlossen. Die Hose, zwei Dreiecke an der Seite mit einer Kordel verbunden und als Halt ein Gummilitzenband auf dem Bauch. Na, komisch sah er schon aus an mir, ich sah aus wie ein angeputzter Besenstiel, da hatte meine Mutti ja eigentlich Recht. Aber es war ein Bikini! Stolz ging es zum ersten Mal ins Freibad, mit einem Köpper rein ins Wasser, das war's. Das Ding, BH genannt stülpte sich nach oben, die Bänder strangulierten mich beinahe und was noch schlimmer war die Hose rutschte bis zu den Knien. Mensch, hat das etwa Jemand gesehen? Oh, bitte, nein! Schnell unter Wasser alles zu Recht gerückt, alles nochmal verknotet und dann raus. Der Spaß ins Wasser zu gehen war dahin. Aber das, das wollte ich vor allem nicht meiner Mutter sagen, denn ihre spöttische Miene hätte ich jetzt nicht ertragen. Also tapfer, liebe Frieda, tu so als wäre alles wunderbar gewesen. Nur eins konnte ich nicht mehr, vom Beckenrand oder Turm springen. War ich froh als das blöde Ding das nächste Jahr zu klein war!!!

Da aber die Figur sich aber immer noch nicht richtig entwickeln wollte, ich sauer auf mich und der ganzen Welt war, musste etwas anderes gefunden werden um mich fraulicher aussehen zu lassen. In diesem Jahr kamen Schaumstoffkisseneinlagen für den BH raus. Einfach in den Badeanzug stecken und schon sieht man aus wie Marilyn Monroe. Ich habe zwei solche Dinger von einer Freundin bekommen und ich staunte nicht schlecht, als ich diese monströsen fleischfarbenen Puddingdinger in meinen Badeanzug steckte, wow, wie Brigit Bardot im neusten Film. Also tänzelte ich langsam, damit auch jeder sah, was ich hatte, zum Schwimmbecken. Langsam stieg ich die Stufen runter, wie Sybille zum Bade, nässte behutsam meine Arme und Dekolleté und schwamm los. Die Schwammdinger sogen sich sofort voll, drängten zur Seite und nach dem nächsten Schwimmzug schwammen sie fröhlich wippend wie zwei Schlauchboote auf den Wellen. So schnell ging ich noch nie unter Wasser, schwamm zügig zu den beiden schwankenden Schalen und erwürgte sie fast in meiner Hand.

Lieber lass ich mich von den Jungs verhöhnen, die sangen: „Und er verliebte sich, oh Wunder, in eine Flunder... In eine Flunder...", als mich mit fremden Federn zu schmücken. Niemals, niemals wieder einen

Bikini noch Kunst am Körper!

Die letzten Kindertage

Mit 13 Jahren wurde über meine weitere Zukunft diskutiert. Leider war Papa nicht da. Er war zur Kur, schön für ihn, für mich leider nicht. Es kam ein Bescheid von der Schule, soll Frieda weiter auf die Schule gehen (10 Schuljahr und mehr) oder nicht. Keine Unterschrift von Muttis Seite. Du heiratest sowieso, da brauchst du keine große Schulbildung, Jochen hat auch nicht studiert. Punkt aus!! Für mich brach eine Welt zusammen, ich wollte weiter in die Schule gehen, die Noten waren gut bis sehr gut, aber nein, sie unterschrieb nicht.

Also musste ich in den sauren Apfel beißen und auf Arbeitssuche gehen. Meinen Vater ging es zu dieser Zeit gesundheitlich nicht besonders, so dass ich keine Unterstützung hatte und so machte ich mich auf die Suche nach einer Lehrlingsausbildungsstätte. Es war recht schwierig, denn es gab keine Register, keinen Hinweis für Schüler wo sie sich hinwenden könnten, keiner in der Schule half weiter. Also jeden Tag nach Schulschluss ging es auf Arbeitssuche. In der Tasche einen Lebenslauf, das letzte Zeugnis und die Bewerbung. Der Lebenslauf fing immer an „Ich, Frieda Aue. die Tochter von Vatersnamen und Mutters Namen ... usw. aufs ausführlichste, Und das x-mal geschrieben.

Manche Betriebe nahmen mich ohne das Zeugnis zu betrachten gar nicht erst an, da ich nicht die Jugendweihe besuchte, sondern noch konfirmiert wurde. Also aufs falsche Pferd gesetzt, sagte meine Mutti ironisch.

Eine Idee was ich eigentlich richtig werden wollte, hatte ich nicht. „Ins Büro? Oder doch nicht!" Was wollte ich?? was wollte ich nicht?? Mutti gab mir keinen Rat, vielleicht überwog die Sorge um Papas Gesundheit meine ihrer Ansicht nach kleinen Sorgen.

Sie war ja auch berufstätig, arbeitet in einem Krankenhaus, und kam relativ spät nach Hause. War das vielleicht etwas für mich? Also bin ich in ein Krankenhaus, nicht in dem meine Mutter angestellt war und gab meine Bewerbung ab. Weiter! Noch ein Krankenhaus, und noch eins. Für diese Woche hatte ich genug. Die Hausaufgaben musste ja trotzdem noch erarbeitet werden.

Ich hatte Glück, das erste Krankenhaus in dem ich mich vorgestellt habe, schrieb eine Woche später einen Brief und ich hatte eine Ausbildungsstelle als Krankenschwester. Ich überlegte nicht lange. Na, war mein Denken, versuchst du es also mal damit. Mein Vater war in der Zwischenzeit wieder da und hoffentlich endlich gesund. Er freute sich für mich. Mein Mädel sagt er, kann mich dann immer versorgen wenn's nicht mehr geht. Mutti guckte etwas sauer. Ach, haben die dich genommen, dich wilde Person?? Jetzt war ich meinerseits stocksauer, keine Hilfe und dann noch meckern. Eine Woche hab ich nicht mit Mutti gesprochen und sie nicht mit mir. Wieder mal musste Papa die Situation regeln, tröstete mich und sprach mit Mutti. Na klar hab ich dann wieder mit ihr gesprochen, aber ich war traurig darüber, dass sie über alles was ich mache etwas Negatives fand.

Die letzten Wochen vor den Endprüfungen standen bevor und ich noch immer wie ein Kind ohne das Gefühl, in einem halben Jahr bist du ein erwachsener Mensch und wirst auch so behandelt und du musst dich selbstverständlich an die Regeln der Erwachsenen halten. Die Schonzeit als Kind ist vorbei. Da ich gewichtsmäßig immer noch weit unterhalb der Norm lag, kam ich tatsächlich nochmals zur Kur, zur Kinderkur. Die Kur hat weniger dazu beigetragen das ich dicker wurde aber ich konnte nochmal richtig Kind sein mit Mittagessen und zweistündigen Mittagsschlaf. Wann werde ich das nächste Mal dazu kommen mittags zu schlafen? Ich wurde in dem schönen waldreichen sagenumwobenen Kyffhäusergebirge untergebracht. Das Essen war reichlich und sogar gut, die Luft sauber und in der Barbarossahöhle konnte man den alten Zausel, Kaiser Friedrich I. natürlich nur wenn man genau hinschaute, noch an seinem Tisch sitzen sehen. Und erst wenn die Raben ins Gebirge kommen, wird Barbarossa Kaiser Rotbart wieder auferstehen, faszinierend.

Zugenommen habe ich tatsächlich nicht.

Das waren die letzten Tage meiner Kindheit

Schluss! Jetzt wird es ernst!

Jugendjahre

Die Lehrzeit, sowie die Schulzeit fingen immer am ersten September an, wenn es nicht gerade ein Sonntag war.

Meine Ausbildung

Mit bangen Herzen fuhr ich 25 Minuten mit der Straßenbahn um dann noch circa 15 Minuten zum Krankenhaus zu laufen. Das Gebäude ein alter Bau aus der Jugendstilepoche mit reichlicher Verzierung an dem Eingangstor sowie in den Hauptgängen, mit großen hohen Fenstern, machte auf mich schon einen mächtigen Eindruck. Die Fußböden blank gewienert und hochglänzend. Die Schwestern huschten lautlos durch die Gänge, es roch nach beißenden Jod, Äther und anderen Tinkturen. Die einzelnen Stationen waren durch dicke weiße Türen von den Fluren separiert. So sah also meine zukünftige Arbeitsstelle aus, ich musste schlucken, ein dicker Kloss saß mir im Hals, am liebsten wäre ich davon gelaufen. Erst als ich die anderen Mädchen gesehen habe, die mit der gleichen Leichenbittermiene und schief lächelnd kamen und sich stocksteif auf die Stühle setzten, wurde ich etwas ruhiger. Drei Mädchen hatten als Verstärkung ihre Mutter dabei, ich kam leider wieder mal allein. Auf einer extra für uns aufgestellten Tafel standen Zimmernummer und Zeitpunkt des Erstgesprächs, nämlich 8:00 Uhr im Schulungsraum und ein entsprechender roter Pfeil zeigte uns die Richtung.

Es erschien eine große schlanke Schwester, mit einem schneeweiß gestärkten Kittel und einer rasiermesserscharfen Falte im Rückenteil, die Haare streng nach hinten gekämmt, mit einer gefalteten Haube bedeckt, ein Zeichen das sie eine Krankenschwester mit Examen war und die Brosche am Halsaufschlag kennzeichnete sie als Oberin. Außerdem stellte sie sich als solche vor. Die Einweisung begann. Sie stand vor uns fünf Lehrlingen, so wurden wir ja genannt. Es war ein kleines Krankenhaus mit nur fünf Stationen, der Ambulanz, Operationssaal, Röntgen – und Verbandszimmer, Apotheke und alle für die Pflege wichtigen Räume. Sie erklärte uns alles aufs Genaueste. Sie sah streng aus, was sich im Nachhinein als richtig erwies und wir schauten alle mit offenem Mund und voller Ehrfurcht drein.

Ihr Kommentar, jetzt habt ihr die Krankenhausseite gesehen, nun wird euch die Lehrlingsausbilderin die Bereiche zeigen, die für euch die nächsten 2 Jahre in der Ausbildung wichtig sind und zuletzt kommt ihr für ein halbes Jahr auf die

Station. Nebenbei habt ihr zweimal die Woche Berufsschule und jedes halbe Jahr habt ihr Prüfung in den jeweiligen Gebieten.

Na schön! Die Lehrlingsausbilderin kam, schaute uns an und ging zurück in den Schulungsraum um dort die Einzelheiten zu erklären, die Lehrlingspläne für die nächsten zweieinhalb Jahre zu konkretisieren und so fing die Sache mit der Ausbildung an.

Da man erst mit sechszehn Jahren Stationsdienst machen durfte, hatten wir eine Ausbildung vor uns, die Nähen, Waschen, Kochen, Putzen, die Abrechnung, das Servieren im Ärztekasino und die Essenausgabe für die Schwestern beinhaltete. Ja, wir wurden richtig hart rangenommen und haben tatsächlich viel gelernt.

Der erste Monat für mich, die Wäscherei, hier lernte man die riesengroßen Waschmaschinen zu füllen, den Waschpulverstand zu messen, damit sich kein riesiger Schaumberg vor der alten verrosteten Maschine bildete, die Heißmangel bedienen sowie das exakte Bügeln der Ärztekittel und Schwesternschürzen, alles musste mit Hand erledigt werden.

Ach, taten mir die Beine die ersten Tage weh! Ich war geschockt und dann noch stumpfsinnig stundenlang Wäsche für die Heißmangel bereitlegen. Gefragt nach meiner Arbeit und ob sie mir gefällt habe ich immer mit bitterer Miene mit ja geantwortet, was sollte ich denn sonst noch sagen. Zur sogenannten Bügelprüfung wurden ein superglatter Ärztekittel und eine verflixte, dreimal gestärkte Schwesternhaube ohne Tadel steif wie Oskar in festgelegter Zeit verlangt. Man glaubt gar nicht, wo sich überall wieder Falten bilden und absolut nicht aus dem gestärkten Stoff rausgehen wollen. Das war die blödeste Prüfung aus meiner Sicht. Wann, so fragte ich mich, werde ich in meinem Leben schon mal Schwesternhauben bügeln. Aber die Lehrlingsausbilderin sagte weise, wenn man die bügeln kann, kann man bügeln. Zeitlebens war und ist bügeln nicht meine Lieblingsbeschäftigung und ich bewundere alle jene, die das hauptberuflich machen und sogar Spaß daran haben.

Da wir auch noch samstags arbeiten mussten, wurden wir Lehrlinge eingesetzt, die Räumlichkeiten fürs Wochenende zu reinigen, also zu putzen, kehren, wischen.

Die nächste Abteilung war die Näherei. Das Geld war schon immer knapp in den Krankenhäusern, deshalb wurde fast alles in und um das Krankenhaus herum selbst hergestellt und bearbeitet. Wir bekamen unseren Platz an einer großen Fabriknähmaschine zugewiesen und durften als erstes Risse in der Krankenhausbettwäsche flicken, das eine Knie am Kniehebel, den anderen Fuß auf das Pedal und dann mit den Fingern die Wäschestücke fest halten und durch langsames Hin- und Her bewegen die Risse sorgfältig und ohne das sich der Stoff verschiebt, schließen. Am Anfang waren Knötchen und Fadenmassen auf einen Fleck, es sah alles andere als gut aus, da musste mit einem Skalpell der ganze Schlamassel wieder aufgetrennt werden und schon war ein neuer Riss im Betttuch. Mein Gott, hab ich mir am Anfang schwer getan, obwohl ich durch Muttis Anweisung ja schon an der Nähmaschine wahre Wunder vollbracht habe, aber Stopfen, nein das war ja was ganz anderes. Beim, ich weiß nicht wievielten Stopfversuch, ein ganz klein wenig nicht aufgepasst und schon hatte ich den rechten Zeigefinger unter die Nadel bekommen und habe vor Schreck vergessen das Schwungrad zu bremsen und der Finger wurde angenäht. Ein „ach du meine Güte" von mir, die erste Kraft in der Nähabteilung eilte zu mir und ... fiel vor Schreck um. Eine Kollegin rannte zu Frau Mesch und eine andere Kollegin kam zu mir und wir beide zogen den Zeigefinger langsam aus der Nadel und dann hing noch der Faden drin, auch der wurde langsam unter naja Schmerzen herausgezogen. Dann saß ich käsebleich und mit schnellem Puls erst mal stumm auf dem Stuhl. Die umgefallene Kollegin kam ganz langsam zu sich, bekam etwas zu trinken und saß fünf Minuten später wieder an ihrer Nähmaschine, ja und ich ging zum Werksarzt, wurde desinfiziert und man soll es nicht glauben auch noch ausgelacht. Für diesen Tag wurde ich sogar beurlaubt und ging mit dickem Verband stolz nach Hause. Zu diesen Zeitpunkt war ich immer noch 14 Jahre und noch immer, wenn man es so sieht – ein Kind (ich hatte noch nicht einmal meine monatliche Periode).

Bei der Nähprüfung, die unweigerlich folgte,

nachdem wir auch die Kunst der Flecken einsetzen, Kragenwenden und andere nützlichen Dinge gelernt hatten wurde von uns verlangt ein Kopfkissen zu nähen mit 1A handgenähten Knopflöchern und bitte die Ecken sauber aussehen lassen. Als zweites Arbeitsstück, eine weiße Schwesternschürze und zur Krönung wurde von uns verlangt ein Nachthemd oder Pyjama, für uns zu nähen, der Stoff ist bitte schön mitzubringen. Mutti sauste gleich los um ihrer Meinung nach den richtigen Stoff zu holen, ich wurde gar nicht erst gefragt. Und was war es, ein für den Winter, angerauter Baumwollstoff für einen Schlafanzug, mit Knöpfen, wunderschönen schwer zu erarbeiteten Kragen, doppelt genäht, versteht sich. Meine Mitstreiterinnen hatten sich alle für ein leicht zu nähendes Nachthemd ohne Ärmel entschieden. Mutti, Mutti!! Warum nur für mich die doppelte Arbeit?

Bis ich endlich den Schnittmusterbogen ausgelegt und der Stoff sorgfältig vorbereitet hatte, waren die anderen mit ihren leichten Hemden schon eifrig am Nähen. Dann hatte dieser vermaledeite Anzug auch noch zwei Knopflöcher, natürlich Handarbeit. Aber wie man mir versicherte, eine Meisterleistung. Trotzdem mochte ich diesen Pyjama nicht, musste ihn aber trotz Protest meinerseits zu Hause anziehen.

Ja, putzen haben wir auch gelernt, effizient und unter Zeitdruck wischten wir uns durch Zimmer und Aufenthaltsräume, die Prüfung am Ende des Gelernten war, ein Bereitschaftszimmer eines Doktors zu putzen, einschließlich Fenster säubern, Betten ab- und wieder neubeziehen, den Boden bohnern und glattwienern und das in einer Stunde. Auch das haben wir gemeistert und hat mir im späteren Leben doch viel genützt. Außerdem lernte ich in dieser Zeit, welcher Arzt mit welcher Schwester oder Labormaus ein Verhältnis hatte, das war auch eine Erweiterung meiner Kenntnisse in punkto Liebe, Triebe und Ehe. Die Haarspangen und liegengelassenen Unterteile mussten so hingelegt werden, als hätte man es nicht bemerkt. Aber auch Putzfrauen sind nicht doof!

Das was mich am meisten faszinierte, war die Küche, wenn man von den vielen absolut langweiligen Arbeiten, wie stundenlanges Zwiebeln schneiden oder Petersilien wiegen mal absieht. In dieser Zeit und den nächsten Jahren war es noch üblich, dass jedes Krankenhaus eine eigene Küche hatte und alles frisch gekauft und natürlich auch frisch zubereitet wurde. Und da waren wir, einmal die Lehrlinge und zum anderen ungelernte Arbeiterinnen, sogenannten Küchenhilfen, verantwortlich, dass auch alles richtig geschnitten und frisch zubereitet wurde. Denn selbst verschiedene Diäten, Kinder- und Babykost wurde mit frischer Milch und nur für die Kinderstation zubereitet. Und wir sollten vorbereitet sein, um eventuell in der häuslichen Krankenpflege auch mal was zubereiten zu können. Der Gedanke war nicht schlecht, war aber schwierig umzusetzen und wurde in den nächsten Jahren auch wieder vom Lehrplan genommen. Da es zu dieser Zeit auch immer noch Lebensmittelmarken gab und im Krankenhaus, außer Butter und verschiedene Leckereien (gute Wurstsorten, Schinken u.Ä.) man immer umgeben war mit Brot, Kuchen, Gemüse, vor allem Milch, war es für uns das Schlaraffenland. Nicht dass wir nun essen konnten, wie viel man wollte, aber immer wieder gab es von vorn herein Patienten, die nur eine Winzigkeit zu sich nahmen, nach Operationen und anderen Eingriffen, aber sie auf einen vollen Tagespatienten standen, dann wurde diese Mahlzeit auf die Schwestern oder in der Küche verteilt. Unser sehr launischer Koch, wenn es auf 11:00 Uhr zuging und es waren noch einige Sachen nicht erledigt, blies sich puterrot auf, schrie herum, so dass man meinte eben stürzt die Kochmütze in die Kartoffelbrühe, war sonst mit seinen kurzen Beinen und schnellen Mundwerk die Liebe und Güte selbst. Eben noch aufbrausend, kam er immer zu mir, mit einer Schale und einen Sahnelöffel und gab mir die besonders gute fette Milch. Im Krankenhaus wurde besondere Milch ausgeliefert mit hohem Fettgehalt, die in die normalen Läden der HO- und Konsumgeschäften nicht geliefert wurde. Da ich immer noch schmal und dünnbeinig war, gab mir der Herr Schunk immer eine extra Portion Sahne, frisch geschöpft.... war das gut. Einmal gab es in ganz Chemnitz keine Zwiebeln, niemand konnte es glauben, wo waren denn die geblieben? Jeder schaute unseren Koch sehnsüchtig nach, wenn er in die einzelnen Kühlkammern ging um wieder einmal Sachen herauszuholen, die man auf dem freien Markt nicht bekam.

Einmal wurde meine Mitstreiterin, Rita, aufgefordert in das Gemüsevorbereitungszimmer zu gehen um die flotte Lotte zu holen. Sie druckste etwas verstört herum. Schließlich ging sie in das Zimmer und rief lauf: "Die flotte Lotte soll ganz schnell zum Schunk kommen." Alles schrie und lachte laut, Rita war irritiert und lief heulend aus dem Zimmer. Schließlich drückte ihr Jemand das Küchenutensil in die Hand und Rita lief damit zum Koch.

Die Essensreste, die von den Stationen zurückkamen, oder die die Ärzte und Schwestern aus den Kasino die nicht aufgegessen hatten, wurden nicht einfach entsorgt, sondern im hinteren Teil des Krankenhausgartens war ein Stall für die Aufzucht von Schweinen, die Reste wurden somit den Tieren überlassen und wir hatten im Jahr zweimal Schlachtfest und mit Riesenpaketen Fleisch und Wurst kamen wir einmal Weihnachten und einmal im Sommer nach Hause, zur Freude von Mutti und Papa, so konnten wir noch ein paar Lebensmittelmarken sparen.

Am Ende eines Tages in der Küchenabteilung mussten Gänge und vor allem die Kühlräume gereinigt werden, und von wem? natürlich von den Lehrlingen! Da wir noch keine 16 Jahre waren, durften wir keinen Abend- und Bereitschaftsdienst machen. Diesmal war ich dran. Mit einem Eimer mit Putzwasser zog ich ab, die Räume zu putzen. Der letzte Raum, war der Kühlraum für Wurst, Fleisch, Milch Butter und ähnlichen frischen Artikeln. Ich wienerte los, die schwere dicke Tür nur leicht eingeklinkt, damit keine Kälte entweicht. Das Licht brannte und ich wuselte durch die aufgehängten Schinken, Salamis und Schweinehintern. Plötzlich, es machte Klick, die Tür wurde geschlossen und verriegelt und das Licht ging aus, man hatte mich eingesperrt. Ich konnte mich ja nicht bewegen, es war finster, kalt und irgendwo stand ja noch mein Putzeimer rum. Langsam tastete ich mich vorsichtig mit ausgestreckten Armen durch die aufgehängten Würste, der Schinken knallte mir seitlich ins Gesicht und neben meinen Beinen schepperte der Milcheimer. Endlich, die Tür, ich hämmerte wie wild dagegen, dachte ich wirklich man könnte mich von außen hören? Entmutigt blieb ich stehen. Jetzt recherchierte ich. Es musste jetzt 15:00 Uhr sein, kurz vor Dienstschluss. Die Küche hatte Pause, also kam keiner in irgendeiner Absicht in die Kühlkammer. Frühestens zum Abendessen würde die Tür geöffnet um Butter, Wurst usw. aus dem Kühlhaus zu holen. Das passierte so gegen 17:00 Uhr, also in zwei Stunden. In zwei Stunden? Im „Erste Hilfe Lehrgang" haben wir gelernt, dass nach 30-40 Minuten bei Plus 7°C erste Erfrierungen einsetzen konnten, und ich hatte ja nur einen dünnen hellblauen Kittel ohne Bluse drunter, an. Mir war bange.

Auf einmal fing meine Unterlippe an zu zittern, nur ganz leicht, setzte paarmal aus, um dann immer heftiger zu beben, es steigerte sich in ein Zähneklappern, das sich anhörte als wenn Kastagnetten im Tempo einer südamerikanischen Weise aneinander schlugen. Ich rieb, meine kalten Arme fest aneinander, es half nicht, ich klapperte. Mutlos sank ich zu Boden und kauerte mich hin, da kann ich ja auch warten, auf...ich weiß nicht was. Plötzlich, das Licht flackerte auf, brannte hell und in der Tür erschien Herr Schunk Er schrie, sofort kamen noch andere Frauen aus der Küche, sahen mich als lebloses Bündel Magerfleisch auf dem Boden hocken und mit Hilfe von vielen warmen Armen wurde ich in die Höhe gehoben und geschoben und aus der Kühlkammer gezerrt. In der Küche, bekam ich eine besondere Leckerei, heißen dunkelbraunen süßen Kakao. Ich schlürfte ihn hingebungsvoll mit noch leicht zitternden Händen und erfuhr, das ich in der Küche vermisst wurde, da ich mich nicht abgemeldet noch „Auf Wiedersehen" gesagt hatte, das fiel auf. Als ich auf die Uhr schaute war tatsächlich kaum eine halbe Stunde vergangen und ich dachte es waren Stunden. Ist ja noch mal gut gegangen, sagte daraufhin der Koch, wir haben die Frieda wieder auf die Beine gebracht.

Einmal in der Woche hatten wir professionellen Unterricht im Kochen, mit Erstellen eines Kochbuches und einer Einkaufsliste. Dann wurden die tollsten Gerichte gekocht, wir mussten sie tatsächlich auch essen und jedes Gericht wurde vom Koch und von unserer Lehrlingsausbilderin benotet. Denn man kann sich schon denken was nach allem passierte, es kam zu einer Prüfung im Kochen, und dabei wurde das vorher (das Errechnen und Abwiegen für vier Personen) und das nachher (wie schmeckt es und wie wird es präsentiert) benotet.

Die ersten Abteilungen hatte ich hinter mir, es kam noch die Schwesternkantine und das Ärztekasino dran, das heißt Essen austeilen für die Schwestern, Pfleger und Laborpersonal und servieren für die Ärzte mit weißen Deckchen auf dem Tablett. Es war die Vorweihnachtszeit, alles wurde geschmückt und Adventskränze und Weihnachtsbäume aufgestellt. Ich hatte noch einige Urlaubstage und konnte zwischen den Jahren frei nehmen. Weihnachten, der 24.12. immer der Tag an dem ich Tante Lina und Onkel Paul besuchte, und etwas mit ihnen feiere. An diesem Tag war mir übel, schummerig, schwindlig. Aber da sich Tante und Onkel immer so sehr freuten, raffte ich mich auf. Aber diesmal fuhr ich mit der Straßenbahn bis kurz vor die Wohnung was in den letzten Jahren nie passierte, schleppte mich mühselig, die Beine schwer wie Blei zur Straße und natürlich war die Freude groß und Tante Lina kochte mir zu liebe einen dicken Bohnenkaffee, den ich normalerweise schon nicht mochte, aber heute nein heute war mir schon der Geruch zuwider, und dann noch Stollen, mit dicken schweren süßen Zucker, und „bitte nehme noch ein Stück". Ich quälte mich durch die Stunden, endlich die Zeit war, dass ich nach Hause gehen musste. In der Straßenbahn, setzte ich mich ermattet, das war überhaupt noch nie vorgekommen. Langsam Schritt für Schritt schlurfte ich nach Hause. Was war das nur. Ich fühlte mich so matt. Kaum war ich im 3. Stock, mein Herz hämmerte wie nach einem 100 Meter-Lauf, mussten die letzten Vorbereitungen für das Abendessen getan werden. Mir schmeckte das erlesene Essen nicht, weder am Heilligen Abend, noch am 1.oder 2. Feiertag. Das kann doch nicht sein, da gibt es schon mal etwas Besonderes zum Essen was es das ganze Jahr nicht gibt, Mutti hatte ja wie jedes Jahr ab Herbst Lebensmittelmarken und aus den Päckchen von Tante Lina aus dem Westen Schokolade, Kakao, Kaffee (echten Bohnenkaffee) ein paar Schachteln Zitronat und Orangeat, sowie Rosinen für den Stollen gesammelt und jetzt schmeckte mir das alles nicht. Selbst nun musste Mutti sich eingestehen, hier lief was mit ihrer Tochter schief. Mein Bruder, zu dieser Zeit war „Angehöriger der TRAPO (Transportpolizei) hatte Urlaub und kam frisch aus dem Lazarett, er hatte Gelbsucht (Hepatitis) und lag auf der Couch, müde, schlapp, kaputt. Mir dämmerte es, hab ich das etwa auch. Die Klärung kam am 27.12. als ich zum Arzt ging. Ohne viele Worte wurde der Krankenwagen bestellt und ab ging es ins Krankenhaus. Was ich hatte war klar, Hepatitis, deshalb war ich so schlapp, als hätte ich alleine die Eigernordwand bestiegen. Im selben Krankenhaus, auf die gleiche Station kam mein Bruder, und so hatten meine Eltern ein besonders schönes Weihnachten und Neujahr, denn Besuch im Krankenhaus war verboten, Ansteckungsgefahr!! und so standen sie im Hof und guckten nach oben und wir, natürlich in getrennten Abteilungen, guckten nach unten. Alle Besucher redeten nach oben, wir verstanden kein Wort und wir brüllten nach unten und die verstanden kein Wort. Das war die Besuchszeit. Die Wäsche musste im Krankenhaus desinfiziert und dann den Angehörigen zum Waschen mitgegeben werden. Ein Stress für alle, obwohl man dieses Wort überhaupt noch nicht kannte. Drei Wochen lag ich unter strengster Diät nach dem ich vormittags mit einem Schlauch im Magen um den dunkelgelben Magensaft abzupumpen still und vor allem stumm da. Zehn Patienten lagen in einem Zimmer, da noch Notbetten eingeschoben wurden. Es war eine regelrechte Epidemie. Musste ich aber auch alle Krankheiten aufgabeln. Ganz langsam konnte ich feste Nahrung zu mir nehmen und es sollte viel Vitamin C zu uns genommen werden. Aber woher nehmen, in der DDR gab es im Winter nur ein paar Zitronen. Also wurden Zitronen in Mengen herbeigeschafft, zu jeder Mahlzeit gab es als Dessert Zitrone, frisch und sauer. Schließlich war ich an dieses saure Zeug so gewöhnt, dass ich hineinbiss wie in einen Apfel. Als ich dann zu Hause war, konnte mir niemand beim Essen der Zitrone zuschauen ohne dass ihm der Mund einsäuerte. Nachdem ich aus dem Krankenhaus entlassen wurde, hatte ich noch sechs Wochen Schonzeit. Dieselbe war ernst zu nehmen, da sich die Leber ganz langsam wieder an ihre Arbeit gewöhnen musste, also kein Sport, kein Alkohol, kein fettes Fleisch und, und und ... Was mir natürlich fehlte, war der komplette theoretische Unterricht während der Ausbildung. Zweimal während der langen Ruhezeit kam eine Freundin und brachte mir ihre Unterlagen und das

Aufgabenbuch, damit ich nicht ganz den Faden verlier. Es war mühsam und raubte mir viel Kraft, denn noch immer wurde ich nach kurzer Zeit müde, aber ich musste den gesamten Unterrichtsstoff von insgesamt neun Wochen nachholenden. Aber es ging, die ersten schriftlichen Noten waren nicht berauschend, aber zur Abschlussprüfung war alles wieder in Ordnung. Die nächsten Abteilungen im Krankenhaus fehlten mir ja auch noch, die Abrechnungsabteilung. Wir wurden eingesetzt, Quittungen zu sortieren, endlose Zahlenreihen, natürlich ohne Rechenmaschine zu addieren, Essenmarken auszuteilen, eben alles was man für die Buchhaltertätigkeit braucht wurde uns beigebracht. Als das vorüber war und die ganzen Prüfungen abgelegt waren, kam es jetzt zu einer einschneidenden Situation, der Stationsdienst, die letzte Station unserer Ausbildung. Die Stationsschwester nahm uns in Empfang und stellte sich, das Personal und schließlich den Patienten vor. Jetzt wurde es ernst, mir war beklommen zumute. Ich wurde auf eine Station mit dreißig schwerkranken chirurgischen Patienten (Frauenabteilung), geschickt. Das also sollte der letzte Ausbildungsplatz vor der Prüfung sein. Die frisch Operierten lagen unbeteiligt im Bett, mussten gewaschen, gebettet und manchmal auch gefüttert werden, und natürlich konnten sie auch noch nicht auf die Toilette gehen. Bei vielen älteren Patienten war die Beweglichkeit enorm eingeschränkt, das war dann Schwerstarbeit für uns. Die Räume für die Erwachsenen waren durch Trennwände in drei gleich große Räume zu je zehn Patienten unterteilt, damit ein klein bisschen Privatatmosphäre entstand, aber nur ein ganz klein bisschen. Für die zehn Patienten stand ein Waschbecken zu Verfügung, aber die meisten wurden sowieso von uns gewaschen, gekämmt und versorgt. Die ersten enormen Belastungen der Wirbelsäule traten in Erscheinung. Auf der anderen Seite des Stationskomplexes war die Kinderabteilung, auch hier lagen schwerkranke Kinder bis zu vierzehn Jahren fest im Bett. Auch hier war also Betten machen angesagt, Verbände mussten gewechselt werden und manchmal weinten sie still vor sich hin, aßen wenig. An die dreißig Kinder in einem riesengroßen Raum mussten behandelt werden, was oft zu Problemen führte. Kinder, von Heimweh geplagt, ohne Mama fühlten sie sich allein gelassen, und dann waren die vielen fremden, oft lauten Kinder da. Die Schmerzen plagten sie und man saß dann minutenlang am Bettrand um sie zu trösten. Das waren ganz neue Erfahrungen, mit denen man erst einmal fertig werden musste. Ja, die psychischen Belastungen waren enorm, vornehmlich für die Krankenschwestern. Pünktlich um 6:00 Uhr früh musste mit der Arbeit begonnen werden, mit anderen Worten früh 4:30 Uhr dröhnte der Wecker grell in den Ohren, denn der Weg war lang und ich wollte ja nicht in letzter Minute auf der Station erscheinen. Die Nachtschwester übergab den Dienst und ich wurde eingewiesen in den niederen Diensten, wie Betten machen und Betten machen und Betten machen in einen sagenhaften Tempo wälzten wir die

Patienten auf der Matratze hin und her zogen alte Laken raus und neue hinein, Unterlagen gewechselt, die Kopfkissen aufgeschüttelt und der Patient schaute zufrieden aus den Federn. Das Frühstück wurde selbstverständlich auf der Station zusammengestellt, Patienten gefüttert, abgeräumt. Alles Arbeiten für den Lehrling. Erst nach und nach lernten wir den Verbandwechsel, Infusionen anlegen, Spritzen verabreichen und eben alles was eine Krankenschwester zu tun hatte. Es machte mir ungeheuer Spaß mit den Patienten zu arbeiten und nebenbei zu erzählen, oder nur zuzuhören und Trost spenden. Ein Erlebnis hatte mir sehr zugesetzt.

Irgendwann kommt der Tag an dem der Tod durch die Tür schaut und einem einen lieb gewonnenen Mensch mitnimmt. So ging es mir in unserer Abteilung, eine Frau mit unheilbarem Krebs lag in einem Einzelzimmer. Ein wunderbarer Mensch, voller Wissen, voller Güte und Verständnis. Sie wusste dass ihr Leben sich dem Ende neigte und war doch noch so voller Lebensfreude, unglaublich. Ich habe mich mit dieser Frau sehr viel und sehr lange unterhalten. Manchmal kam ihr Gatte zu Besuch und ich traute meinen Augen kaum, im Garten verabschiedete er sich mit Kuss und Händchenhalten von einer noch recht jungen Frau in einem kirschroten Kleid und lang auf den Rücken fallendem Haar, kam dann mit zerknirschten Gesicht und fast weinend auf seine Frau zu um sich über die Kinder, Garten und Haushalt zu unterhalten. Kaum war er aus der Klinik heraus, kam er scharwenzelnd mit heiterem Gesicht und fröhlich winkend auf die wartende Frau zu, um fröhlich einhakend mit ihr aus dem Krankenhauskomplex zu entfliehen. Wie schamlos, dachte ich damals und ich schaute unsere Patienten fast traurig an. Ob sie es wusste, ich hatte keine Ahnung. Nach mehreren Wochen, – die Schmerzen wurden immer schlimmer, der Zerfall nahm zu, die Haut wurde pergamentartig grau und als ich ihr eine kleine Erfrischung brachte, drückte sie mir die Hand und starb. Momentan erstarrte ich, um dann hemmungslos zu weinen. Ich stürzte aus dem Zimmer, aus der Klinik in den Park, lief ziellos hin und her, ich war außer mir. Meine erste Patientin, die in meinen Armen starb, ich konnte es nicht begreifen. Ich war erst 16 Jahre und der Tod hatte eigentlich in meinen bisherigen Leben eine untergeordnete Rolle gespielt, das war ja alles so weit weg. Jetzt, gerade am Anfang meiner Tätigkeit als Krankenschwester musste mir das passieren und dann noch mit dieser großartigen Frau. Langsam Schritt für Schritt ging ich auf die Station zurück, die Schwestern nahmen mich ganz fest in die Arme, und meinten: „Mädchen, du bist hier in einem Krankenhaus, und leider werden nicht alle Menschen gesund und können das Krankenhaus verlassen. Es werden immer wieder Menschen, die zu uns kommen, nicht geheilt werden können. Helfe ihnen, wie du es mit Frau Kunz gemacht hast, sei behutsam, freundlich, keine Arbeit soll dir zu viel sein für diese Menschen." An diesem Tag hatte ich keine Aufgaben mehr zu erledigen. Aber bis heute ist mir Frau Kunz immer noch im Gedächtnis.

Aber die Arbeit mit den Patienten musste weiter gehen und ich wurde mit allen Krankheiten entweder praktisch oder über die Schule theoretisch bekannt gemacht. Die Oberschwester meiner Abteilung war streng, genau und ihr Anspruch an die Krankenschwestern hoch, aber gelernt habe ich sehr sehr viel, und nicht nur über Krankenpflege sondern auch für 's Leben, wie es so schön heißt. In meinem Leben hat sie einen hohen Stellenwert eingenommen, denn wenn mir wieder einmal etwas gegen den Strich ging, dachte ich immer was oder wie hätte Oberschwester Clara jetzt reagiert, was hätte sie getan?

Die politische Seite unserer Ausbildung war nicht so streng wie in anderen Berufszweigen, da in Krankenhäusern, Kliniken und Ambulanzen der Dienst der einzelnen Personen unterschiedlich waren und die speziellen Versammlungen und Fortbildungen in sozialistischen Führung und Parteiversammlungen nicht einheitlich durchgeführt werden konnten, zur vollen Zufriedenheit unserer Oberschwestern, einiger Ärzten, nur dem BGL (Betriebsgewerkschaftsleiter) stieß die mangelnde Bereitschaft der Belegschaft auf.

Nur zu den Feierlichkeiten, Weihnachten auf Station war jedermann bereit etwas Freizeit zu opfern. Und so wurden von den Lehrlingen die tollsten Weihnachtsmärchen gelernt um den Kindern und Erwachsenen der Stationen etwas Freude über die Weihnachtsfeiertage zu bringen. Dafür sammelten wir für Geschenke der Kinder und der Schwerkranken, die Weihnachten nicht nach Hause durften und brachten ohne politische Literatur etwas Gemütliches, heimatgeprägtes in die Säle der Krankenstationen. Betriebsausflüge, Ausfahrten mit Bussen, Besuche von Theatervorstellungen vom Betrieb aus haben wir immer genutzt, nur die politisch gefärbten Ausflüge waren spärlich besetzt. Wen schickt man also zu Demonstrationen, sei es 1. Mai, Enthüllung des Marx, Engels, Lenin, Stalin Denkmal und dementsprechenden Reden? die Lehrlinge. Die Ausreden waren immer gleich, wir können doch nicht die Arbeit den Lehrlingen überlassen, nur damit wir auf die Versammlung etc. gehen müssen. Also hier mussten natürlich der Parteivorsitzende und der Krankenhausdirektor noch viel sozialistische Aufbauarbeit leisten. Auch hier war natürlich das Ende der Ausbildung eine Prüfung, praktisch und theoretisch. Die praktische Prüfung unter den strengen Blicken meiner Stationsschwester, dem Oberarzt und der Prüfungskommission fand im Krankensaal auch noch unter den neugierigen Augen der Patienten statt, die auch noch zum völligen Überfluss Kommentare abgaben.

Ich musste kräftig schlucken, wieder einmal saß ein dicker Pfropfen im Hals schnürte mir die Kehle zu. Kaum brachte ich die ersten Sätze aus meiner ausgedörrten Kehle heraus. Endlich, durch ein freundliches Kopfnicken meiner, in dem Hintergrund befindlichen Lieblingsschwester, kam Leben in meine erstarrten Glieder und der Mund wässerte sich langsam ein und ich konnte mit der mir auferlegten Prüfungsarbeit beginnen. Nach einer Stunde war alles zur besten Zufriedenheit der Prüfungskommission erledigt und ich habe die Prüfung bestanden. Die Abwechslung durch den begleiteten Schulunterricht sagte zu. Die Berufsschule lag außerhalb von Chemnitz und so begann früh morgens ca. 6:00 Uhr mit dem Gang zum Bahnhof und fünf Stationen weiter befand sich die Berufsschule. Vom Bahnhof aus zur Schule ging der Weg an einem Jugendwerkhof vorbei, der in einem ehemaligen Wasserschloss untergebracht war. In diesem Werkhof waren junge Mädchen einquartiert, die auffällig geworden sind durch unmoralisches Auftreten, mit anderen Worten die haben sich rumgetrieben und sich teilweise prostituiert, was in der DDR verboten war vor allem von noch Minderjährigen. Dieses schöne alte und noch intakte Schloss ist umgebaut worden zu einer LPG (landwirtschaftlichen Produktionsgenossenschaft), der Wassergraben war ausgetrocknet und zugeschüttet und die ehemaligen Pferdeställe in Rinderställe umfunktioniert worden. Immer wenn wir auf den Schulweg an den stark hoch eingezäunten Jugendwerkhof vorbei kamen, wurden wir mit den übelsten Beschimpfungen und Bewerfen von Kuhmist davongejagt. Da hatten wir natürlich auch die Meinung der Partei übernommen, dass diese Mädchen, meist ohne Verhandlung gerecht behandelt wurden. Was wirklich hinter dieser harten Bestrafung, auf dem Bauernhof arbeiten zu müssen stand, haben wir natürlich nie erfahren. Später nach der Wende wurde das verlotterte Schloss renoviert, der zugeschüttete Wasserlauf wieder freigeschaufelt und ein wunderschönes Wasserschloss mit Hotel und großzügigen Golfplatz in exponierter Lage entstand. Der Berufsschulunterricht zweimal die Woche beinhaltete natürlich schon die praktischen Fächer, wie Gesundheits- und Krankheitslehre, Anatomie, Physiologie, Chemie, Mathematik, aber auch Materialkunde, Biologie, sogar Russisch hatten wir noch.

In den Herbstferien mussten wir „freiwillig" auf den Feldern und Äcker der umliegenden LPGs helfen die sozialistische Ernte einzubringen. Dafür, dass wir eine solide Ausbildung bekommen, hieß es, müssten wir auch dem Staat etwas zurückgeben. Rüben ernten, wohl die körperlich schwerste Arbeit überhaupt war für uns aufgehoben worden, oder raus auf das Kartoffelfeld, die Knollen mussten bevor der großen Regen kam und eventuell vor Frost den Boden härtete noch aus den Boden. Der Traktor fuhr vorneweg und wir robbten hinterher. Die Kartoffeln mit dreckstarren, vor Kälte steifen Fingern wurden aus den Furchen geklaubt in große Körbe eingefüllt und die Männer trugen die vollen Körbe in den Traktoranhänger. Die letzte Kartoffel von Furche eins war noch nicht aufgelesen, da kam doch der verteufelte Traktor und wühlte schon wieder die nächste Furche auf. Der Rücken schmerzte und lamentieren ging nicht, schon hatten wir die Parole zu hören bekommen, ja so arbeitet der Bauer und Arbeiter in unserem Arbeiter-und

Bauernstaat und bringen so die Gelder um euch eine gute Ausbildung zu kommen zu lassen. Also nicht gejammert und seit dem sozialistischen Staat dankbar. Die erwachsenen Hilfen lachten uns „Damen" auch noch hämisch aus. Auch dies war keine der besonders leichten Aufgaben, bei schlechtem Wetter hatte es sich ganze besonders gelohnt. An den Füßen klumpte der Felddreck, Findernägel besaß man schon nicht mehr, die Haare schmutzstarrend so kamen wir abends in der Scheune an. Nachts wurde natürlich in der LPG (landwirtschaftliche Produktionsgenossenschaft) geschlafen, damit wir gleich am frühen Morgen rechtzeitig auf dem Acker gehen konnten. Vorne der Traktor, hinten im Anhänger hoppelten wir über den aufgeweichten Ackerboden bis zum Feld, wurden hin und hergeworfen und bis wir da waren, war's Frühstück schon durch den Magen gewandert und wir hatten natürlich schon wieder erbärmlichen Hunger, aber die erste Pause war die Mittagsmahlzeit. Da kam dann eine bäuerliche Angestellte und brachte uns Suppe, dünn mit einer Wurst zu geschnippelt und was zu trinken, Pfefferminztee, also verhungert sind wir nicht, aber dick werden, nee das war nicht vorgesehen. Wir sollten ja die Ernte für die Bürger einbringen und uns nicht maßlos satt essen. Abends waren wir stockmüde, das warme Wasser, für jeden eine Emaile Waschschüssel voll, musste reichen. Kaum waren die Finger mit dem Wasser in Berührung gekommen, war's Wasser ackerbraun. Also vorher Wasser für die Zähne abkippen, die Hände an einen alten Lappen gründlich reinigen und dann konnte man langsam ans Waschen gehen. Eine Woche dauerte die Schinderei, die Ferien waren fast um und als Trostpreis für die Feldarbeit durften wir mit unserer Lehrlingsausbilderin, bestimmt auch zu ihrer „Freude", mit Zelt an die Elbe.

Wir sind mit dem Zug, die Zelte im Gepäckwagen, bis Dresden und dann weiter mit dem Schiff gefahren. Während der Zugfahrt, wir waren zwölf Auszubildende, habe ich aus Jux und Tollerei irgendwelche Gedichte mit Ergriffenheit und Gefühl den Mitreisenden vorgetragen und bekam zu meiner Verwunderung tatsächlich Applaus, meine Freundin lief mit einer Mütze rum und bekam unter viel Gelächter sogar Geld. Meine Ausbilderin bekam herbe Gesichtszüge, ihre Mundwinkel fielen nach unten und unter verkniffenen Lippen sagte sie zu mir, „glauben sie ja nicht, dass sie dieses Geld für sich behalten dürfen. Wir sind eine sozialistische Gemeinschaft, da heißt es, „einer für alle und alle für einen" und diesmal sind sie dran für „einer für alle" für die Überfahrt mit der Fähre nehmen wir das erbettelte Geld und sie bezahlen das Ganze. Toll! Und was war, ich hatte zuzuzahlen, und ich, ich hatte wieder etwas dazugelernt. Aber wir unternahmen In dieser Zeit die schönsten Ausflüge, schwammen in der Elbe und als ich meinen weißen Badeanzug auszog, war er schwarz von den Abwässern, die aus der Tschechoslowakei kamen, ölige Schlieren überzogen das Oberteil und an den Rändern waren grünlichgelbe Verfärbungen, die leider niemals wieder herausgehen würden. Und das Schlimmste war, man durfte sich noch nicht einmal beschweren oder schimpfen, da die CSR ja unser Bruderstaat war und die Umweltverseuchung ja nur in der Bundesrepublik auftritt und nicht in den sozialistischen Ländern. Also musste ich meinen schönen teuren Badeanzug irgendwie versuchen zu waschen, daraus wurde ein grüngrauer Badeanzug mit einer dunklen Borde am oberen Rand. Nach diesem Badetag hatten wir erst mal die Nase voll, aber total. Das nächste Ziel, Dresden, mit Besuch des Hygienemuseums und des Grünen Gewölbes stand an. Also mit dem kleinen Dampfer der weißen Flotte schipperten wir nach Dresden, ein wunderschöner Tag mit noch wunderschöneren Besichtigungen stand an und am Ende sollten wir wieder an der Anlegestelle sein, die Ausbilderin hatte die gemeinsamen Fahrkarten. Uhrzeit der Abfahrt stand fest, meiner Freundin wurde es übel, sie hinkte und wir kamen nicht mehr vorwärts, aber die Zeit drängte, die Abfahrt nur noch wenige Minuten und dann, und dann... Also wir schafften es nicht und die letzte Fähre mit unseren Tickets fuhr schon auf der Elbe. Da saßen wir nun, wie verschmähte Bräute vorm Standesamt, meine Freundin mit graubleichem Gesicht und kurz vor einem großen Heulanfall. Da kam ein jüngerer Mann eilig auf uns zu, wie wir da niedergeschmettert auf der Bank saßen und stellte erfreut fest, dass wir das richtige Aussehen für einen Kriegsfilm hatten, schmutzig, krank und mit verbitterten Gesichtszügen. „Wie bitte, wir sollen an einer Szene in einem russischen Film mitspielen?" Nur eine kleine Szene, ausgehungert sollen wir hinter einem LKW herlaufen und mit ausgestreckten Armen und verzerrten Gesicht „Brot, Brot" rufen und die russischen Soldaten geben uns in die schmutzigen Händen ein zwei Pfund Brot. Wir schauten uns an, was hatten wir zu verlieren? Die Fähre war weg, die Strafe wird nicht unerheblich sein, das Essen wird für uns bestimmt nicht aufgehoben werden und zu spät sind wir ja sowieso. Also nickten wir im Takt mit unseren Kopf ein „ja". Also, hoch von der Bank. In der Zwischenzeit waren noch andere Menschen aufgetaucht, die dieses Spektakel mit machen wollten. Zweimal geprobt, dann die Szene, wir liefen hinter dem LKW her, riefen mit erbärmlicher Stimme „Brot, bitte Brot", erhielten einen Laib Brot und als „Gage" fünf Mark...Ich bin Schauspielerin, hurra, meine erste tragende Rolle und wir bissen voller Wollust in unser Brot, denn in der Tat, Schauspielern macht hungrig und es war beträchtlich spät geworden. Ja und nun? Jetzt waren wir in Dresden, aber unsere Zelte waren kilometerweit weg und keine Fähre fuhr in der nächsten Zeit. Es wurde uns schlagartig klar, eine blöde Situation, und die Strafe wurde in unseren Köpfen immer größer. Da, die Rettung, ein LKW mit Soldaten, deutsche Soldaten in Ausbildung laut singend auf dem offenen Wagen. Schnell stellten wir uns auf die Mitte der Straße und schwenkten und winkten mit unseren Armen und hielten somit den Transporter an. Wir müssen unbedingt auf den Campingplatz, wir kriegen unwahrscheinlichen Ärger.

Der Fahrer ratlos, das war strengsten verboten Zivilisten aufzugabeln und mitzunehmen, aber unser Aussehen hat ihn doch erweichen lassen und so saßen wir für die nächste Stunde im LKW und kamen noch vor Dunkelheit am Campingplatz an und ... die Strafe? Die restlichen Ferientage mussten wir sämtliche anfallenden Arbeiten, die ein Campingleben erst ermöglicht, alleine erledigen. Mürrisch, aber trotzdem mit stolzgeschwellter Brust erledigten wir die uns auferlegten Arbeiten. Und mein Wunsch, natürlich werde ich Schauspielerin, der Anfang war ja schon gemacht. Und die anderen Mädchen? waren ja doch ein ganz klein wenig neidisch auf unser Erlebnis.

Tatsächlich, kurz nach unserer Reise hab ich mich an einer Schule für angehende Schauspieler angemeldet. Da ich ein Faible für Goethe hatte, lernte ich den Erlkönig und wollte ihn vor der Eignungsvorstellung auch mit Pathos vortragen. Drei Männer und eine Frau saßen mir gegenüber an einem langen Tisch und hörten mir zu, als ich das Gedicht aufsagte. Der letzte Satz kam über meinen Lippen. "er erreichte den Hof mit Müh und Not in seinem Armen das Kind war tot." Stille, die Männer wischten sich über die Augen, oh, dachte ich, ich muss gut, ja sogar sehr gut gewesen sein, dass sie sich voller Rührung die Tränen abtupften. Es waren Lachtränen, denn im breitesten sächsisch und mit weichen Buchstaben habe ich das tot und Not und andere prägnanten Buchstaben aufgesagt und mit meinen Pathos total überzogen. Die Erklärung war, sie müssen erst einmal die Sprachschule besuchen, was ich spontan tat. Mit einem Korken im Mund versuchte ich die deutsche Sprache ganz neu zu erlernen und mit einer Glasmurmel unter der Zunge die hässlichen weichen Buchstaben zu harten Konsonanten werden lassen. Auch lernte ich, wie man weiterspricht auch wenn man fällt, läuft oder schon halb tot ist. Aber auch eine der Grundvoraussetzungen für den Start zu einer Schauspielerin war, man sollte einen Abschluss haben, eine fertige Lehre oder ein Studium. Also, die Konsequenz, ich muss die Schule weiter besuchen und die Lehrzeit beenden und mit einem Facharbeiterbrief besiegeln, aber dann geht es richtig los, ich melde mich wieder an, das war klar.

Zuerst ging alles ganz normal seinen gewohnten Gang bis zur Prüfung. Schule, Krankenhaus, lernen, lernen, lernen. Endlich ich hatte die Prüfung, mit sehr guten Noten bestanden und bekam den dafür vorgesehenen Facharbeiterbrief und das Zeugnis. Ich habe die erste Hürde meiner Laufbahn abgeschlossen und ein halbes Jahr richtiges Gehalt, 150.-DM bekommen. Ich malte mir schon mal aus was ich damit alles kaufen könnte und wohin ich mal gehen konnte, Luftschlösser, Luftschlösser ... Aber ach, Mutti kam mit neuen Forderungen, das sah typisch Mutti aus: ein Teil sparen, ein Teil zur allgemeinen Unterhaltskasse beitragen, ein Teil Festausgaben wie Straßenbahnfahrkarte, Essensgeld für die Kantine, was blieb für mich persönlich übrig? Wieder nur ein Bruchteil

Ich wollte doch auch mal so schick sein wie die anderen Mädchen, musste ich jetzt knüppeldick mit Sparen anfangen? Mit meiner Freundin, beabsichtigte ich das erste Mal allein und ohne Beaufsichtigung wie im Kinderzeltlager oder mit der Lehrlingsausbilderin nach Thüringen in eine Jugendherberge vierzehn Tage zu verbringen. Endlich Mutti zeigte Herz und die erste Reise fort von zu Hause ohne Lehrer ohne Aufpasser konnte losgehen. Ein Zeltplatz mit Jugendherberge wunderschön an der Bleilochtalsperre gelegen, war unser Ziel. Ohne Zwänge, ohne moralischen Zeigefinger und ewiges Geschwätz von Planerfüllung und Militarismus im Westen haben wir großartige Ferien verbracht.

Die Zeit ging viel zu schnell vorbei und schon war ich wieder im Krankenhaus auf „meiner" Station, diesmal als Schwester und konnte schon den neuen Lehrlingen mal was beibringen.

Im September des gleichen Jahres fing ich nach einer Aufnahmeprüfung mit einer Spezialausbildung für Krankenschwestern in Aue im Erzgebirge an. Die Ausbildung dauerte nochmals 2 Jahre. Wir Studierenden waren in einem Internat, das mit der Schule verbunden war, untergebracht. Jetzt standen wir natürlich auch unter ständiger Kontrolle von FDJ-Vorsitzenden, Direktor und Internatsleiterin.

Jetzt wehte ein sozialistischer scharfer Wind, denn wir haben ja auf Kosten der arbeitenden Bevölkerung ein Internat besuchen dürfen und wir müssen natürlich dafür auch was leisten. Das Leben in der Gemeinschaft, zu fünft in einem Zimmer, die Reinigung musste selbstverständlich von uns ausgeführt werden. Ein Zusammenspiel Freizeit, Schule und die Arbeit auf den Stationen musste mit den anderen Zimmerbewohnerinnen besprochen und koordiniert werden. Ein Bett mit Schränkchen, ein kleiner Kleiderschrank, in der Mitte ein Tisch mit fünf Stühlen und an den Fenstern jeweils ein Schuhschrank für uns, das war die komfortable Einrichtung. Die Nassräume lagen über dem Flur, eine Reihe Waschbecken für jedes Zimmer zwei, zwei Duschen, selbstverständlich nur abends mit warmen Wasser beschickt, wir sollten doch nicht in kapitalistischen Wonnen leben sondern unseren Körper stählen um Vorbild zu sein. Wannenbad gab es nur bei Krankheit und der Schlüssel musste von der Internatsleiterin geholt werden.

Im Wechsel von je vier Wochen hatten wir theoretischen Unterricht in der angrenzenden Schule, die verbunden durch einen Gang in denen Tischtennisplatten und wohnlich mit kleinen Sesselgruppen eingeräumt waren innerhalb von zwei Minuten zu erreichen war und dann vier Wochen auf einer der Stationen im nahegelegenen Krankenhaus. Dies alles war für die Direktoren, Heimleiter und in der Nähe oder sogar selbst im Internat wohnenden Lehrer sehr kontrollierbar. Am Internatseingang befand sich der Pförtnerraum, sobald wir das Gebäude verließen wurden uns die Schülerausweise mitgegeben und wenn wir zurückkamen übergaben wir sie wieder an der Pforte. Mehrmals im Jahr wurden wir auch zum Pförtnerdienst eingeteilt und zwar immer übers Wochenende, da die Angestellten übers Wochenende frei hatten. Da wir vier Klassen waren, hatten immer zwei Klassen theoretischen Unterricht und je zwei Klassen Praxis im Krankenhaus, somit war der Pförtnerdienst, der von den Unterrichtsleuten betreut wurde, immer besetzt.

Auch hier wieder, nur etwas strenger gehalten, Montags morgen wurde einheitlich in der großen Vorhalle der Schule ein Fahnenappell abgehalten. Mit feingebügelter FDJ-Bluse standen die Schüler bereit, der Direktor sprach wichtige Worte über den Sozialismus, die Errungenschaften der DDR, wir hörten stillschweigend zu, dann wurden wichtige Termine verlesen, gute Schüler gelobt und schlechte, vor allem sozialistisch schlechtes Verhalten vor allen Schüler kritisiert. Der junge Mensch wurde nach vorn beordert und bekam vor gesamter Schülerschaft einen Verweis, man sah zu Boden mit puterrotem Gesicht und schämte sich zu Tode wenn einem das mal passierte. Immer wieder der Slogan: „Übt Kritik und Selbstkritik." Also so einfach rumnörgeln ging nicht, denn dann musstest du ja auch was Negatives über dich sagen, dann hat man lieber alles sein gelassen.

Die erste Unterrichtsstunde fing immer mit den Nachrichten des Radios an, wir wurden aufgefordert zuzuhören, denn der Lehrer dieser ersten Stunde musste die jungen Menschen dann über die Nachrichten abfragen. Das ging ganz leicht, war ja eh immer das Gleiche... Kriegstreiber und Militarismus, Kapitalismus und Ausbeutung im westlichen Ausland.

Planerfüllung Wohlergehen im sozialistischen, dem kommunistischen zustrebenden Osten. Zu dieser Zeit dachte man sich seinen Teil, hörte nur mit einem halben Ohr hin und verhedderte sich manchmal hoffnungslos in den Antworten, denn mitunter passten die eingeübten Parolen überhaupt nicht zu dem Thema, wieder hatte man einen Minuspunkt in sozialistischer Mitarbeit. Lernen, Arbeiten war die eine Sache, die wurde auch gewissenhaft ausgeübt, zu mindestens von den meisten, denn wir wollten ja lernen, aber nun nicht den ganzen Tag, die andere Seite von uns Jugendlichen waren aber auch Kino, Tanzen gehen, ins Eiskaffee oder einfach nur Musik im Zimmer zu hören. Natürlich, der Favorit „Radio Luxemburg" stand hoch im Kurs und war natürlich verboten und tatsächlich hier in Aue und zusätzlich auf dem Berg gelegen, kam die Musik fast ohne die misslichen Pfeiftöne oder dröhnenden Geratter aus dem Radio. Hier her kamen die Störsender der Russen und der DDR nicht, der Sender Ochsenkopf überdeckte die Störsender und wir mussten nicht wie zu Hause immer mit der Wohnungsantenne durch die Zimmer laufen um einen etwas besseren Empfang zu haben.

Wieder einmal, Sender Luxemburg – weit aufgedreht, die Schuhschränke vor die Tür geschoben und dann ausgelassen getanzt, ein dumpfes Pochen, dann ein Rütteln an der Tür, die Heimleiterin tobte was das Zeug hieß und wir schoben die Schränke wieder weg und dann kam das große Donnerwetter, wie schon geahnt. Das Schlimmste war dann vor gesammelter Schülerschaft am Montagmorgen wurde von uns Rede und Antwort verlangt. Wir stotterten irgendetwas zusammen und die Strafe? Eine sozialistische Abmahnung, und die Reinigung des Kellers.

Trotz allem, die Internatszeit war schön und man lernte miteinander gut umzugehen. diejenigen die nicht im Internat wohnten, hatten natürlich viele Defizite, wenn wir wieder einmal mit der GST (Gesellschaft für Sport und Technik) auf den nahegelegenen Segelflugplatz mit den Ausbildern eine Runde fliegen durften. Denn wer nicht in der FDJ war oder nicht im Internat wohnte, wo wir natürlich unter Kontrolle standen, wurde aus dieser Gemeinschaft ausgeschlossen. Das war für die Betreffenden ziemlich schwierig, einmal alles was im Unterricht und selbstredend nach dem Unterricht in der Schule unternommen und diskutiert wurde, mit zu bekommen. So standen sie immer etwas außen vor und hatten demzufolge auch weniger Freundinnen. Diejenigen, die an der vormilitärischen Ausbildung aus Überzeugung nicht teilnahmen, aus Überzeugung oder aus christlichen Motiven, ja die gab es nach so viel Jahren sozialistischer Feinarbeit doch noch, hatten später mit Repressalien zu kämpfen.

Die vormilitärische Ausbildung bestand aus Schießen mit dem Luftgewehr auf Pappscheiben, durch Stacheldrähte robben, Handgranaten werfen (was einem Keulenweitwurf gleichkam) über Hauswände klettern, balancieren auf Baumstämme und das alles unter Wettkampfbedingungen. Die Sieger haben dann eine Blechmedaille bekommen und den Dank des Vaterlandes in Person unseres Direktors. Die GST-Ausbildung war vielseitig, wer wollte konnte am Fallschirmspringen teilnehmen. Ich wollte natürlich, Anmeldung, ärztliche Kontrolluntersuchung und die Sache war am Laufen. Die Vorbereitungen für diese Übungen waren zeitraubend und der Gedanke, wenn du was falsch machst, biste futsch. Also die Fallschirmseide fein säuberlich und akkurat einschlagen zu einem kleinen Päckchen und sorgfältig lagern. Wie viele Stunden haben wir geübt, eingeschlagen, gerollt und gebündelt bis alles saß. Jetzt, nachdem wir von einem hohen Turm aus, aber noch mit der Auslegerspitze verbunden, sollte es aus einem Flieger abgesprungen werden. Es wurde uns übel, flau im Magen und schon wollte man abbrechen. Nichts da, wir waren an einem Eisenträger festgeschnallt und wurden unter nochmaliger Belehrung wie man sich verhalten sollte, herausgeschmissen. Ein Klick, und ein Ruck und schon war man in freier Luft, ein Schrei und dann, oh ja man sollte doch bis 20 zählen ehe man die Reißleine zog, sonst kommt man noch in den Sog der Maschine. Ich zählte verzweifelt, die Felder kamen mit atemberaubender Geschwindigkeit auf mich zu, dann ein Ruck, ich hatte die Reißleine gezogen und was passierte, erst mal gar nichts. Dann mit einem Gleiten schwebte ich der guten Erde entgegen und mit einem harten Ruck setzte ich auf. Aufatmen auf allen Seiten. Keiner hatte sich verletzt, alle waren ohne Schaden unten angekommen.

Ich habe meinen ersten Fallschirmsprung gut überstanden und war heilfroh doch nicht gekniffen zu haben.

In den Ferien wurden auch hier wieder ein paar Wochen abgezwackt für landwirtschaftliche Feldarbeit, da wir ja Mitglieder des Arbeiter-und Bauerstaates waren, war es selbstverständlich dass wir bei der lebenswichtigen Ernte eingesetzt wurden. Wieder einmal!

Leben am Wochenende zu Hause in Karl-Marx-Stadt

Das ganz normale Leben als junges Mädchen in der DDR.

In dieser Zeit, in den 50er Jahren war es uns Mädchen verboten in der Schule mit langen Hosen aufzutreten und das bei dem kalten und anhaltenden Schneewetter, Perlonstrümpfe konnten wir uns kaum leisten, ein Paar Nylons kostete 20.- DM, eine Strumpfhose unerschwingliche 30.- DM, bei einem

Lehrlingsgehalt von im ersten Jahr 30.- DM, im zweiten Jahr 50.- DM und im letzten Jahr 70.- DM. Denn von diesem Geld wurden Straßenbahn und Buskosten bezahlt, sowie die Essensmarken für die Küche im Krankenhaus und Berufsschule. Da blieb wirklich nichts mehr übrig für Besonderheiten wie einen Kaffeebesuch oder Eisdiele.

Aber wir wollten doch ein wenig gut aussehen, zumal jetzt schon mal Filme aus dem westlichen Ausland zu uns in die Kinos kamen und unsere Vorbilder hinsichtlich Frisuren, Schminke und Kleidung unsere Gemüter erhitzte. Wer kennt nicht Brigit Bardot mit ihren vollendeten Schmollmund, der hellrosa geschminkt war und uns animierte es ihr nach zu machen. Die Haare wurden zu einem Pferdeschwanz hochgebunden und dann wurde so stolziert, dass der Schwanz auch richtig wippte. Dazu kam ein Kleid mit Petticoat, der steif gestärkt an den Beinen kratzte und unsere teuren Perlonstrümpfe in ein unansehnliches zusammengezogenes braunes Etwas verwandelte. Der Clou, Absatzschuhe mit bleistiftdünnem Absatz . Die Spitze der Schuhe schmal und eng, aber äußerst schick. In diese Schuhe kam man nur, wenn man vorher die Zehen übereinander legte und dann sofort reinschlupfte. Wenn man dann noch an den Absatz fette dicke Nägel darauf hämmerte, war es das allerschickste, denn dann konnte man uns schon aus einer Entfernung von mehreren hundert Metern hören. Der Pferdeschwanz schaukelte, die hellrosa geschminkten Lippen nach vorn zu einem

Schmollmund verzogen und der durch den Petticoat angehobene Rock wippte, so stolzierten wir zur nächsten Veranstaltung, das heißt zum Tanzen. Rock and Roll war das angesagte Thema! Bochmanns Ballhaus, eine Tanzschuppen mit einer Kapelle, das Saxophon wimmerte, die Trommeln wirbelten im Takt und wir wurden von den Männern über die Köpfe gehoben nach unten durch die Beine des Partners geschwungen um schließlich auf der Hüfte von ihm zu sitzen und das alles nochmal von vorn. Das war schweißtreibende Schwerstarbeit und man konnte sich nicht erlauben einen kleinen mickrigen Mann an uns zu lassen, die mussten warten bis ein Fox oder langsamer Walzer erklang. Denn es war den Musikern verboten nur westliche Musik zu spielen und so kam eben ein etwas blasser junger Mann zum Tanzen. Die Frisuren der Männer waren ebenso schwierig zu kämmen und in Form zu bringen wie unsere Mädchenhaare. Nein, Haarspray gab es nicht und so mussten sich die jungen Männer damit der Schwung der Elvis Locke auch richtig saß mit Zuckerwasser befestigt werden. Die Mädchen machten sich einen Jux daraus mit den Händen in die Haare der Männer zu fahren und schon rieselte auskristallisierter Zucker aus dem Haar und die Frisur war ruiniert. Der Geschlechterkampf begann. Frauen um die gestylten Männerfrisuren zu verderben und Männer die den Mädchen die Pferdeschwänze aufbanden, oder was noch schlimmer war, ein Stückchen abzuschneiden.

Die Filme, die aus dem „westlichen Ausland"

kamen wurden zwei bis dreimal angeschaut, aber zur Ertüchtigung der sozialistischen Seele mussten auch Filme über den Kampf gegen den Monopolismus und den Arbeiterkampf angeschaut werden, logischerweise wurde über den Inhalt ein Aufsatz erwartet, also Kneifen ging nicht.

Unsere Vorbilder Brigit Bardot, Elvis Presley, Gérard Philipe wurden imitiert, und es liefen zu dieser Zeit tausende Brigitte Bardots mit den unterschiedlichsten Pferdeschwänzen herum und die Jungs klebten sich die Haare mit Pomade zu den Stirnlocken. In dieser Zeit habe ich auch meinen zukünftigen Mann kennengelernt. Wir sind immer mit einer ganzen Clique samstags tanzen gegangen. Es war eine schöne Zeit.

Dass diese Zeit bald vorüber war, konnte ich noch nicht ahnen. Aber in uns reifte der Gedanke in den „Westen" abzuhauen. Die politische Lage verschlechterte sich zusehends, die Perspektiven für ein freies leben und arbeiten war nicht mehr gegeben und in den Nachrichten hörte man heraus, das die Grenzen zwischen den beiden deutschen Staaten dichtgemacht werden sollen. Wie, das wusste man nicht. Aber in der Bevölkerung brodelte es. Und wir beschlossen über Neujahr nach Westberlin zu reisen um als Flüchtling in den Westen zu kommen.

Die ersten Jahre in der Bundesrepublik, Hochzeit, Scheidung

Wenn der Traum zum Alptraum wird

Ein neues Leben sollte beginnen. Die letzten Tage des Jahres 1960 begannen, und wir packten unsere Sachen für die Reise in die unbekannte Welt des Kapitalismus in die BRD, ohne den Eltern, Verwandten und Freunde etwas mitzuteilen. Eine einzige Freundin, zog ich in mein Vertrauen. Sie war diejenige, die den vorbereiteten Brief am 2. Januar 1961 an meine Eltern schicken sollte. Mir war es speiübel. Soll ich, oder doch nicht. Aber wenn jetzt nicht, wann dann? Die heimlichen Nachrichten, die wir bekamen wurden immer deutlicher, die DDR macht ihre Grenzen dicht. Wie? Das wusste bis dahin kaum jemand, aber schon alleine der Gedanke überhaupt nicht mehr heraus zu kommen war erschreckend.

Ich verabschiedete mich von meinen Eltern ganz normal mit den Worten, wir wollen über Neujahr ein paar Tage verreisen. Punkt. Die Tränen, der Schmerz, die Trauer konnte ich nur mit mir allein ausmachen. Werde ich meine Eltern, meinen innig geliebten Vater, wann, wieder sehen? Ist meine Entscheidung wirklich die richtige!? Meine Gefühle gehorchten mir nicht mehr. Wenn ich allein war, konnten meine Tränen endlich, endlich frei fließen. Was soll ich tun, was soll ich nur tun. Dass mein heißgeleibter Vater schwer krank wurde und meine Mutter mir immer den versteckten Vorwurf machte, dass es meine Schuld ist, dass er aus Gram den Schlaganfall bekam, hat mich mein ganzes Leben verfolgt und zum Teil auch geprägt. Stimmt das wirklich? Ach Papa, könnte ich doch mit dir über alles reden, allein, so wie in den Kindertagen. Du hast zugehört, mich getröstet, mir über den Kopf gestrichen und die Tränen getrocknet. Hast mich in die Arme genommen und du hast es immer wieder geschafft, dass ich lachen konnte.

Also, am 30.12.1960 sind wir zum Zug Richtung Berlin eingestiegen, ein wehmütiger Blick zurück, mein eiskaltes Gesicht war erstarrt. Im Zug wurde jede Bahnstation mitgezählt, Erinnerungen wachgerufen bis die Ortsnamen mir nicht mehr bekannt waren. Jetzt musste sich auf das Neue eingestellt werden, was wird passieren, kommen wir noch über die Grenze, oder schicken sie uns zurück? In Königswusterhausen sind wir aus dem Zug raus und mit dreimaligem Umsteigen glücklich in Westberlin gelandet. Nicht einmal kontrolliert sind wir worden, etwas ganz unnormales. In Charlottenburg hat uns eine bekannte Familie, eine Unterkunft für zwei Nächte angeboten, damit wir das Neue Jahr 1961 nicht im Lager verbringen müssen. Das Ganze war trotzdem trostlos, die Gedanken gingen nach Hause, was wird die Familie machen, ist mein Bruder bei Papa und Mutti, wie werden sie feiern, denken sie an mich, oder ahnen sie doch etwas und sitzen ratlos im Wohnzimmer.

Lagerleben

Am 2. Januar liefen wir zum Auffanglager.

Da saß ich nun im Auffanglager Berlin Marienfelde und die ganze Welt war dunkel, grau, und mir war es himmelschlecht. Mein damaliger Verlobter, später mein Mann musste in ein anderes Lager, ich kam in den Frauentrakt wie in einem Gefängnis. Wohnungen mit zwei bis drei Zimmern waren bis auf das Bad mit Betten, neben und übereinander bestückt und mit jeweils zwei grauschwarzen Lazarettdecken zugedeckt. Wir fünfzehn Frauen hatten morgens nur ein Bad zu Verfügung, nur ein Waschbecken zum Waschen, die Badewanne verstopft und die Toilette graugrün verfärbt und mit zu wenig Papier ausgestattet. Wieder kam eine Welle von Übelkeit mit Brechreiz auf, nur nachts ein bisschen schlafen und dann raus hier. Der Speisesaal, wenn man ihn so nennen konnte, dunkel und voller schwatzender Menschen, aber wenigsten gab es heißen Kaffee zum Frühstück. Nach circa fünfzehn Minuten ging es zu den einzelnen Behörden. Es wollten die Amerikaner, Engländer und die Franzosen und selbstverständlich auch der Deutsche Geheimdienst alles über uns wissen. Stunde um Stunde immer wieder Fragen, Fragen, Fragen weiter zum nächsten Platz, bis zum späten Nachmittag. Dasselbe den nächsten Tag und den nächsten Tag, das nimmt kein Ende.

Ich fühlte mich so einsam, so verlassen unter all den Leuten, keiner lachte, keiner sprach mit den anderen. Eine ungeheure Spannung lag auf dem ganzen Umfeld. Und ich musste ununterbrochen an zu Hause denken, und wieder zuckten meine Mundwinkel. Und immer wieder die gleiche Frage, was hast du nur gemacht, ist das das Richtige? Aber darüber musste ich wohl oder übel selbst entscheiden, da hilft dir keiner, du bist mit deinen schweren Entscheidungen völlig allein. Die langen trostlosen Nächte mit den völlig fremden Mädchen, keine Intimsphäre, alles musste vor den Frauen erledigt werden, an- und ausziehen, nicht einmal einen Spint oder nur ein kleines Fach für die Dokumente, Geld oder Ausweise zum Abschließen gab es, so wurde dieser Beutel mit den lebenswichtigen Dokumenten selbst nachts am Körper getragen. Es war entwürdigend!

Die hämischen Bemerkungen der Amerikaner stießen mich am meisten ab, die Frage nach meinen Liebschaften in der DDR, das ist doch nicht möglich, das gehört doch in mein ganz intimes Umfeld. Zwar war der Geheimdienst der DDR in einem Haus in der Nähe unseres Internats im Erzgebirge untergebracht und jetzt wollten die Männer tatsächlich wissen, ob ich nicht doch einen von den Geheimdienstlern kenne und was ich über die ganze Behörde wisse. Immer und immer wieder um schließlich zu fragen ob ich für sie arbeiten wolle. Das war wirklich abscheulich, dieses süffisante Lächeln der Männer. Wo war ich nur hingeraten, meine Einstellung gegenüber den Amerikanern geriet ins Wanken.

Das Schlimmste stand mir aber noch bevor, der Gesundheitscheck. Wann hatte ich den ersten Geschlechtsverkehr? Muss ich etwa zurück, wenn ich die Fragen nicht beantworte? Ich wollte ja nur von einen Teil Deutschlands in den anderen Teil, aus freien Willen und ohne meine ganze Vergangenheit vor fremden Männern auszuplaudern. Mein Weltbild geriet ins Schwanken. War doch was dran an der endlosen Propagandatönen des Ostens?

Jetzt kam ich an die Reihe, die Kleider und Unterwäsche aus, nackt stand ich vor dem Arzt. War mir das peinlich, tut sich nicht die Erde auf und verschlingt mich? Nein?

Wir müssen auf Geschlechtskrankheiten untersuchen, kam es umgehend, und schon saß ich auf den Untersuchungsstuhl. Dachten die Ärzte wir haben aus der DDR Läuse, Flöhe, Wanzen mitgebracht und sind krank von Kopf bis Fuß? Ich war ärgerlich und so beschämt, für was halten die mich?

Die Untersuchung mit Abstrich, selbstverständlich. Dann die Schockmeldung, sie sind ja schwanger. Kam da etwa Häme auf? Ich rutsche von dem

Untersuchungsstuhl, vor mir drehte sich alles, ich sackte weg. Nein, auch das noch. Keine richtige Zukunft, keine Kleidung, kein Geld, keine Arbeit, aber ein Kind im Bauch. Konnte es noch ärger kommen? Ich saß lange stumm und starr auf der Bank vor dem Untersuchungszimmer. Nur jetzt nicht heulen, bitte keine Tränen, auch wenn sich der bittere Geschmack nach Magensäure im Mund sammelte. Mädel, das hast du richtig gut hingekriegt! Jetzt musste natürlich auch der zukünftige Vater eingeweiht werden. Nochmaliger Schock! Seinerseits. Jetzt wusste ich auch, warum es mir morgens bis mittags so überaus schlecht war.

Endlich! Endlich, die Regularien für die Einreise in die Bundesrepublik waren erst einmal erledigt, wir wurden nach Frankfurt ausgeflogen. Im Flieger wurde mir bewusst, dies war ein totaler Abschied. Abschied von den Eltern, Bruder, Freunden, Bekannten, all den lieben Menschen und von der Heimat, den Wäldern, den Bergen, Wiesen auf den man rumtollte. Ein Abschied auf für wie lange? Zu niemanden ein Wort gesprochen, meine ganze, bis dahin intakte Welt ist aus den Angeln gehoben worden. War ich vielleicht durch die Schwangerschaft so wehmütig oder war das die Endgültigkeit die mir plötzlich schmerzlich bewusst wurde. Die Endgültigkeit, Papa nicht mehr um Rat zu fragen, selbst Muttis immerwährendes Genörgel würde mir tatsächlich fehlen, die Auseinandersetzungen mit meinen Freundinnen, die Gesellschaft in der Gruppe. Dann die bange Frage, die sich plötzlich stellte, ist Mutti und Papa vielleicht traurig? Vermisst mich vielleicht doch jemand. Ich stürzte in ein tiefes schwarzes Loch, könnte man die ganze Sache nochmal absagen und zurück, zurück zu den Eltern zu der gewohnten Umgebung. Viele im Flieger lachten, freuten sich auf die neue Welt da draußen, in mir war alles nur finster. Werde ich vielleicht depressiv? Oder ahnte ich vielleicht da schon, was auf mich alles zukommen würde? Bewegungslos saß ich wie festgeschraubt bis Frankfurt auf meinem Sitzplatz, ich hörte und sah nichts alles drehte sich wie im Karussell, die Gedanken schweiften nach Hause, oder durfte ich das gar nicht mehr sagen? Plötzlich kam Unruhe in unser Abteil, da, da liegt Frankfurt, die paar Habseligkeiten wurden schnell zusammengesucht. Frankfurt, Nebel, Schmuddel Wetter, das passte ganz zu meiner Stimmung. Aussteigen, sammeln, der nächste Transport, wie Gefängnisinsassen wurden wir vom Bahnhof abgeholt, schnell, schnell der Bus wartet nicht.

Wir kamen in ein zweites Lager nach Hessen (Gießen). Dieselben Fragen, die gleichen Auswertungen nochmal wie in Berlin, jetzt vornehmlich von den deutschen Behörden. Wo wolle man hin, in welche Stadt und warum gerade in diese Stadt. Ich meldete mich, bzw. wir meldeten uns, für Frankfurt an, da eine Tante von mir in der Nähe von Bad Homburg wohnte. Bis die ganzen Formulare fertig waren, und die Billigung, dass man die Bundesrepublik als freier und mündiger Bürger mit einem gültigen Personalausweis der Bundesrepublik betreten darf, dauerte. Also habe ich schon mal angefangen einen Arbeitsplatz zu suchen, was einfach war, Krankenschwestern wurden händeringend gesucht. Bis ich meine Papiere bekam, beschäftige ich mich in einem Kinderheim, das lenkte von meinen Problemen ab.

Sobald man das Lager verließ, kamen wie Hyänen ans Aas Vertreter und Verkäufer, die mit schwarzen Anzügen und Ledertaschen uns wie gierige Haie umschwammen. Hatte man ein kleines Lächeln auf den Lippen, haben sie Blut geleckt und bombardierten uns mit Verträgen, Verkäufen, von Versicherungen aller Art, Ankäufe aus Bücherverlagen bis hin zu Kleinkrediten immer mit der Aussage heute kaufen und in Kleinstraten zurückzahlen. Ich fragte, wie denn und von was denn? Es kam sogar zu Drohungen, in etwa, sie werden viel bezahlen müssen oder ins Gefängnis kommen, wenn durch sie ein Unfall passiert und sie sind in keiner Haftpflichtversicherung. Also das war der berühmte Westen, das einzige was die Leute von uns wollten war unser Geld, das wir noch gar nicht hatten. Das waren die Dämpfer, da hieß es Augen offen, Mund zu und ja keinen Stift in die Hand nehmen um irgendwas zu unterschreiben. Wieder mal war ich dankbar meiner harten, mir jetzt zu Gute kommenden Erziehung.

Viel später, als die deutsche Einheit kam und die Menschen der ehemaligen DDR innerhalb kürzester Zeit, Versicherungen, Krankenkassen den Behörden mitteilen mussten, rief mein Bruder aus Chemnitz verzweifelt an, mit der Bitte zu helfen. Kein einziger Tag vergeht, dass nicht ein Vertreter irgendeiner Versicherung, manchmal mit dubiosen Angeboten käme und er total verunsichert ist, welche Kasse, welche Versicherung ist annehmbar. Schlagartig kamen mir die windigen Vertreter von Gießen ins Gedächtnis. Warum müssen verzweifelte, irritierte Menschen so behandelt werden? Das rücksichtslose Verhalten damals im Jahre 1960/61 wie beim Fall der Mauer hat vielen Menschen über Jahre hinweg Unglück und Verdruss gebracht. Und wie viel Geld ist in unbestimmte Kanäle geflossen, wie viel Menschen haben durch das Unglück vieler Menschen Geld angehäuft. Ich kann es auch jetzt noch nicht nachvollziehen, dass so was in einer Demokratie möglich ist

An das Einwohnermeldeamt Frankfurt, habe ich schlechte Erinnerungen. Ich verstand den hessischen Dialekt nicht, aber der Beamte pöbelte mich wegen des sächsischen an, lachte sarkastisch wenn ich was nicht richtig verstand, da geht einen das Messer in der Hosentasche auf, wenn man eins hätte. Aber auch das war geschafft und nach drei Monaten Lagerleben konnte ich endlich in einem richtigen Bett schlafen und endlich mal allein. Das Krankenhaus hat mir eine Arbeitsstelle mit Zimmer im Krankenhaus zugewiesen. Endlich zivilisiert, endlich Wäsche waschen, duschen, allein, ohne dass gedrängelt wird, ohne sich hinter den Vorhang verstecken müssen, da gerade mal ein Mann vorbei kam. Ich genoss es. Wie bescheiden doch die

Wünsche werden und mit wie wenig man zufrieden ist. Übrigens die Arbeit im Krankenhaus gefiel mir sehr gut, aber die Kernfrage blieb, wo sollten wir wohnen, wo unser Kind aufziehen? Die Möglichkeiten in Frankfurt Wohnraum zu bekommen waren gleich Null. Wohnungen? Hier in Frankfurt? Nein! Also waren die nächsten Überlegungen, wo könnte man Arbeit und vor allem auch eine Wohnung bekommen?

Die Rettung erschien uns in einer Annonce bei einer Fachzeitung. Hamburg, mit kleiner Wohnung. Also Arbeitsplatz für meinen zukünftigen Mann und eine Wohnung dazu, wir konnten unser Glück kaum fassen. War es auch wirklich war? Anruf nochmals nach Hamburg, alles klar wurde uns bescheinigt, klasse soweit. Wieder einmal packten wir unser armseliges Bündchen und mit der Mitreisegesellschaft* ging es nach Hamburg. Der zukünftige Arbeitgeber wollte uns abholen. Die Fahrt eng eingequetscht zwischen Taschen, Tüten und Koffern ging über Hannover, da wurde nochmal ein Gast mit ins Auto gepresst.

In Hamburg dann die herbe Enttäuschung, kein Mensch, der uns abholte, also auch keine Unterkunft. Übermüdet, platt von der Fahrt und dem Geruckel saßen wir spätabends vor dem Hauptbahnhof, dem eigentlichen Treffpunkt mit dem neuen Arbeitgeber. Ich war so frustriert, dass ich losheulte und mich nicht beruhigen konnte. Gab es überhaupt noch Hoffnung für ein normales Leben, sollte ich doch wieder in die

DDR zurück? Aber nein, das hieße ja, versagt zu haben und das kam nicht in Frage. Also wieder mal Schultern zurück, Blick nach vorn. Was war jetzt nur zu tun?

Wie ein Wunder stand plötzlich eine Schwester der Bahnhofsmission vor uns, fragte nach wohin und ob wir für eine Nacht eine Möglichkeit zur Übernachtung bräuchten. Das war gut für mich, ich konnte kaum noch auf den Beinen stehen. Ich wollte nur eins duschen, heiß duschen, Hunger hatte ich auch und dann schlafen, schlafen, um nicht mehr grübeln zu müssen. Da kam ich doch tatsächlich in ein Heim für gefallene Mädchen, wie mir gesagt wurde. Es ist ja nur für eine Nacht und morgen sieht alles viel besser und klarer aus. In meiner Naivität wusste ich eigentlich gar nicht wo ich hingeraten war, bis eine schrecklich grell angemalte zerzauste Frau mir bedenklich näher kam und unter meinen Rock griff. Fuchsteufelswild kam die Nachtschwester angesaust und verwies diese „Dame" in ihre Schranken. Du liebe Zeit wohin war ich nur hingeraten? Die Nachtschwester war sehr liebevoll, nahm meine paar Habseligkeiten, deponiert sie in einen Schrank und verschloss ihn. Sie bereitete mir eine wunderbare Mahlzeit zu, gab mir danach Seife und Handtücher und endlich konnte ich mich heiß und kräftig duschen. Das war für mich in dieser Situation ein glücklicher Moment den man genießen sollte, und dann brachte sie mich zu einem mit weißem Bettzeug bezogenen Bett, die anderen Frauen wurden ermahnt, mich in Ruhe zu lassen.

Ich war gerührt über so eine liebevolle Betreuung und plötzlich hatten sich die anderen Frauen um mich geschart und wollten wissen, woher und wohin. Ich erzählte in groben Zügen was bisher geschah. Mitleidiges Kopfnicken oder Kopfschütteln!

Plötzlich hatten alle ganz viele heißen Tipps für mich, wie ich mich hier in Hamburg verhalten sollte, gaben Ratschläge, wie ich mir die Männern in schwarzen Anzügen und liebevollen Gebaren vom Leibe halten sollte. Immer mit Beispielen wie es ihnen ergangen ist, wie sie hier in Hamburg auf die „schiefe" Bahn gekommen sind, auch aus Naivität. Pass auf die Luden auf, die schenken dir erst alles und dann haben sie dich und du wirst unter brutalsten Mitteln gefügig gemacht. Ich wusste weder was ein Lude ist noch was sie eigentlich mir damit sagen wollten. Was ist denn ein Lude? Über diese Frage haben sie sich vor Lachen auf die Schenkel geklopft. Pass auf dich auf, Kleine meinten sie, geh nie mit einem Fremden mit in ein Kaffee und wenn er noch so freundlich tut. Eine ganze Anzahl andere Ratschläge wurden mir mitgeteilt und ich muss sagen, viele waren sehr sehr nützlich für meine ersten Wochen in Hamburg. Der nächste Morgen, die gleiche Prozedur, eine warme Mahlzeit, meine um mich besorgten Mitbewohnerinnen und die Schwester verabschiedeten sich von mir, nicht ohne mir alles Gute zu wünschen und wenn was wäre sollte ich unbedingt vorbeikommen.

Ich wurde abgeholt, jetzt erst einmal sehen, wo ich

die nächsten Tage und Nächte verbringen sollte. Auf dem Arbeitsamt gaben sie mir etliche Adressen von Krankenhäusern und Kliniken die Krankenschwestern händeringend suchten. Es sollt ja ein Krankenhaus sein, möglichst mitten in der Stadt und mit Zimmer. Denn wie es sich heraus stellte, hatte der Arbeitgeber meines zukünftigen Mannes keine Wohnung, nicht mal ein Zimmer für uns. Er entschuldigte sich überschwänglich, aber gelogen ist gelogen und jetzt standen wir genauso vor dem Problem wie in Frankfurt, keine Wohnung. Und wir hatten keine Möglichkeit das alles rückgängig zu machen. Das letzte Geld hatten wir ja für die Fahrt nach Hamburg ausgegeben. Und für meinen damaligen Verlobten war klar, er musste wieder einmal in einem Männerwohnheim untergebracht werden. Meine Unterkunft war befriedigend, gegenüber unserem Privatkrankenhaus war die Tchibo-Rösterei und der Geruch machte mir in meinem Zustand, der Schwangerschaft, arg zu schaffen. Da nützte es auch nicht, dass wir mehrmals von Tchibo, Päckchen mit Kaffee, Schokolade und Kakao bekamen. Die Arbeit hingegen, auf der Entbindungsstation, machte mir Spaß und füllte mich voll aus. Essen, Trinken bekam ich im Krankenhaus, und heimlich habe ich immer etwas zu Essen meinen Mann mitgebracht, da er ja erst einen Monat arbeiten musste, um dann den Lohn zu bekommen. Von was sollte er denn leben, selbst die Gasversorgung im Männerheim musste per 1.-DM in Arbeit gebracht werden. Also war Schmalhans Küchenmeister. Meine Mittagsfreizeit verlebte ich meist am Jungfernstieg oder in der wunderschönen Grünanlage der „Planken und Blomen". Ich hatte dafür eine Gratiskarte für das ganze Jahr bekommen, von wem weiß ich allerdings nicht mehr. Es war herrlich, nur da zu sitzen an nichts zu denken und nur die Blumen und Gräser anzuschauen, und Alltag, Alltag sein zu lassen.

Endlich, wir heirateten. Eine sehr nette Familie, ein Arbeitskollege meines Mannes, stattete die kärgliche Hochzeitfeier aus. Das „Hochzeitskleid" habe ich selbst auf der klapprigen alten Tretnähmaschine des Krankenhauses genäht, ein Zwischending von Umstandskleid und Nachmittagskleid, tomatenrot. Das konnte ich wenigstens noch später anziehen. Jetzt durfte ich auch endlich meinen Mann mit ins Krankenhaus nehmen, aber nur in das Besucherzimmer. Es war ein evangelisches Diakonissenhaus und die Regeln streng, wenn auch kurz hinter dem Eingang des Krankenhauses die Damen flanierten, die für Geld ihre Ware, ihren Körper verkauften. Oft musste ich mir, wenn ich einmal aus dem Haus zum Einkaufen ging, die Angebote der feinen Herren anhören. Zuerst war ich geschockt, denn so etwas kannte ich von meiner Heimat nicht, all dies war mir fremd und ich hörte noch die Warnungen der Mädchen vom „Haus der gefallenen Mädchen". Später als mein Bauch dicker wurde und zu sehen war, blieben automatisch die Anbietereien der „Herren" aus. In den Geschäften, mein Appetit auf grüne unreife Pflaumen nahm zu und schon der Gedanke daran machte aus meinem Mund einen Springbrunnen der Säfte, wollte man mir nur die süßesten Früchte geben, obendrein noch eine Mandarine und einen goldgelben reifen Apfel. Aber nein, Ich wollte nur meine grasgrünen sauren Pflaumen. Die reifen Früchte nahm ich dankend an, um sie abends meinen Mann zu geben, der dankbar war mal frisches Obst zu bekommen.

Die Frauen in der Entbindungsabteilung, alles 1. Klassepatienten waren rührend um mich besorgt. Viele der Patientinnen kamen aus dem Bereich der Auslandsvertretungen. Geld spielte daher bei ihnen keine Rolle und sie sahen und hörten sich an, wenn sie nicht gerade aus Argentinien, Brasilien oder Italien kamen und kaum Deutsch verstanden, was mir bisher in der Bundesrepublik passierte. So hatte ich in kurzer Zeit meine Erstausstattung für das Kind zusammen, von der Firma Nivea und Penaten bekam ich von den Vertretern jeweils die diversen Cremes, Puder und Reinigungslösungen und mit Spielsachen liebevoll verpackt, geschenkt. Ich war selig, das hätte ich nicht erwartet. Aber wo sollten wir hin, wenn das Kind dann da ist, meine Zeit im Krankenhaus neigte sich dem Ende. Eine Annonce in der Hamburger Zeitung zeigte uns den Weg. Eine Frau in Hamburg-Altona bot uns für die Zeit der Überseereise ihres Mannes das eine Zimmer an, Küchenbenutzung inklusiv. Denn der soziale Wohnungsmarkt war hoffnungslos überfordert und wir hätten eine Wartezeit von fünf Jahren gehabt um die dringend benötigte Wohnung zu bekommen. Es wurde also wieder mal das Bündchen gepackt und in die

Wohnung, bzw. in das Zimmer umgezogen. Es war eng, muffig und die Besitzerin machte auch nicht den tollsten Eindruck auf mich. Bis zur nahen Entbindung konnte natürlich nichts mehr unternommen werden. Mein Bauch schwoll überdimensional an, die Bewegungen wurden behäbiger und mein Augenmerk war immer auf die nächste Toilette gerichtet. Plötzlich im Zimmer sprang die Fruchtblase und mit einem Polizeiauto, das zufällig vorbei kam, ging es ab in die Klinik. Mein erster Sohn Karl, dick und schwer, so dass man einen Schnitt machen musste, da sonst sein Kopf nicht durch den Kanal passte. Über 5.000 Gramm, mit schon knuffigen Fingern und dicken Bäckchen kam er mit viel Geschrei an. Die Schwestern brachten ihn in seinem Himmelbettchen immer zuerst, da sein Hungergebrüll die Abteilung zur Verzweiflung brachte. Ich hatte natürlich immer panische Angst, mein Sohn könnte nicht genug zu essen bekommen. Das war natürlich nicht der Fall. Einmal brachte die Säuglingsschwester einen Säugling mit kupferroten Haar und wasserblauen Augen, ich schrie auf, dies ist nicht mein Kind, wo ist mein Kind? Die andere Mutter war schon dabei meinen Sohn zu stillen, hat die gar nicht bemerkt, dass ihr in den Armen gelegte Kind nicht ihres war? Sie muss doch gemerkt haben, dass die Feuerhaare nicht da waren?! Ihr einziger Kommentar war, mein Kind ist auch schön, sie brauchen nicht so zu schreien.

Die Zeit in der Klinik war für mich die reinste Erholung, ich genoss sie. Natürlich wusste ich nicht, was jetzt auf mich zukam. Aber ich war sicher, so schlimm wie es war wird es nicht mehr werden. Wie man sich täuschen kann. Kaum war ich in der Lage wieder normal zu denken, kam mein Mann mit der frohen Botschaft, die Vermieterin hat uns fristlos die Wohnung gekündigt und alle Sachen von mir und für mein Baby entwendet und behauptet wir hätten nichts mit hier her gebracht und sie wolle uns anzeigen, wenn wir diese Behauptung aufrechterhalten würden. Jetzt hatte ich überhaupt nichts mehr und mein Mann wurde nicht mehr in die Wohnung gelassen. Punkt. Entsetzen bei mir, verdammt, verdammt, verdammt, wie sollte es weiter gehen! Konnte es so etwas geben?

Aber erst sollte ich und musste ich noch die sechs Wochen nach der Entbindung in Hamburg bleiben, nur wo?

Also von der Entbindungsklinik ging es in ein Wöchnerinnenwohnheim. Hier konnte ich wenigsten mein Kind mit hinnehmen, bekam zu essen und in einem Vierbettzimmer ein Bett. Dort waren alles junge Frauen, die nicht wussten wohin, oder die auf und um die Reeperbahn gearbeitet hatten und ihr Kind irgendwie aufgegabelt hatten. Schöne Bescherung, aber man muss ja immer das Positive sehen, sonst dreht man durch. Ich konnte meinen Sohn selbst versorgen, stillen und an seinem Bettchen bleiben bis er eingeschlafen war. Dafür haben wir in dem Heim mit gearbeitet. Bettchen sauber gemacht, die anderen Kinder mitbetreut und die schadhaften

Säuglingssachen geflickt. So gesehen hat es auch Spaß gemacht. Die anderen Frauen waren ja auch nicht gerade zu beneiden. Die eine kam regelmäßig sturzbetrunken vom Samstagsausgang ins Heim zurück und wurde fristlos entlassen, ihr Kind blieb in Obhut der Schwester, da das Baby die Milch seiner Mutter getrunken hatte, und es Anzeichen von einem Vollrausch hatte. Schade, so ein bildschönes Kind, es wurde von fremden Leuten dann adoptiert. Viel haben mir die anderen Damen des Gewerbes gezeigt, wie man Männer an der Straße fängt, ich hab mich köstlich amüsiert. Eine Bardame bot mir eine Arbeitsstelle in einem Bordell an, na diese Laufbahn wollte ich ja eigentlich schon immer einschlagen. Was ich da für Frauen kennengelernt habe ist unbeschreiblich. Die meisten dieser „Damen" waren freundlich, lieb und haben den Weg in ein „normales Leben" nicht mehr finden können.

Aber die Zeit, also 6 Wochen waren vorbei und ich musste jetzt sehen wie es weiter gehen sollte. In der Zwischenzeit hatte sich Axel (mein Mann) um eine neue Arbeitsstelle bemüht und wartete auf die Zusagen, wohin? Und bis dahin …?

Eine ehemalige Kollegin hob mich aus der Patsche. Bleibt, bis ihr eine neue Unterkunft und Arbeitsstelle habt, bei mir in Eppendorf wohnen. Glücklich über diese Wendung umarmte ich sie kräftig. Sie war auch diejenige, die mir aus der Entbindungsklinik neue Babysachen und Cremes mitbrachte, da sie allen erzählte was mir passierte. Es wurde von allen gesammelt. Selbst meine ehemalige Stationsschwester, die immer barsch und unzufrieden aussah hat mir ein kleines Päckchen mit allerlei nützlichen Dingen mitgegeben. Diese Oberschwester hatte mir mal geantwortet nach meiner Frage, warum sie zu den Diakonissen gegangen ist, „als ich den Mann meiner Träume nicht bekommen habe, bin ich aus Trotz hierhergegangen und nun ist ja sowieso alles zu spät". Sie tat mir leid und konnte auch etwas verstehen warum sie mit der Oberin einen mehr als freundschaftlichen Umgang pflegte. Ich aber war glücklich und fing an Babysachen zu stricken, Mützchen, Jäckchen und Strampler.

Endlich die erlösende Antwort, eine Anstellung, alles klang ganz gut, hoffentlich war es auch so. Denn langsam traute ich niemandem mehr.

Die nächste Arbeitsstelle meines Mannes sollte im Schwäbischen sein, Nähe Augsburg.

Der Tag kam, wo ich schon wieder all meine Sachen packen musste und diesmal ging es per Bahn nach Augsburg und siehe da, wir wurden vom Zug abgeholt und in das Haus bzw. Wohnung, die tatsächlich vorhanden war, gebracht. Können wir hier Fuß fassen, oder...?

Der Winter kam hier mit großem Kälteeinbruch, jetzt kam das schwäbische heraus, erstens Sparen, zweitens sparen. Das war für uns, eine ungeheizte

Wohnung bis zum Mittag, da die Familie, die eine große Gärtnerei hatte, meinte, eigentlich könnte ich umsonst mit arbeiten und wenn nicht, sie könnten die Wohnung bis Mittag leider nicht beheizen, das war so nicht vorgesehen. Na, da zitterte ich mich bis zum Mittagessen durch. Mein Sohn Karl wurde im kalten Zimmer gewickelt und da ich noch gestillt habe, musste ich mich immer halb zugedeckt im Schlafzimmer auf das Bett legen, um nicht zu frieren, denn in der Zwischenzeit waren auch die Tage kalt und der erste Schnee lies auch nicht mehr lange auf sich warten. Die Wohnung kalt, mein Mann bis spät arbeiten und dann endlich ab drei Uhr nachmittags auch etwas Wärme in der Wohnung. Ach, es gefiel mir alles gar nicht.

Außerdem wurden wir immer als Zugereiste angesehen und von den Einheimischen von der Seite angeschaut. Was nun? Hört denn das überhaupt nicht auf? Ich lief durch das Dorf, von weitem sah man mir zu, aber keiner wechselte ein Wort mit mir.

Ich ging hier zu einem Frauenarzt und fragte nach der Antibabypille, die gerade frisch auf dem Markt kam. Davon wollte der streng katholische Arzt nichts wissen, er sprach nur davon, dass der Segen einer Frau im Kinderkriegen liege, na klasse. Also nichts! Aber hier an diesem öden Ort, wo mich niemand beachtete und mich niemand auch nur anschaute und wenn ich vorüberging, sah ich wie die Münder zu den Ohren anderer Frauen bogen und ich wurde beobachtet bis ich um die Ecke bog. In den Geschäften wurden immer erst die Einheimischen bedient und ich stand mit meinem Sohn, der wenn er satt war, ruhig im Kinderwagen lag, und wartete bis die gnädige Frau mich endlich bediente mit einer Abfälligkeit, die mich tief verletzte. Ich wusste ja gar nicht, warum! Warum, das wurde uns später erklärt, wir wären ja arme Flüchtlinge und in ihrem Ort gab es so was nicht. Das wäre aber nichts Persönliches. Ach so! Immer noch dachte ich in meiner Naivität es würde sich alles zum Guten wenden.

Das Weihnachtsfest näherte sich. Mit Karl spazierte ich lange und oft in der wunderschönen Natur und unser Sohn machte sich prächtig. Wenn er nur satt wurde, war es ein pflegeleichtes Kind. Das erste Weihnachtsfest ganz fern von zu Hause, ein winziger Tannenbaum, ein kleiner Entenbraten und für Karl einen schönen Teddy, das war alles. Ich fühlte mich elend, traurig und dachte immer nur an Papa und Mutti, selbst mein Bruder geisterte in meinen Gedanken herum. Was werden sie machen, hatten sie Stollen? Und meine liebe Tante Lina? Vermisste sie die Besuche ihrer Frieda zum Weihnachtsfest. Ganz banale Fragen gingen mir durch den Kopf.

Nach den Feiertagen wurden wir noch mehr gemieden, denn wir hatten doch tatsächlich die Christmette nicht aufgesucht, das konnte man uns nicht verzeihen!

Hier konnten wir nicht bleiben, also nochmal Arbeitssuche, selbstverständlich mit kleiner Wohnung.

Langsam kam der Frühling, dann der Sommer und ich merkte schon an der Übelkeit, ich bin wieder schwanger.

Der letzte Versuch, eine Arbeitsstelle zu bekommen, denn in diesen Ort wollte ich mein Kind nicht bekommen. Es ging lange hin und her und dann die Meldung, diesmal Worms mit der Zusicherung eine Miniwohnung, das waren zwei Zimmer, eine Toilette ein Waschbecken. Gebrauchte Möbel haben wir von dem Arbeitgeber bekommen, aus dem Keller geholt und frisch aufgemöbelt. Zwei unterschiedliche Eisenbetten, hintereinandergestellt, ein Kleiderschrank, ein Tisch mit vier unterschiedlichen Stühlen, ein Ofen in dem einen Zimmer, und einen Unterschrank für die Lebensmittel. Das musste für das erste genügen. In den nächsten Tagen sind wir zur Stadtverwaltung um eine Sozialwohnung zu beantragen, auch hier wieder der Bescheid, das kann etwas dauern, denn vor ihnen sind noch andere dran. Aber wenigsten die Unterlagen und unsere Namen wurden registriert. Der Sommer kam warm, sonnig, endlich kam etwas Ruhe in das bis dahin hektischen Nomadenleben nach der Flucht. Ich wollte nur eins, eine Atempause nach der Ruhelosigkeit. Ich hatte Hoffnung, alles wird gut, denn mir ist schon aufgefallen, dass Axel missmutig zu mir und dem aufgeschwollenen Bauch blickte, die abfälligen Bemerkungen blieben bei mir nicht ohne Wirkung. Ich wurde unsicher. Es muss, ja es muss unbedingt aufwärts gehen, dann wird sich das Verhältnis zwischen uns, was durch das

Durcheinander gelitten hat wieder normalisieren, dachte ich. Langsam wurde aus dem Sommer Herbst und in dem Garten, den Axel gemietet hatte wurden die Früchte reif, mit Kinderwagen und Körben bin ich zum Garten gelaufen und habe geerntet was es zu ernten gab, hab eingekocht, sterilisiert, Marmelade gekocht und saures Gemüse hergestellt. Abends war ich fix und fertig, Mann und Kind wollten essen, trinken und ihre Ruhe und ich räumte, putzte, wienerte. Mein Mann so erzogen, ein Mann ist ein Mann und braucht nichts, aber auch gar nichts in der Wohnung zu tun, das ist Frauensache und mit seinem Sohn Karl konnte er noch nichts anfangen, er war noch zu klein. Als ich die ersten Einwendungen erhob, bekam ich das erste Mal eine saftige Ohrpfeife. Ich war so erschrocken, schockiert und hoffnungslos überfordert mit dieser Situation... wie sollte ich mich verhalten? So was hab ich weder in meiner Familie noch bei unserer Verwandtschaft erlebt, dass ein Mann gegenüber einer Frau sich so benahm. Ich saß auf dem Stuhl und stierte vor mich hin, ich konnte es nicht glauben. Und das war erst der Anfang. Die „Ausrutscher", wie Axel das nannte, kamen immer häufiger. Nachts wollte er sich aber sein Recht als Mann nehmen, seine eheliche Pflicht erbringen, hieß das im Beamtendeutsch. Das hatte ich auch von der Polizei gehört, die ich eines Tages, als wieder einmal die Situation eskalierte, aufsuchte. In Familienangelegenheiten mischen wir uns nicht ein und außerdem ist das ihr Mann und der hat das Sagen. Machen sie das unter sich aus! Das war hier in der Bundesrepublik in den 60er Jahren das Familienbild. Jetzt hatte mein Mann noch quasi dazu die öffentliche Genehmigung mich so mies zu behandeln. Was für eine Hölle tat sich auf. Nun fing er an öfters auszugehen, natürlich allein. Wohin? Ich wollte es gar nicht wissen.

Jetzt wurde es langsam kalt, dann bitterkalt. Es war der Winter 1962/63. Die Wasserleitung war eingefroren und ich musste das Wasser aus dem ersten in den dritten Stock wuchten und das verbrauchte Wasser natürlich zurückbringen. Die Windeln wurden in einem großen Kübel ausgekocht und in der Wohnung zum Trocknen aufgehängt. Selbst die Wäsche außer den weißen Hemden meines Mannes wurde in dieser Weise gewaschen, Wasser nach oben schleppen, gebrauchtes Wasser nach unten schleppen. Kohle aus dem Keller holen, Asche runterbringen. Wir wohnten in einem Altbau im dritten Stock. Mein Rücken schmerzte. Da das Haus etwas abseits von der Ortschaft Weinsheim lag, somit auch die Lebensmittelgeschäfte, musste ich mit Kinderwagen und Einkaufstasche circa 1.000 Meter laufen um zu dem ersten Laden zu kommen. Karl schrie vor Kälte, dann jammerte er fast lautlos vor sich hin. Ich musste unbedingt in das erste Geschäft, meine blaugefrorenen Hände konnten die Kinderwagenstange kaum noch halten. Im Laden ein bollernder Ofen, Wärme, Menschen, die mir halfen Karl aus den Wagen zu heben, etwas Süßes in den Mund schoben damit er sich etwas beruhigte. Die Ladenbesitzerin behielt meinen Jungen und ich stürzte mich hinaus in die Kälte um die wichtigsten Besorgungen zu machen, Karl blieb friedlich schmatzend zurück. bis wir leider wieder den Weg zurücklegen mussten. Der allererste Handgriff in der Wohnung war, das Feuer zu kontrollieren, hoffentlich brannte es noch, schnell noch das Essen zubereiten, damit ich den Abend wenigsten Ruhe hatte.

Am Fenster hängte ich eine Wolldecke auf, damit wenigsten ein bisschen der ungeheuren Kälte draußen blieb. Zum Heizen hatten wir nur Koks, das in kurzer Zeit verbrannt war und dann die unbarmherzige Kälte sich im Zimmer breit machte. Alle zwei Stunden habe ich nachts den Wecker gestellt, damit ich nachheizen konnte, denn der Herr Gemahl brauchte ja seine, wie er glaubte wohlverdiente Nachtruhe und ich war ja nur eine Frau. Ich war für Mann und Kind, Haushalt, kleine Reparaturen, Einkäufe, Wasser schleppen und und und... zuständig. Unter normalen Zuständen hätte es mir ja auch nichts ausgemacht, aber jetzt schwanger und bei dieser „Wohnung", der Horror. Ich war immer müde, kraftlos und litt unter Schwindelattacken. Mein Gewicht trotz Schwangerschaft stagnierte, der Frauenarzt, den ich aufsuchte, zur einzigen Untersuchung, die mir von meinem Mann erlaubt war, höchst unzufrieden mit meinem Aussehen. Ich solle mich doch etwas schonen, das hätte ich auch ohne Arztbesuch gewusst, aber das Kind war Gott sei Dank gesund.

Aber Weihnachten wollte ich doch auch für Karl

schön machen. Also schleppte ich aus der Stadt einen kleinen Tannenbaum, die Fahrkarte für den Bus konnte ich mir nicht erlauben, dafür habe ich kein Geld bekommen. In der einem Hand den Tannenbaum und in der anderen Hand ein paar kleine Weihnachtsgeschenke für Karl, das war es. Jetzt sollte ja noch etwas Gescheites auf den Tischgebracht werden. Ich habe aus Geldnot nur für meinen Mann etwas Leckeres auf den Tisch gebracht und ich habe mit meinen Sohn Kinderbrei gegessen. Der Kommentar von ihm, na wärst Du halt nicht schwanger geworden! Man kann nicht alles haben. Ich war allein Schuld dass ich ein Kind bekam, ich hatte genug und ging Weihnachten mit Sehnsucht nach zu Hause im Herzen und der bitteren Erkenntnis, dass die Ehe total schief lief ganz zeitig ins Bett. Und mein Mann ging ebenfalls, aber nicht ins Bett, sondern mit dem letzten Geld was ich zur Seite gelegt hatte fort. In dieser Nacht weinte ich hoffnungslos, nahm meinen Sohn ganz nahe an meine Seite bis ich endlich erschöpft einschlief. Am zweiten Weihnachtsfeiertag kam er wieder nach Hause. Jetzt habe ich ihn angeschrien, dass er nicht mal an seinen Sohn gedacht hatte und das bisschen Geld weggenommen hat. Der Kommentar: „Ich bin hier der Verdiener und was ich mit dem Geld macht ist meine Sache." Wenn ich Geld brauche soll ich doch arbeiten gehen, ja so einfach ist die Sache.

Aus der Stadt kam die erste erfreuliche Nachricht, eine Wohnung für uns ist etwa im Mai bezugsfertig. War das ein Signal zur Besserung der Situation. Ich schöpfte misstrauisch, aber doch Hoffnung. Eine Neubauwohnung mit Heizung, ein Bad, das muss herrlich sein. Ich fing allmählich an zu träumen.

Aber zuerst, Faschingsdienstag war es, plötzlich ein mich zerreißender Schmerz, ach so, das waren die Wehen zehn Minuten vor zehn abends. Wer war bereit mich in das Krankenhaus zu fahren? Eine Tochter des Chefs, zufällig noch im Betrieb, konnte mich ins Krankenhaus bringen. Schnell, schnell, ich biss mir auf die Lippen, rein ins Krankenhaus, raus mit dem Kind. Zehn Minuten nach Zehn abends lag das Kind, schreiend neben mir. Ich konnte gar nicht so schnell denken, da war alles schon vorbei. Jetzt kam endlich die Mattigkeit, denn wieder hatte ich einen Dammriss, der noch schnell, bevor ich in das Zimmer gebracht wurde genäht werden musste. Denn eh die Hebamme bei mir war, sich die Hände gewaschen hatte, war das Kind schon da und eine ordentliche Vorbereitung war natürlich nicht durch zu führen. Ich durfte endlich ins frische Bett ohne nachts aufzuwachen und Feuer hüten, zwei Treppen runter Wasser holen. Ich seufzte tief und befriedigend auf, jetzt konnte auch mein Mann mich nicht drangsalieren. Ach, waren der Krankenhausaufenthalte für mich wie Urlaub. Es war ruhig, still und endlich sah ich auch, das Wetter verlor die bissige Kälte, das Eis, der Schnee schmolz langsam, es war der 26. Februar und es ging mit allem aufwärts. Insgeheim hoffte ich auch das Drama meiner Ehe würde beendet sein.

Der Schock kam schon, als ich nach Hause kam. Die Wohnung war verwahrlost, das Bett von Karl nicht gemacht, gerade dass er nicht verhungert ist. In die Windeln hatte er auch wieder eingemacht, alle Mühe, die ich mir gegeben hatte, umsonst. Da könnte doch der Blitz einschlagen. Und schon kam die Säure aus dem Magen wieder nach oben, der Mund zog sich zusammen und ich musste mit den Tränen kämpfen.

So zog ich mit dem neuen Baby, Bert, in die Wohnung ein. Endlich konnte ich wieder die Toilette aufsuchen, das Wasser konnte normal wieder aus der Wasserleitung geholt werden. Alles war eisfrei, wenigsten das lief, alles andere lief nicht. Stillstand in der Ehe, ich bekam immer weniger Geld, nur einen bestimmten Betrag pro Tag, musste davon aber auch die Zigaretten für Axel besorgen. Hauptsache, die glühte! Aber mit nun zwei Kindern, die brauchen doch auch was, aber das Tagesgeld wurde trotzdem nicht erhöht. Die spöttische Bemerkung: „Du musst eine bessere Kuh werden, dann hast du auch mehr Milch. "Der Tagesablauf war enorm „vielfältig" – Waschen, Stillen, Essen kochen, Wohnung säubern, Einkaufen und das Ganze noch mal von vorn. Mein Freiheitsdrang, weswegen ich eigentlich in die BRD gekommen war, war auf wenige Quadratmeter beschnitten. So hätte ich mir eigentlich mein Leben nicht vorgestellt. Die Briefe meiner besorgten Eltern, dadurch beunruhigt, da ich schon in kürzester Zeit das zweite Kind bekommen habe, wurden von mir mit Lügen und Schönmalereien beantwortet. „Den Kindern geht es wunderbar", das stimmte ja wohl, und „wir bekommen tatsächlich Anfang Mai eine Neubauwohnung", stimmte auch. Meine Gefühle, mein Heimweh, meine Gedanken, übers Eheleben alles behielt ich für mich. Sollte ich denn wirklich meine Eltern beunruhigen? Sie konnten doch nichts ändern und vor allem mir nicht helfen noch unterstützen. Es lagen ja 500 km und die Zonengrenze zwischen uns. Also schauspielern, den Kollegen meines Mannes gegenüber, seinem Chef selbstverständlich auch, Freundinnen hatte ich nicht. Nachdenken durfte ich nicht, meine Kinder brauchten mich mehr denn je, denn der Vater kümmerte sich kaum um sie, höchstens wenn einmal ein Foto gemacht wurde für die Eltern und Schwiegereltern, wie gut es den Kindern und mir geht. Es schmeckte alles so gallenbitter. Die Lügerei, das ewige Kämpfen um ein paar lumpige Mark fürs Essen, die kaltblütigen Kommentare meines Mannes und was am härtesten war die Schmerzen, die er mir zufügte, physische sowohl psychische.

Von Mutti und Papa hatte ich für den Kinderwagen eine schöne handgestrickte Decke bekommen, war das doch gerade modern, eine Wagengarnitur gehörte zu jeden Kinderwagen, erst für den großen Wagen, dann für den sogenannten Sportwagen, für Kinder ab ca. eineinhalb Jahren, auch diese nach Möglichkeit mit einer Zierdecken versehen. Es war für mich traurig, ich wollte eigentlich hier im „Westen" meine Eltern mal was Außergewöhnliches kaufen, was es nicht in der DDR gab, und was war, ich bekam von meinen Eltern Pakete damit ich mit dem Kind und später mit den Kindern Notwendigkeiten (Bettwäsche, Hand- und Badetücher, Unterwäsche für mich und Kleidung für Karl). Es war für mich, so deprimierend. Denn, später bestätigt, ahnten meine Eltern, dass etwas in der Ehe nicht stimmt und ich unter meinem Ehemann leide. Die Briefe die ich schrieb, waren vor allem Papa zu nichts sagend. Auch aus der Ferne, Papa kannte ganz klar meine Gefühle.

Endlich Ende April, wir konnten mit unserem wenigen Hab und Gut in die Innenstadt, in eine Wohnung mit separater Küche, und vor allem mit Bad und Toilette umziehen. Endlich ein Lichtblick, die bange Frage, wird es jetzt besser? Die Wege zu den Läden waren kurz, die Parkanlagen mit den Spielplätzen, der Rhein alles ganz leicht zu erreichen. Was ich natürlich in meine Freude nicht einbezogen habe, war, die Miete, Nebenkosten und die neuen Möbel, die wir auf Kredit kaufen mussten, wir hatten ja nichts. Richtige Betten für nun zwei Kinder, eine Kücheneckbank, eine Couchgarnitur und ein dazugehörendes kleines Sideboard waren die wichtigsten Sachen, die wir benötigten. Der Gasherd, die Betten und der Kleiderschrank waren gebraucht und aus der alten Wohnung mitgenommen worden. Kühlschrank, oder sogar eine Waschmaschine waren für mich unerfüllbare Träume. In einem riesigen Einmachtopf wurde die tägliche Wäsche gekocht, noch heiß in die Wanne gekippt und mit einem Stampfer durchgewalkt.

Die erste Zeit ging alles noch normal weiter, wenig Geld. Ich aß immer weniger, denn die Kinder brauchten Milch und auch mal Obst und vor allem musste ich für abends etwas „richtiges" auf den Tisch bringen. Da blieb ich halt auf der Strecke. Der nächste Schock, Axel bekam eine Vertreterstelle, hatte aber keinen Führerschein, also die Fahrprüfung musste in kürzester Zeit bestanden werden, das Auto wurde von der Firma gestellt und er blieb damit manchmal die ganze Woche weg, aber mir Geld zu geben hatte er „vergessen" und nun? Ganz einfach, geht man eben mal putzen. Für 5,- DM die Stunde einmal an einer Tankstelle, die schmutzigen ölverschmierten Böden schrubben, den Verkaufsraum blankwienern und mich noch vom Chef anmachen lassen. Ihm sagte ich auf den Kopf zu Putzfrauen sind nicht doof oder Nutten, wenn das nicht nachlässt muss die Ehefrau damit konfrontiert werden. Die Wut auf alle Männer stieg ins Unermessliche, durften Männer ungestraft die Frauen beschimpfen, wenn nicht sogar schlagen, hatten wir keine Rechte? Was war denn das für eine Politik?

Jetzt bekam ich noch weniger Geld von meinem Mann, wie um Himmels Willen, wie bekomm ich denn damit zwei Kinder und zwei Erwachsene satt? Da – das Stadtkrankenhaus suchte immer Krankenschwestern, vor allem nachts. Ich habe mich bei der Oberin gemeldet und tatsächlich, sie nahm mich, sogar gern, denn Nachtschwestern waren Mangelware. Der Nachtbetrieb ging von 20:00 Uhr abends bis morgens 6:00 Uhr, also zehn Stunden. Kein Wunder, damit konnte man die meisten jungen Mädchen nicht locken, um sich diesen Beruf auszuwählen. Aber ich brauchte das Geld zum Überleben. Meine Stationsschwester gab mir abends immer eine Sonderportion zu Essen für die Nacht mit. Sie hatte erkannt, dass ich immer hungrig zum Dienst kam.

Bert war ein freundlicher ruhiger Junge. Er konnte sich stundenlang in seinem Laufstall mit seinen Spielsachen beschäftigen. Das ärgerte seinen Vater und er versuchte ständig Bert zu provozieren, schmiss ihn in die Luft, Bert schrie, ich schrie. Das störte Axel nicht. Langsam machte sich bei Bert Angst breit, wenn er nur seinen Vater sah. Meine Worte, die Axel beruhigen sollte machten ihn nur noch wütender. „Bert ist kein echter Junge", „er muss lernen Widerstand zu leisten er muss sich behaupten."

So konnte es nicht weitergehen. Er macht mir diesen Jungen kaputt.

Ein Beispiel: Er setzte Bert auf den Schrank und befahl: „Spring runter ich fang dich auf, nun mach schon." Er sprang, Axel hielt ihn n i c h t auf. Seine Worte, du darfst niemanden trauen! Weinen und humpelnd nahm ich ihn in die Arme und wurde brutal weggezerrt, bekam eine saftige Ohrfeige: „Du verweichlichst ihn. Er muss selber dahinter kommen, was gut für ihn ist."

In der neuen Wohnung gefiel es mir, wenn ich etwas mehr Geld gehabt hätte, das ich wenigstens eine

Waschmaschine kaufen könnte, aber das war für mich als Ehefrau nicht vorgesehen. Der Dienst im Krankenhaus war anstrengend und tagsüber war ich frustriert, fertig und nur die Kinder hielten mich aufrecht. Zumal ich merkte, ich war schon wieder schwanger, denn ich wollte schon die Scheidung einreichen, das war's wohl! In der Schwangerschaft habe ich bis vier Wochen vor der Niederkunft gearbeitet. Es war eine harte Zeit. Axel war fast nie zu Hause. Er kam nur kurz zum Essen um dann mit dem Geschäftsauto wieder wegzufahren um sich zu „erholen" vom stressigen Alltag, wie er meinte. Sicher, wir sind auch mal zusammen weggefahren um den Leuten zu zeigen, was wir für eine glückliche Familie sind und Fotos für die Omas und Opas zu machen, nach der Devise immer nur lächeln.

Am 6. September, 10 Minuten vor 24:00 Uhr, kam Udo, mein dritter Sohn zur Welt. Ein Sonntagskind. Ein Wonneproppen. Auch Udo gesund, stramm, lächelnd lag er in meinen Armen. Und ich konnte mal wieder richtig ausschlafen.

Die Hausarbeit wurde immer umfangreicher, ist ja klar, aber Hilfsmittel wie Waschmaschine oder ähnlichem besaß ich ja nicht. Und acht Wochen nach der Geburt musste ich wieder ins Krankenhaus und schob meine Nachtwache. Völlig erschöpft, abgemagert auf 78 Pfund fiel das einer Sozialarbeiterin im Nachbarhaus auf und sie meldete mich für eine Kur an. Die beiden „Großen" wurden in ein Kinderheim in

Worms untergebracht. Der Abschiedsschmerz war herzzerreißend, Bert brüllte wie am Spieß, die Schwester schob mich zur Tür und sagte, wenn er sie nicht mehr sieht, hört er schon auf zu weinen und tatsächlich – das laute Gebrüll ging in ein Schluchzen über und hörte dann auf... Stille. Gott sei Dank! Was ich nicht wusste, ist, dass eine Schwester einen nassen Waschlappen in Berts Mund geschoben hatte, damit ich ihn nicht mehr hören konnte. Jetzt noch packt mich der helle Zorn, wenn ich Kinderkrankenschwestern sehe, die mit brutaler Gewalt Kinder „Zucht und Ordnung" beibringen wollen.

Udo wurde bei Tante Lina in Kelkheim untergebracht, wo er gedieh und so guter Laune war, das er mich schon nach vier Wochen nicht mehr erkennen wollte. Erst auf dem X-ten Mal auf dem Arm lächelte er mich wieder an, er kannte mich doch noch. Er war wieder mein Udo, in der Zwischenzeit knapp ein Jahr. Karl und Bert holte ich vom Kinderheim ab. Sie klammerten sich regelrecht an mich um dann schnurstracks in die Wohnung zu gehen.

Aber, wie sah die denn aus? Das Wohnzimmer quoll über von leeren Bierflaschen, die Luft durch Zigarettenqualm vernebelt. Im Schlafzimmer habe ich mit schreckerstarrten Augen feststellen können, in meinem Bett muss eine fremde Frau geschlafen haben. Überall roch es alt, muffig, ungelüftet. So kam ich nach vierwöchiger Kur nach Hause. Ist das wirklich noch mein Zuhause?

Plumps, fiel alles wieder in sich zusammen, was ich mir in der Kur mühselig aufgebaut hatte. Was ich mir wünschte, etwas mehr Wohnlichkeit, Zeit für die Kinder und Mithilfe des Mannes im Haushalt.

Und was war? Ein Mann der drauf wartete, dass ich arbeiten ging, den Haushalt schmiss, denn er war ja der „große Verdiener", der ach so oft unterwegs übernachten musste.

Mein Vater hatte in der DDR zu dieser Zeit einen Schlaganfall bekommen und Mutti reichte in Karl-Marx-Stadt einer Aufenthaltsgenehmigung für mich ein. Axel gefiel das gar nicht, aber das konnte er mir nicht verbieten.

Glücklich hatte ich die Genehmigung und wollte eine Fahrkarte kaufen, da wird mir mein Sohn Udo von einem italienischen Arbeitskollegen, der zufällig vorbeikam, auf sein Fahrrad gesetzt und nach einer halben Stunde brachte er ihn mit einem gebrochenen Schienbein zurück. Krankenhaus, Röntgen, Gipsen. Und mit einem Gipsbein bis zum Oberschenkel fuhr ich trotzdem in die DDR. Drei Kinder in einem Kinderwagen, zwei Koffer, so stand ich hoffnungslos überfordert in Leipzig auf dem Bahnhof. Ein älterer Herr half mir mit Kindern, Koffern, und endlich war ich am Ziel.

Mutti winkte, ich heulte und winkte und musste gleichzeitig auf die Kinder aufpassen, die durch das lange Sitzen richtig zappelig wurden.

Das Schlimmste war das Wiedersehen mit Papa. Wir wollten gar nicht von uns lassen, die Tränen ergossen sich in Strömen und immer wieder sagte Papa zu mir: „Was hat Axel aus die gemacht, du bist ja so dünn, du siehst so elend aus." Wir hielten uns noch lange ganz fest. Mutti nahm die Kinder und legte sie schlafen, nachdem sie eine Kleinigkeit gegessen hatten. Und wir saßen noch lange im Wohnzimmer und erzählten und erzählten.

Auch mein Bruder, meine Schwägerin kamen mit ihrer Tochter zu Besuch, aber leider, die Zeit war zu kurz ... viel zu kurz. Meinen Papa schloss ich noch einmal ganz fest in die Arme und dann musste ich zurück ins mir kalt erscheinende Worms.

Jetzt ging der Trott weiter, wie gehabt. Arbeiten im Krankenhaus, zu Hause die Kinder betreuen. Axel ging seiner Wege, genaues wusste ich nicht. Ich wusste weder was er verdient, noch wo er gerade ist, nichts.

Wenn er zu Hause war, Spektakel, die Kinder zu laut, das nicht schmackhafte Essen, und mit mir war sowieso nichts los. Was ich auch tat, es war falsch. Die Narben zieren noch heute meinen geschundenen Körper, die durch die Schläge entstanden.

Ich freute mich nur, Mutti kam mich besuchen, denn in der Zwischenzeit war mein innig geliebter Papa gestorben. Mein Herz und meine Seele bluteten. Niemand tröstete mich, niemand nahm mich in den Arm. Auch Mutti nicht, was habe ich nur falsch gemacht? Diese Fragen blieben alle unbeantwortet. Nur einmal sagte sie zu mir: „Dass du noch gekommen bist, das habe ich nicht gewollt." Sie wäre so glücklich mit nur einem Kind gewesen! Ich wäre auch gar nicht wie ein Mädchen immer so wild. Ich sah sie nur sprachlos an. Konnte ich etwa meine Geburt beeinflussen?

Sicher sie tat viel und jetzt wollte sie mich besuchen, bekam eine Ausreisegenehmigung aus der DDR. Das waren für mich drei Wochen keine Schimpferei, keine Schläge. Mutti und ich beratschlagten, wie komme ich aus der Ehe raus? Zuerst lief ich zu einem Rechtsanwalt, der mir beistehen sollte. Es ging in der Ehe noch immer um das Schuldprinzip. Wer hat was in der Ehe falsch gemacht, dass Schlimmste war Ehebruch, aber wie sollte ich das Axel nachweißen.

Eine Scheidung war damals etwas Unnatürliches. Die Devise hieß, lieber eine schlechte Ehe als gar keine. Die ganzen Schikanen, die Schlägereien, mussten akribisch aufgezählt werden, protokolliert werden und mit eventuellen Zeugen unterschrieben werden.

Dann die erste Verhandlung. Axel machte auf unschuldig und wollte natürlich nicht geschieden werden. Ich musste erleben, dass die Verhandlung verschoben wurde. Denn noch immer galt in der Bundesrepublik, der Mann hat das Sagen und die Frauen sollen sich unterordnen. Also mussten neue Beweise (z.B. ärztliche Atteste) erbracht werden.

In der Zwischenzeit passierte noch etwas, Bert brach sich den Oberschenkel. Das kam so ... Einkaufen stand auf der Liste. Udo, der Jüngste saß im Kinderwagen, die beiden Großen liefen wie immer rechts und links vom Wagen. Plötzlich riss sich Bert los und lief zum Schaufenster mit den sich bewegenden Weihnachtsmännern und Puppen. Ein plötzliches Quietschen, ein Schrei, Bert war in ein Auto gelaufen und da lag er auf der Straße und wimmerte. Mir wurde es übel, als ich ihn mit dem verdrehten Bein sah. Der Krankenwagen war bald zur Stelle, Udo und Karl wurden von einer Nachbarin, die zufällig vorbei kam, mit nach Hause genommen, und ich fuhr mit ins Krankenhaus wo ein Oberschenkelbruch diagnostiziert wurde. Er wurde sofort behandelt, bekam einen Streckverband und musste acht Wochen im Krankenhaus bleiben, das war natürlich über Weihnachten und Neujahr und nach der Entlassung humpelte er noch über ein Vierteljahr.

Zu Hause, ich lebte ja weiterhin mit Axel in der gleichen Wohnung, blieb alles beim Alten, kein Geld, Schläge, die ein Arzt nicht unbedingt sehen und somit nicht attestieren konnte. So kam die Scheidungsklage schließlich in die zweite Instanz nach Mainz. Wieder Verhör, Verhandlung, Atteste, und wieder kein Ergebnis. Vertagung, und nochmal – wieder ohne Ergebnis. Axel wollte nicht geschieden werden. Jetzt reichte es mir. Damals war noch Konrad Adenauer Bundeskanzler. An sein Sekretariat schrieb ich, dass ich schon im zweiten Jahr im Scheidungskampf liege und kein Ende in Sicht ist. Das Ergebnis war, das Bundesgericht Karlsruhe wurde eingeschaltet und endlich, endlich konnte die Ehe geschieden werden. Aber in der Zwischenzeit hatte sich Axel attestieren lassen, dass er psychisch krank ist und er nicht schuldig geschieden werden kann. Also musste ich auf Unterhalt für mich verzichten, damit ich nicht noch selbst Unterhalt an ihn zahlen muss, so sind die Gesetze, ich war entsetzt. Quasi konnte Axel nichts dafür, dass er mich schlug, dies war für mich unverständlich. Dies bezog sich aber nicht auf den Unterhalt für die Kinder. Also erklärte ich mich hiermit einverstanden, das Sorgerecht wurde mir gänzlich übertragen und nach einer gesetzlichen „Einstweiligen Verfügung" konnte ich mit den Kindern allein in der Wohnung bleiben, Axel DURFTE die Wohnung nicht mehr betreten. Endlich jetzt hatte ich es schriftlich. Die Scheidung war rechtskräftig, die Kinder wurden mir allein zugesprochen. Für mich hatte ich auf Unterhalt verzichtet mit dem Hintergrund, so brauchte ich auch nicht für meinen geschiedenen Mann aufkommen. Mein Rechtsanwalt meinte, wenn er sich hinstellt und auf krank macht, so muss ich noch für ihn bezahlen, nun das fehlte mir noch, mich krankenhausreif schlagen und dann noch Geld bezahlen. Für die Kinder zählte das nicht, da müsste der Vater immer bezahlen. Das wichtige Wort „müsste", die Möglichkeitsform, der ehemalige Mann nahm es so. In der ganzen Zeit da die Kinder noch unterhaltspflichtig gewesen wären, kamen knappe zwei Jahre Unterhalt raus.

Das neue Leben fängt an

Jetzt fängt eigentlich mein Leben an. Ich wollte nie mehr von einem Menschen abhängig sein und um das Leben von mir und vor allem meiner Kinder betteln müssen. Meine Devise nach der Scheidung war: von Niemanden und von nichts abhängig sein, niemanden mehr trauen und in mich hineinhorchen und alles gut überlegen. Sah ich deshalb oftmals so streng aus, war ich zu unnachsichtig? Die Strapazen waren vorbei, die äußeren Wunden heilten langsam ab, an den inneren Wunden hat man sein ganzes Leben lang zu leiden. Die Angst und die immer mal wieder hoch kommende Schwermut verfolgt mich das ganze Leben und immer die aufkommende Fragen, was habe ich falsch gemacht. War ich das, war das grausames Schicksal, war das Unwissenheit und verkorkste Erziehung noch von meiner Mutter, die immer die Leitlinien aufstellte, der Arzt, der Lehrer und der Direktor haben recht und du bist nur ein kleines Licht, beschwer dich nicht und mach alles richtig. Aber was ist richtig, diese Frage begleitete mich mein ganzes Leben. Habe ich richtig gehandelt, den Kindern den Vater wegzunehmen? Hab ich in der Erziehung viel falsch gemacht? Keine Antworten, von keinem Menschen, denn nach der Scheidung stand ich allein, ohne jegliche Hilfe da. Fragen türmten sich zu kaum zu überbrückenden Wänden auf, wo sollte ich anfangen. Fragen, Fragen ohne Antworten. Also tief durchatmen, das habe ich in meiner Lehre mit auf den Weg bekommen, das hat mir

Mutti trotz aller Strenge und Ungerechtigkeit immer wieder eingetrichtert. Die erste Frage, die ich mir stellen musste, wie kann ich meine Kinder ernähren? Wie kann ich Miete und alles anderes bezahlen? Der erste Schritt war ins Krankenhaus zu gehen und die Oberin zu fragen ob sie noch etwa mehr Nachtdienste für mich hat. Sie hatte. Dann ein schwerer Gang zum Rathaus, Mietzuschuss beantragen. Es dauert natürlich alles seine Zeit, und dazwischen? Ich hatte mal wieder, wie nach dem Krieg Hunger. Die Kinder auch, aber mein Gürtel hab ich enger geschnallt und die Kinder ernährt, was sonst! Irgendwie kenn ich das doch!

Nachts bin ich ins Krankenhaus gegangen, die Arbeitszeit für Krankenschwestern waren immerhin noch stolze zehn Stunden.

Meine Nachbarin schaute immer mal zu den Kindern um mich notfalls anzurufen, wenn etwas wäre. Offensichtlich war nie was, was ich nicht glaubte. Wollte sie mich vielleicht nicht beunruhigen? Morgens, das erste nach dem Nachtdienst war, fünfe grad sein lassen, kurz was trinken, denn dann kamen die Kinder schon und forderten ihr Recht. Bis sie in den Kindergarten gingen mussten noch was gerichtet werden. Endlich, Ruhe. Aber nun da ich hätte schlafen können, ging nichts. Oh Gott, nur schlafen, ich muss heute Abend doch nochmal Dienst tun. Gerade eingeschlafen dachte ich, da klingelt schon wieder der nervige Wecker, die Kinder kamen, gesund, aufgeräumt und natürlich hungrig.

Um noch zu ein bisschen Geld zu kommen, hab ich an manchen Tagen bei einer Firma und in einem Privathaushalt geputzt. Irgendwann wollte ich den Führerschein machen und endlich mal mit meinen Kindern irgendwohin fahren, dem ganzen Klimbim hinter uns lassen und nur ins Grüne, wandern, ausruhen baden gehen.

Ich verbuchte das als Sieg für mich, aber was kam nun auf mich zu?

Jetzt musste ich um den Unterhalt für meine Kinder kämpfen. Aber, wenn man Unterhalt gerichtlich erkämpfen möchte, da muss man die Adresse und den Arbeitgeber vom Vater angeben. Beides konnte ich nicht. Das bedeutete kein Unterhalt, das bedeutet arbeiten gehen. Einmal im Krankenhaus Nachtwache schieben und noch nebenbei putzen, denn drei Kinder haben immer Hunger.

Aber ich war frei. Frei von Ängsten, frei von der inneren Zerrissenheit und Unruhe, und konnte nachts wieder ruhiger schlafen ohne mit einem Ohr immer zu lauschen, ob der Schlüssel ins Türschloss geschoben wurde, oder ob die Nacht weiterhin ruhig verlief. Selbst die Kinder merkten die Veränderungen, die Ruhe einerseits und die Ordnung am Tagesablauf taten ihnen gut.

Meine Mutter beantragte die Ausreise aus der DDR zwecks Familienzusammenführung, die Behörden bearbeiteten den Antrag, aber es dauert.

Karl kam in der Zwischenzeit in die Schule, von der Nachbarin eine mit Liebe gefüllte Zuckertüte, stolz im Arm, sind wir zu viert – Karl, Bert, Udo und ich– in die Schule gegangen. Es war schön, so schön ohne Ärger und Angst zu leben.

Auch, dass dann der positive Bescheid von Mutti kam, sie konnte ausreisen und ihre Möbel mitbringen. Nun musste eine Wohnung für sie gesucht werden, welches sich als großes Problem herausstellte... Wohnungsmangel. Nach langem Hin und Her wurde trotzdem alles gut, Mutti kam mit ihren Möbeln drei Straßen weiter unter, Ihre Rente kam auch ein paar Wochen später und wir hatten einige Sorgen weniger.

Die Kinder machten sich prächtig, die ständige Angst vor ihrem Vater, der manchmal unten auf der Straße entlangging ohne sie überhaupt anzusehen oder gar mit ihnen zu sprechen. Eine ganz merkwürdige Situation. Ich hatte den Kindern eingetrichtert, ja nicht mit ihrem Vater oder mit fremden Menschen mitzugehen. So haben wir ein besonderes Klingelzeichen ausgemacht, damit ich nicht die Tür irgendjemandem außer meinen Kindern aufmachte.

Alles lief jetzt wie in jeder „normalen" Familie. Endlich, ich konnte meinen Führerschein machen und sparte für ein Auto, einen kleinen VW-Käfer und als ich ihn hatte war ich doch etwas stolz, so was auf die Beine gestellt zu haben. Eine kleine Familie, statt Vater eine Oma, ein kleines Auto, ich konnte das Glück kaum fassen. Endlich, endlich war es Wirklichkeit geworden, ich konnte die Freiheit genießen. Im Hinterkopf spukte natürlich immer noch die Angst, es könnte irgendetwas geschehen und mir wieder alles wegnehmen.

Ich ging jetzt manchmal mit einer Bekannten aus und lernte auf diesem Weg einen jungen Mann kennen. Aus dieser Freundschaft wurde Liebe. Ich konnte und kann mich immer auf ihn verlassen und das Wichtigste, keine physischen und psychischen Erniedrigungen gehen von ihm aus. Bis heute ist die Gemeinschaft eine äußerst positive und hoffe, dass das so bleibt. Wir haben viele Gemeinsamkeiten, spielten Tennis oder wir unternahmen viele Reisen ins Ausland oder in Deutschland. So soll es noch lange bleiben.

Ich hatte einen Job als Lehrdozentin in einer Berufsschule angenommen und die harten Nachtdienste waren nun auch Vergangenheit. Jetzt lernte ich auch nette Arbeitskollegen kennen, mit denen ich des Öfteren etwas unternahm.

Nun konnte ich schon auf den ersten Urlaub sparen. Es ging aufwärts! Die erste Reise sollte ins Allgäu gehen. Ich konnte mit Udo fahren, Bert und Karl blieben in Worms im Ferienlager. Udo war noch zu jung um mit ins Jugendcamp zu gehen. Mutti war zur gleichen Zeit in die DDR zu meinem Bruder gefahren.

Mein erster Urlaub! Hurra!! Gerade wollten wir zur Tür hinaus als ein Gerichtsvollzieher klingelte und Schulden von meinem geschiedenen Mann von mir einforderte. Denn der Fernseher, den ich natürlich nicht hatte, war nicht völlig bezahlt worden, da er aber noch als Ehepaar angeschafft wurde und somit ich als Zahlender verpflichtet war den Restbetrag sofort zu begleichen. Der Schock war riesengroß! Ich bezahlte zähneknirschend, der Urlaub musste sparsamer verlaufen aber wir fuhren trotzdem. Erst mal weg, war das Einzige was ich dachte.

Der erste Urlaub im Gebirge, und... es war nicht das letzte Mal. Jedes Jahr wurde mit den Kindern und Oma und später mit Freunden im Gebirge geurlaubt. „Der Berg ruft" so ist es bis jetzt.

Es kamen noch weitere Reisen hinzu. In ferne Länder oder in heimischen Gefilden, jedes Mal an einen anderen unbekannten Ort, entweder mit einer Gruppe oder zu zweit mit einer Freundin mit Fahrrad und Zelt. Denn in der Zwischenzeit waren die Kinder keine Kinder mehr, sondern Erwachsene und gestalteten sich ihren Urlaub selber, brauchten die Mutter nicht mehr. In den nächsten Jahren wurde einmal Urlaub in fremde Länder und mehrmals im Jahr mit Fahrrad und Zelt in Deutschland unternommen. Freiheit! Andere Länder kennenlernen, was ich so lange vermisste.

Ob Bert die Hauswand vom Nachbar anmalte, Karl sich die Lippe beim Schaukeln aufschlug oder Udo sich beim Fahrradfahren den Zahn rausschlug, ich musste mit allem allein fertig werden, keiner konnte mir helfen, ob schulische Probleme existierten oder Privates vorlag, immer lag eine Entscheidung an, die ich alleine regeln musste. Mutti konnte ich nicht mit einbeziehen, da sie oft ungerecht oder mit überalternden Methoden und Beispielen aufwartete und das konnte ich den Kindern nicht antun. Die Fragen, die ich mir immer und immer wieder stellte, waren die gleichen. Mache ich alles richtig? Oder was mache ich falsch? Leiden die Kinder? Kommen sie mit dem Leben ohne Vater zu Recht, der sich ja nie um sie gekümmert hat? Keine Geburtstagsgeschenke, keine Weihnachtsgrüße, aber auch kein Geld kein Unterhalt.

An meinem beruflichen Werdegang musste ich noch feilen. Also entschloss ich mich nochmal für zwei Jahre die Schulbank zu drücken, um mich als MTAL (Medizin Technische Assistentin für Labor) umschulen zu lassen. In der Zeit der Zwischenprüfung verstarb meine Mutter nach langer Krankheit. Mir fehlte sie so sehr. Sie war ja doch das fünfte Familienmitglied, wenn es auch manchmal nicht leicht war einer Meinung zu sein, im Großen und Ganzen aber schafften wir den Spagat zwischen meiner Arbeit und dem privaten Umfeld.

Die Prüfung schaffte ich und bekam auch gleich eine Stelle als MTA in einem Labor in Mainz angeboten, die ich annahm. Die Arbeit war anstrengend aber interessant und gefiel mir. In diesem Labor habe ich bis zur Rente gearbeitet. In diese Zeit fiel auch eine außergewöhnliche Reise.

Die große Reise

Noch acht Tage und dann, endlich Urlaub. Die letzten Wochen waren grauenvoll. Wenig Personal, viel Arbeit und eine ewig zänkische unzufriedene Chefin. Wieder ihre Abteilung zeterte sie noch und noch. Zu den normalen Essensterminen kam ich schon lange nicht mehr. Gut, dass ich wenigsten schon alles für den Urlaub bereitgelegt hatte. Mein Wunschtraum, Nepal, bis zu einer Höhe von circa 6.000 Metern, mit dem Mount Everest in Sichtweite sollte sich erfüllen. Wie freute ich mich. Die ewigen Magenschmerzen der letzten Tage würden verschwinden und die gute, zwar dünne Luft würde mir guttun. Im Inneren hatte ich die leise Befürchtung, ich könnte eventuell mit den anderen Teilnehmern, die ich nicht kannte, nicht mithalten. Gut, ich hatte trainiert. Aber jetzt die letzten Tage war ich nicht mehr dazugekommen.

Plötzlich zerriss mich ein mörderischer Schmerz. Der Magen, eine Explosion von Schmerzen und Wellen von Übelkeit überkamen mich schlagartig. Ich rief eine Freundin in der Uniklinik an, kurze Pause, leise Stimmen im Hintergrund, und dann laut „sofort kommen". Meine Chefin überging ich und fuhr mit einem Taxi bis zur Eingangstür und wurde schon erwartet. Der Chefarzt persönlich hatte gerade ein paar Minuten Zeit um mir die Sonde in den Magen zu schieben und seufzte laut auf. Schauen sie mal, ich schaute und sah mit ihm ein fünfmarkgroßes

Magengeschwür, ganz frisch aufgeplatzt. Na toll, das fehlte mir gerade noch.

„Hier ist die Krankmeldung, ansonsten Schonung, Schonung, die Medikamente, das Rezept kommt gleich, regelmäßig einnehmen und kommen sie in zwei Wochen wieder." Pause auf beiden Seiten. „Das geht nicht", meine Reaktion kam prompt aber ganz leise. „Ich fahre in einer Woche über drei Wochen nach Nepal!" Punkt aus. Die buschigen Augenbrauen des Chefarztes schoben sich zu einer tiefen Sorgenfalte zusammen und ungläubig starrte er mich an, ich glaube er hatte sogar den Mund leicht geöffnet. Ich starrte zurück. Es wurde verhandelt wie auf dem Basar, schlussendlich hatte ich die Genehmigung auf eigenes Risiko bitte, „natürlich". „Natürlich keinen Alkohol, kein scharfes Essen" – „natürlich nicht". Ich nahm das Rezept und alle lieben Wünsche, der Arzt stürzte kopfschüttelnd aus dem Raum nicht ohne die Bemerkung fallen zu lassen, „wenn sie tot sind kommen sie dann nicht zu mir". Ich nickte ergeben nahm mein Rezept und einen Rüffel von meiner Freundin und ging nach Hause.

Gleichgültig war mir die Sache bestimmt nicht. Wieder mal war großes Nachdenken erforderlich. Sollte ich oder doch nicht. Egal, was passiert ich tu es einfach! Auf dem Flughafen Frankfurt traf sich die Gruppe, ein junger Mann musterte mich kurz und meinte, solche Frauen wie sie (damals superdünn) machen in den Bergen doch nur Ärger, die sollten lieber zu Hause bleiben. Wieder ein Dämpfer für mein angeknacktes Ego. Na klar, der Rucksack war größer als ich, aber ich muss ihn ja nicht die ganze Zeit über schleppen, dafür hatten wir ja Yaks gemietet. Na, den Flug überstand ich schon mal ohne große Maläse. Die Reiseleiterin holte uns vom Flughafen Kathmandu ab und brachte uns in unsere erste Unterkunft. Die neue Situation, der Lärm der Stadt, die vielen fremdartigen Menschen, die durchdringenden nach Gewürzen riechende Luft, goldenen Pagoden, Monumente, Kühe die mitten auf der Straße seelenruhig liefen, standen, fraßen, alles hielt mich gefangen. Nach einer Eingewöhnungszeit und Besichtigungen der Sehenswürdigkeiten ging es mit einer Einpropellermaschine nach Lukla um von dort aus mit Zelt immer weiter nach oben zu wandern. Ich erklärte der Reiseleiterin Katrin wie es um mich stand, sie schaute mich ganz verdattert an und sagte, das bekommen wir schon irgendwie hin und wenn es schlimmer würde, werde ich nach Kathmandu transportiert. Gefragt mit was und mit wem hab ich vorsichtigerweise schon mal nicht.

Es war herrlich, die Berge, der Schnee, die Kälte, immerhin waren nachts im Zelt 7 Grad minus, also musste vor dem Schlafengehen Tee mit Rum getrunken werden, das sieht doch wohl jeder ein ... na das war's mit dem Alkoholverbot des Doktors. Nach einigen Tagen erreichten wir ein in den Felsen gehauenes und gebautes Kloster. Die Mönche sangen mit gleichbleibenden Rhythmus und monotoner Stimme ihre Lieder, Zimbeln begleiteten den Gesang, mich fröstelte es, aber nicht vor Kälte. Dann kam der Lama des Klosters zu mir, nahm meine kalte Hand in seine kleine, warme von rauer Luft rissiger Hand und sprach mit leiser Stimme. Seine gütigen dunkelbraunen, mit vielen Fältchen umgebenen Augen ruhten auf mir. Katrin übersetzte. Ich soll mir vorstellen in einer großen Glaskugel zu stehen und nur die Wärme, das Licht und die Sonne kommen zu mir durch. Der Regen, die Steine (das Schlechte symbolisierende) bleiben vor der Kugel. Versuche immer ruhig zu bleiben, nehme den Ärger gelassen auf und lächle. Anschließend segnete er mich. Ich fühlte mich geborgen und zufrieden, irgendwie erleichtert. Ich ging vor das Kloster. Da saß ich nun, in 4.000 Meter Höhe, über mir ragte der Gipfel des Mount Everest mit seiner typischen Windfahne empor, an den gegenüberliegenden Berghängen wuchsen haushohe Rhododendronbüsche, eine Sinfonie in blau, pink und lila Blüten. Tief unter mir der silbern glänzende Fluss, der sich in endlosen Windungen durch die Berge zwängte, ein paar Schneeflocken tänzelten vom sonst blauen Himmel. Es wurde langsam dunkel, über mir der klare Sternenhimmel, so klar und so nah wie nirgendwo. Ich fühlte mich frei, überwältigt. Und noch heute sehe ich diese unglaublichen Momente oft vor mir. Still, ganz still ging ich ins Kloster um in meinen Daunenschlafsack zu kriechen und schlief ruhig ein.

Am nächsten Morgen, ich ging nochmals zu dem Lama des Vortages, er nickte mir aufmunternd zu und lächelte. Lange noch sah ich seine Gestalt im roten

Gewand am Eingang des Klosters stehen. Und Wir stiegen weiter bergauf bis zu knapp 6.000 Meter. Mein junger Mitläufer konnte die Tour bis da oben nicht mit machen, keine Kraft mehr in den Beinen jammerte er und die Luft, die Luft, wieso bist du so gut drauf. Meine Antwort kam prompt und bösartig, ich bin halt klein und dünn ich brauch nicht so große Schritten zu machen und benötige auch nicht so viel Luft. Das saß.

In einer Höhe von circa 5.800 Metern blickte ich zum Mount Everest, eine unvergleichliche Leichtigkeit nahm mich gefangen. Hier ist Zeit bedeutungslos, sie scheint stehen geblieben zu sein. Wolken schwebten wie Federn vorbei, ich bin glücklich, außerordentlich glücklich und sprachlos. Nur drei aus unserer Gruppe sind den hohen steilen Berg „ohne Namen" mit hinaufgeklettert. Wir waren gefangen von der Schönheit dieser grandiosen unberührten Bergwelt. Keiner sprach, wortlos schauten wir uns nur an und lächelten.

Ein Ruf aus weiter Ferne, brachte uns in die Wirklichkeit zurück. Wir blickten nach unten, die Reiseleiterin wedelte heftig mit den Armen, wir sollten runter kommen.

Es war Ostern und eine Reisende hatte für diesen Tag ein Päckchen mit Pumpernickel und eine harte Salami mit herauf geschleppt und als fugales Mahl und Belohnung für unsere Extratour zu servieren. Langsam traten wir den schwierigen Rückweg an über Dörfer, kleinen Klöstern, an weißen Stupas und Manisteinen entlang, an Menschen vorbei, die ihre Gebetsmühlen eifrig mit der einen Hand und mit der anderen Hand eine Spindel für ihre Wolle drehten, ohne eins von beiden zu verlieren, und sie lächelten.

Das fiel mir besonders auf, die karge Erde, die wenigen Ernteerträge, die schmutzigen zerfransten Kleider, schmutzstarrend, Kinder in dünnen Flip Flops billigster Art und trotzdem, sie lächelten uns aufmunternd zu, unbegreiflich. Die stille Religiosität, das Murmeln der Gebete, die sanfte Sprache war beeindruckend, kann ich davon was mitnehmen in meine hektische oft zynische Welt, ich war plötzlich so mutlos. Da erinnerte ich mich an den Lama mit seinen gütigen Augen und dachte, "Frieda lächle."

Am Ausgangsort unserer Bergtour standen mit deutschen Buchstaben die Worte „Heißer Apfelstrudel mit Vanillesoße und frisch gebrühten Kaffee". Wir rieben uns die Augen, unglaublich, nach tagelangen Erbsen, Linsen, Kartoffeln und schon keimenden Blumenkohl, diese Köstlichkeit. Ohne große Worte zu verlieren stürzte die ganze Gruppe in das kleine Café, von einem deutschen Bäcker eröffnet, hinein. So gut hat mir Apfelstrudel nie mehr geschmeckt wie in 4.500 Metern Höhe in Namche Bazar.

Leider, die Zeit bleibt nicht stehen und der Abschied von diesem wunderbaren grandiosen Land fiel allen schwer. Die letzten Tage wieder unten im Kathmandutal verflogen im Nu.

Zu Hause, erst mal zum Arzt, der Chefarzt war

nicht da, ein Assistenzarzt schob mir wieder die Sonde in den Magen, ich bibberte innerlich. Nichts, rein gar nichts war mehr von dem Geschwür zu sehen. Der Arzt schaute nochmal und nochmal, nichts. Aufatmen und ein beinahe Seufzer von mir, bzw. das ging ja nicht, noch hatte ich den Schlauch zwischen den Zähnen. Bald hätte ich ihn vor Freude durchgebissen. Ich war gesund, gesund ich konnte es gar nicht fassen.

Mit meiner Chefin hatte ich eine lange Aussprache, sie hat mich dann immer mit Respekt behandelt. Wenn sie Ansätze von Zorn hatte, habe ich mich der Worte des Lamas erinnert, lächle. Geht doch. Seitdem hatte ich immer so ein dümmliches Lächeln auf den Lippen, wenn meine Chefin wieder mal knurrte. Freundinnen sind wir nicht geworden.

Aber mir hat es sehr geholfen und natürlich habe ich daraus gelernt.

Die Zeit verging und immer wieder kamen Gedanken und Erinnerungen an meine Kindheit hoch.

Eine kurze Reise in die Vergangenheit

War der Wald in meinen Erinnerungen etwa grüner dichter und größer? War der Schulweg doch nicht so weit, trügt die Erinnerung, gaukelt sie mir was vor? Kommen Phantasie und Wirklichkeit durcheinander? Der Kirchturm war der tatsächlich so hoch, dunkel und unheimlich? Das ließ mich die letzte Zeit nicht mehr los. Ich wollte mit mir allein, ganz allein nur mit mir die ganzen Wege nochmal bewusst gehen, die Geschehnisse der letzten Kriegstage und die Nachkriegszeit aufleben lassen. Wie macht man das am besten? So habe ich kurzfristig den Entschluss gefasst, ich fahre allein und ohne Jemanden etwas zu sagen in die Nähe der Wohnungen meiner Kindertage. Ich buchte ein kleines, nettes, am Waldrand einerseits und Hauptstraße anderseits, gelegenes Hotel, mit der Bitte ein Zimmer zum Zeisigwald, was bestätigt wurde.

Der 30. Mai (Fronleichnam) war als Anreisetag von mir ausgesucht, mit dem Gedanken, dass in Rheinland-Pfalz, Baden-Württemberg und Bayern Feiertag ist, und die Laster auf der Autobahn behindern und hemmen nicht das Fortkommen, und deshalb fuhr ich über Nürnberg – Hof – Chemnitz, ca. 550 km. Das war schon eine gute Voraussetzung. Frühmorgens, frisch ausgeschlafen und doch voller Spannung setzte ich mich in mein vollgestopftes und aufgetanktes Auto, und tschüss.

Es war kühl, wolkenverhangen aber trocken. Die Autobahn fast leer, keine Laster die drängelten, so fuhr ich ostwärts. Nach zweimaliger Pause, kam ich in Hof an - und es setzte Regen ein. Ich bin bald da, so waren meine Gedanken, denn der Wetterbericht hat nichts von schlechtem Wetter mitgeteilt, das war natürlich ein lausiges Märchen, wie es sich später herausstellte. In mehr oder weniger ergiebigen Sturzbächen kamen die

Regenmassen herunter, fast hätte ich die Einfahrt des Hotels verfehlt. Mein Zimmer sauber, hell zum Wald hin, ruhig, war top, und nach dem Auspacken habe ich mich nach einer guten Gaststätte erkundet. Es regnete und ich wollte nicht so weit laufen. Und trotzdem, ich konnte nicht anders, der erste Rundgang stand aus. Essen kann ich nachdem ich mich mal, nur ganz kurz, umgeschaut habe. Das Hotel mit „tschüss, bis bald" verlassen und los, Regenschirm vergessen, nochmal ins Zimmer, aber jetzt, los. Über die Straße und zwei Eckstraßen weiter und ich sah meine Schule wieder, in der ich die letzten Jahre hier abgesessen habe. Eigentlich waren es zwei Schulen, die Ludwig-Richter-Schule I und II, eine Jungen- und eine Mädchenschule. Ich lief langsam an den beiden Gebäuden vorbei, die Jungenschule ist keine Schule mehr sondern ein Institut der Stadt, die hier Seminarräume einrichteten. Aber „meine Schule" steht noch immer im alten Gewand majestätisch da. Die großen Fenster sind zum Teil mit bunt beklebten Fensterbildern verziert, lichtdurchflutete Gänge und hinten, der Garten, ja, der steht noch, mit seinen Obstbäumen, Beerensträuchern und Blumen. Für uns damals das Beste von allem, die Beerensträucher. Wer im Biologiezusatzkurs war wurde eingesetzt während der Ernte zu helfen, was mit Freuden getan wurde. Na, dazu gehörte aber auch die Suche nach Maikäfern, Kartoffelkäfer und anderen Gewürm zum Vernichten der Plagen und zum Erhalt der sozialistischen Ernten. Gegenüber der Schule noch immer der riesige Schulpark, mit Hoch- und

Weitsprunganlage, der 100 Meter-Bahn und die Wurfanlage, immer noch an der gleichen Stelle, nur neu angelegt und die Umkleidekabinen ein Neubau mit Duschen und einer neu gestalteten Außenanlage mit Sitzgelegenheiten, für die jährlichen Schulwettkämpfe. Ich war angenehm überrascht und dachte mit einem kurzen Auflachen daran, wie wir im Winter, als mit einem Wasserschlauch die 100-Meterbahn in eine Eisbahn verwandelt wurde, darauf die ersten wackligen Versuche starteten. Wir versuchten Gabi Seifert (Olympiasiegerin), die mit ihrer Mutter (die gefürchtete Frau Müller) hier die ersten Trainingsstunden absolvierte, nachzueifern. Das gelang uns schon mal überhaupt nicht mit unseren uralt Schlittschuhen, die noch mühselig mit einem Vierkantschlüssel an die Absätze unserer kostbaren Wintersschuhe angeschraubt wurden. Ich drehte mich ab und schaute nochmal an der Schule vorbei um die Fenster der einzelnen Schulräume mit meinen Augen abzusuchen. Wo war der Physikraum, der Chemieraum und das Klassenzimmer? Ich überlegte und bekam es beim besten Willen nicht mehr richtig zusammen. Ein paar Kinder kamen aus der Schule gerannt, lachend, und schreiend stürzten sie die Treppen im Eiltempo herunter. Ach ja, hier war doch ein ganz normaler Schultag. Das Geländer, ja das ist ganz neu, bei uns gab es keines, wir mussten noch freihändig runterlaufen. Ganz langsam lief ich die Straße hinunter an Häusern vorbei, die zum Teil modernisiert und herausgeputzt waren, andere in einem sehr desolaten

Zustand, der Putz, nur noch fleckenhaft vorhanden, fällt von den grauschwarzen Wänden, keiner ist dafür verantwortlich. Ach, und hier ist die winzige kleine Schlosserei, die existiert ja noch. Neue Gerätschaften stehen im Garten und das Firmenschild ist frisch poliert und mit neuem Namen versehen. Und hier der Bäcker, zu. Der Fleischer, geschlossen. Mein Kinderarzt, natürlich ist er nicht mehr da. Er war in meinen Augen schon immer alt. Mit seinen kugeligen Kopf und dem dünnen schwarzen Haarkranz sah er immer aus wie von Wilhelm Busch gemalt. Als ich, aus dem Unterricht heraus von der Schule geschickt wurde, hochfiebrig, sah er mich schräg an und hat gleich gesagt, du hast Scharlach und dein Bruder der auch, der war schon da. Er muss ins Krankenhaus, du kannst zu Hause bleiben, es muss nur alles desinfiziert und gewaschen werden. Das Krankenhaus ist voll und nur die schweren Fälle können noch aufgenommen werden. Daraufhin musste Mutti sämtliche Bücher, Puppen und andere Spielsachen mit einem Puder einstäuben und ich durfte nur mit Handschuhen spielen, und das bei geheizten warmen Stuben. Das alles fiel mir plötzlich wieder ein, als ich vor diesem Haus stand. Ein Nachfolger, auch ein Kinderarzt, ist in sein schönes Eckhaus gezogen, neue Rollläden schmücken das gepflegte, in hellem beige gestrichene Haus und im Garten stehen in einem Kiesbett sogar zwei Palmen. Ich staunte. Gegenüber, wohnte mein Schulkamerad. Das Eckhaus mit dem Türmchen an der Seite und der reizvollen Außenfassade in einem warmen

Ockerton gestrichen, gefiel mir schon damals. Wir Mädchen liefen die Stufen des Türmchens hoch und schauten über den Garten und kamen uns vor wie Rapunzel. Wie oft haben wir hier gespielt, Gerhards Mutti kochte für uns immer einen Vanillepudding, und die Krönung war das eingemachte Obst was darüber gegossen wurde, herrlich.

Bei meinem Rundgang kicherte ich oft verhalten, wenn mich jemand beobachtet hat, dachte bestimmt, guck mal die alte Dame ist ein bisschen debil. Langsam schritt ich, immer auf den Boden schauend weiter, denn es regnete immer heftiger, wahre Seen standen auf dem Fußweg und von oben tropfte es von den Bäumen. Ich wurde nass, denn der Regenschirm konnte diese Regenmassen nicht mehr beherrschen. Aber ich musste einfach weitergehen, ich musste wie unter einem inneren Zwang. Die Straße führte jetzt an ein paar Neubauten vorbei, da waren vorher ganz, ganz alte Häuser mit schiefem Dach und buckeligen Wänden, die schon zu meiner Zeit fast auseinander fielen. Hier gefielen mir immer nur die wunderschön angelegten Vorgärten, voll mit bunten Blumen und Gräser, die leicht im Wind halb zu schweben schienen, die sollten wahrscheinlich von der abgewaschenen desolaten Fassade ablenken. Auf der anderen Seite der Straße stehen Häuser, fast alle frisch renoviert, nur ein paar alte verwahrloste Häuser saßen dazwischen. Es sah aus, als würden ein, zwei Zähne im sonst einwandfreien Gebiss faulig sein, man schaut dann leider immer nur das schlechte an.

Die Hauptstraße muss man überqueren, um auf die Straße zu kommen, die zu unserer Wohnung führt. Die Straßenbahn fährt schon lange nicht mehr, sie wurde durch neue Busse abgelöst. Die wackelige Straßenbahn Nr. 8 kam den steilen Berg herunter, um mit durchdringendem schrillem Quietschen der Bremsen an der Haltestelle zum Stillstand zu kommen. Die Straße war jetzt breit genug angelegt für den rasant gewachsenen Verkehr, so kann man sie vierspurig befahren.

Ich erinnerte mich spontan an eine Anekdote kurz vor Neujahr. Mutti hatte Karpfen im Fischgeschäft bestellt, der als Karpfen blau zum Neujahrsfest angerichtet werden sollte. Ich musste ihn holen und bezahlen. Der Fisch in einfaches Zeitungspapier eingeschlagen, wurde mir in die Hände gedrückt und ich schritt aus den Laden und wollte über die Straße, da merkte ich, der Fisch lebt, er lebt und zappelt in meiner Hand. Vor Schreck und Angst schmiss ich den kostbaren Fisch auf das Pflaster und er zappelte da immer noch weiter. Was nun, meine Augen wurden rund und nass von Tränen. Wie sollte ich dieses Ungetüm nach Hause bringen, und wie konnte ich ihn ungeschoren ins Papier bekommen? Lange konnte ich nicht mehr hier herum stehen und warten bis er ausgezappelt hat. Eine freundliche ältere Frau wickelte für mich den Karpfen ein und sagte: „Rasch, lauf nach Hause, ignoriere das Gezappel, das hört gleich auf". Das klang gut, aber so richtig geheuer war es mir nicht. Ich rannte los, knallte den Fisch wortlos auf den

Küchentisch und schrie, nie, nie esse ich etwas von dem blöden Karpfen. Mutti schaute merkwürdig, sie wusste ja von nichts, nur der Fisch, ja der hatte doch einen kleinen Schaden abbekommen, die feine Schleimhaut, die sich sonst beim Kochen blau färbte, war nicht mehr ganz intakt und die Färbung war nicht einheitlich. Gegessen hatte ich natürlich doch etwas von dem Fisch! Das zum Thema Konsequenz.

Auch diesen Fischladen, das Geschäft für Kurzwaren, die kleine Konditorei gab es nicht mehr, aber die Apotheke mit frisch polierten goldglänzenden Wappen, der Aufgang zur Tür strahlend sauber, so hatte ich sie immer in Erinnerung., und so ist sie noch immer. Die kleine Drogerie weiter unten, immer vollgestopft mit allen möglichen und unmöglichen Utensilien stand auch noch. Das Drogerieschild, grüne Buchstaben auf weißem Glas, sah genau noch so aus wie zu meiner Kinderzeit. Schön, dass sich manche Dinge nicht veränderten. Die Post, geschlossen, war jetzt eine Sparkasse und Immobilienbüro. So, jetzt kam ich doch langsam Schritt für Schritt an die alte Wohnung. Hier an dieser Ecke, Post, Apotheke trennten sich die Wege von verschiedenen Mitschülern und ich war fast allein auf der Orthstraße, die ich jetzt entlang lief. Hier noch die versteinerten Bäume, deren es viele in Chemnitz gibt, das Uhrengeschäft, es existiert doch tatsächlich noch, aus dem HO Geschäft ist eine Eisdiele geworden, und den Puppendoktor braucht jetzt auch niemand mehr, wer repariert schon noch Puppen, es wird eine neue gekauft, basta. Mein Gretchen, eine

Zelluloidpuppe, bekam hier neue Arme eingesetzt, die Augen von meinen Teddy, die mit den Jahren blind wurden, wurden ausgetauscht und ein neues Jackett bekam er auch.

Endlich das Eckgebäude mit Konsum, Gemüseladen und gegenüber, der Friseur. Aus dem Konsum ist ein Fachgeschäft für Lebensmittel geworden und dann, mir wurde es trotz unbarmherziger Nässe und Kälte, innerlich ganz warm und eng, das Haus Nr. 8. Hier lebte ich von neun bis neunzehn Jahren. Hier habe ich den großen Teil meiner Kindheit und Jugend verbracht. Ich drehte mich zweimal um die eigene Achse um auch alles richtig wahrzunehmen. Mit meinen Bruder bin ich nur mal mit dem Auto durch die Straße gefahren, als nicht so wichtig bewertet. Mein Herz schlug laut donnernd gegen die Rippen, mein Verstand jagte. Die Bäume standen in Reih und Glied, natürlich enorm in Höhe und Breite gewachsen, spenden sie jetzt Schatten bis in die höheren Etagen. Zuerst sah ich mir die frisch verputzte Fassade aus der Gründerzeit mit den dekorativen Fensterstürzen an. Vor der Tür, ich drückte langsam den noch alten Griff nach unten, verschlossen. Eine eiskalte Hand griff nach mir, schade, schade. Ein kurzes Geräusch, ein Klick die Tür wurde geöffnet und heraus kam ein junges Ehepaar mit einem kleinen Kind im Sportwagen und schauten mich neugierig an. Ich fing leicht an zu stottern, was sollte ich nur sagen? Endlich, der wie zu geschweißte Mund öffnete sich und ich erzählte kurz was mich hierher trieb und ich wollte eigentlich mal ganz kurz ins Haus hineinschauen, wie es jetzt aussieht. Sie waren begeistert und schilderten in kurzen Worten, was verändert wurde. Das schlimmste als erstes, die Aborts wurden abgerissen und dafür ein Badezimmer errichtet. Die Küche ist dabei etwas kleiner geworden und die ehemalige Vorratskammer ist mit in das Badezimmer räumlich eingegliedert worden. Mit den Worten, na dann gehen sie mal da rein und wenn sie fertig sind mit Staunen dann ziehen sie die Tür gerade wieder hinter sich zu und mit einem „tschüss" schoben sie den Kinderwagen den Berg rauf.

Vorsichtig öffnete ich voller Erwartung die schwere braune Holztür und war im großen Vorraum. Der blau in blau gehaltenen Mosaikfußboden, angelegt wie eine Sonne war noch da, nur ein paar kleine Mosaiksteinchen fehlten.

Links und rechts an der Wand, die zimmerhohen mediterranen Motive in Ölfarbe strahlten, frisch gereinigt, oder kam es mir nur so vor? Die Pinien, der weiße Pavillon, der azurblaue Himmel noch immer für mich faszinierend. Die zweiteilige Flügeltür schloss den Vorraum ab und jetzt stand man erst im Erdgeschoßflur, wo drei braunglänzende Türen zu den einzelnen Wohnungen führten. Das verschnörkelte, jetzt frisch weiß lackierte Eisengeländer, ebenso die Wände die in einen leichten Terrakottaton gehalten, ergänzten den toskanischen Eindruck. Die Fensterscheiben aus Milchglas mit Ausbrennerarbeit zeigen Fantasietiere und die winzig kleinen Fensterchen an der Seite nötigten mich, meinen Kopf durch zustecken und ich spähte in den Garten. Anstelle des Birnbaums und der Kirsche stehen Rhododendronbüsche in den schönsten Farben am Gartenzaun. Das Waschhaus, der Hühnerstall sowie das Handwerkergebäude vom Vermieter sind zu Gunsten von Rasen abgerissen worden. Um diese Gebäude ist es nicht schade.

Ich stieg bis in die vierte Etage hinauf, las sämtliche Namensschilder, hatte ich mir etwa eingebildet einen noch bekannten Namen zu lesen? Nach 50 Jahren? Ich Kindskopf!

Für mich strahlte das ganze Haus Wärme aus und eine unbestimmte Sehnsucht erfasste mich. Ich bin lautlos, still und leise langsam Stufe für Stufe hinunter gelaufen und zu jeder Wohnung fiel mir eine kleine Gegebenheit ein und die Menschen standen, wenn ich die Augen schloss, wie lebendig vor mir. Wo mögen sie alle sein, wer lebt noch? Ich habe nie mehr von meinen Freundinnen Rita und auch von der anderen Rita was gehört. Der verdammte Mauerbau hat mir viele Erinnerungen, Freundschaften und Erlebnisse genommen, weg, aus dem Leben gestrichen.

Hier in dem Haus kamen die Erinnerungen wieder hoch, ich fühlte mich wieder heimisch, ja, genau das wollte ich nach den ganzen Jahren, allein mit mir und den Erinnerungen sein.

Ich lief die Straßen ab, die mir was bedeuteten,

Freundinnen, Mitschülerinnen, die ich aufgesucht habe mit denen ich gespielt und auch die Hausaufgaben zusammen gemacht habe.

Hier in diesem Wohnblock, ja, da wohnte Anna, die noch kleiner war als ich, mit ihren kurzen Stampfbeinen, zwei dunkelbraunen geflochtenen Zöpfen und in die Stirn gekämmtes gekräuseltes Haar, war immer mit ihrer grellen, und durchdringenden Stimme schon von weiten zu hören, wenn sie rief, „wart mal auf mich", und dann kam sie angerannt. Sie wohnte mit fünf Geschwistern unter ärmlichsten Verhältnissen, sie musste immer die fadenscheinig gewordenen, abgelegten Kleider ihrer größeren Schwestern auftragen. Sie war wegen der schlechten Kleidung und wegen ihrer immerzu verschmierten laufenden Nase nicht sehr beliebt bei den Mitschülerinnen, aber da sie in der Turnreihe neben mir stand, nannte sie mich ihre Freundin, aber wegen ihrer permanent schlechten Schulnoten ist sie im siebten Schuljahr sitzengeblieben. Ob sie jemals eine Chance bekommen hat?

Hier, ja hier in diesen Hof stand früher ein öffentliches Badehaus. Einmal pro Woche sind meine Freundinnen und ich für 20 Pfennig zum Duschen oder haben uns für 50 Pfennig zusammen in eine Wanne gesetzt und voller Wollust die warmen Schwaden und das heiße Wasser genossen. Nach einer halben Stunde war Schluss, die Bademeisterin klopfte an die Tür, und wir zogen uns rasch an, damit sie für den nächsten

Gast die Wanne putzen und polieren konnte. Das erklärte ich den Jungen, die mich neugierig geworden beobachteten, wie ich in den Hof starrte und bestimmt wieder blöde vor mich hin griente und die Häuser mit meinen Augen absuchte. Wo wohnte Anna oder Ulla genau? Die Jungs sahen mich fassungslos an, was ich ihnen erzählte von wegen Gemeinschaftsbadehaus, denn ihre Eltern sind mit ihnen erst nach der Renovierung des Häuserblocks hier her gezogen. Ich bin mit einem „Tschau" weitergegangen, den Blick der Jungen noch im Rücken spürend. Vor mir das ehemalige Bürogebäude einer Firma, die Fabrik im Krieg zerschossen und anschließend abgerissen worden und in den Nachkriegsjahren wurde das siebenstöckige Bürohaus umfunktioniert in kleine Wohneinheiten für Flüchtlinge. Meine beste Freundin Christa wohnte mit zwei Brüdern und den Eltern in einer eineinhalb Zimmerwohnung. Das eine war Wohnzimmer und Küche gleichzeitig, natürlich aufs ärmlichste eingerichtet, da sie ja aus Pommern ohne nichts geflohen waren und hier gestrandet sind. Das kleinere Zimmer war das gemeinsame Schlafzimmer. Auf dem Flur war die Toilette, eben wie die Büros für Chef und Sekretärin ausgestattet waren. Das Gebäude wurde schon immer als Halunkenburg bezeichnet, nicht etwa wegen der Flüchtlinge, sondern die Chefs waren als Ausbeuter verschrien und wurden im Volksmund, Halunken genannt.

Jetzt ist aus diesem stabilen Gebäude ein Altenheim entstanden mit einen Außenaufzug und angebauten Ess- und Aufenthaltsräumen. Im Garten, wo früher Laster standen, stehen jetzt Tische und Stühle vor einem Kaffee und daneben ist ein großes Einkaufscenter.

Ich schritt nach rechts die Straße hinauf, die meisten der Gründerzeithäuser waren renoviert und überall standen Schilder in den Fenstern „Frisch renovierte Wohnung zu vermieten".

Das Haus, in dem Ingrid mit ihren zwei Brüdern wohnte und unten die schöne alte Bäckerei mit der besten Eierschecke (Kuchen) war, ist jetzt in ein Immobilienbüro umgebaut worden. Der Vater von Ingrid ist im Krieg geblieben und die Mutter musste putzen gehen um die Kinder zu ernähren, eine schlechte Zeit auch für Ingrid, da sie schon sehr frühzeitig die ganze Hausarbeit leisten musste. Ingrid habe ich seit dem siebten Schuljahr nicht mehr gesehen, da unsere Klassen wegen der vielen Sitzenbleiber neu aufgeteilt wurden. Sie sang mit ihrer glockenhellen Stimme immer bei Schulfeiern und im Schulunterricht Fach „Musik", sie wollte immer unbedingt Sängerin werden, ob sie es wohl geworden ist?

Kreuz und quer ging es nach diesem sentimentalen Rückblick durch die altbekannten Straßen, da das Haus meines Steno- und Schreibmaschinenlehrers, wieder ein Immobilienbüro wo früher ein großer HO-Laden gewesen ist. Da der Schuster, auch nicht mehr da, und das Gardinengeschäft, ist jetzt ein

Computerladen und eine Druckerei. Auffallend waren auch hier überall die Schilder mit der Aufschrift „zu vermieten". Ich bemerkte viel zu viel Leerstand, gerade in den schönen alten, aber renovierten, Häusern.

Die ganze Zeißstraße, früher Zeppelinstraße, alles renovierte Häuser, teils aus der Gründerzeit, teils 1933/34, neuzeitlich, modern gebaut. Hier ist mein Bruder geboren und meine Eltern durften da einziehen, weil sie einen Sohn geboren hatten, als Dank für den zukünftigen Soldaten fürs Vaterland.

Meine Gedanken schweiften ab. Der kleine, aber steile vor mir liegende Pfad führte mich direkt auf die Hauptstraße, die Frankenberger Straße und ich lief zu den Kanonenkugelhäuschen. Eine Kanonenkugel aus dem Krieg zwischen Franzosen und Russen, die eigentlich zur Völkerschlacht weiterziehen wollten, verirrte sich hier und war seitdem an der Außenwand des kleinen niedrigen Häuschens in einer Art Vogelkäfig ausgestellt, leider war das ganze Haus unter einer riesigen Plastikplane verhangen, da es restauriert und renoviert werden sollte. Der nebenan liegende Kindergarten, wegen zu wenig Interessenten (keine Kinder, kein Kindergarten) war in ein griechisches Lokal umgebaut. Sollte ich hier mein Abendessen einnehmen? Ein Blick zur Uhr genügte, ist noch zu früh. Na dann die Straße hinauf, hier steht majestätisch auf einer Anhöhe hinter einer Mauer, die Hilbersdorfer Kirche mit dem schlanken spitzen Turm daneben das Pfarrhaus. In dieser Kirche haben wir als

Engel mit Pappflügel im langen weißen Nachthemd zur Weihnachtsfeier mitgespielt und mitgesungen. Die Konfirmation, ja ich bin noch konfirmiert worden, fand auch hier statt, mit schwarzen Kleid, engen Schuhen und den ersten Perlonstrümpfen mit dicker schwarzer Naht, die pausenlos rechts oder links der dünnen Waden sich nach oben verzog.

Dann der Schock, meine Einschulungsschule, das schöne alte kompakte Gebäude (Jahrgang 1898), leere Fensterhöhlen starrten mich an, die unteren Fester, selbst die Tür mit Brettern vernagelt. Der einst gepflegte Rasen voller Unkraut, wild wuchernden Büschen und mannshohen Bäumen mitten in zersplitterndem Glas, erbärmlich anzusehen. Eine junge Frau sagte mir, Kinder gibt es zu wenige und der Altbau war zu teuer um ihn wieder auf neu zu trimmen. Enttäuscht lief ich weiter, langsam meldete sich der Hunger.

Wieder an Häuserreihen vorbei, das gleiche Bild, zwischen frisch renovierten und verputzten Häusern, wieder wenige aber doch alte, vergammelte Häuser.

Eine Baugrube rechter Hand, mit noch immer abgedeckter Plane, eine Ausgrabungsstätte, um eventuell noch alte versteinerte Bäume zu finden, der letzte phänomenale Fund war 2003, eine Sensation, ein riesiger Farnbaum wurde hier gefunden und ins hiesige Museum gebracht.

So, nur noch zwei Gebäude wollte ich mir vor dem

Abendessen anschauen, dann musste ich wirklich Pause machen.

Bochmanns Ballhaus, unser Tanzschuppen. Ein großer Saal mit Bühne für die Kapelle, Discos gab es ja noch nicht. Die Musik musste zu 60 Prozent DDR Musik sein, der Rest durfte ausländische Musik sein. Wenn die richtige Kapelle spielte, mit Rock and Roll, tobte der Saal und die jungen Männer schmissen uns Mädchen hoch in die Luft fingen uns auf und zogen uns durch die Beine wieder in die Senkrechte und das alles mit steifen Petticoat und Bleistiftabsätzen. Fetzen von Erinnerungen drangen mir ins Bewusstsein und ich lächelte wieder mal schief vor mich hin, hat ja keiner gesehen. Der Saal war auch abgedeckt und Eimer und Leitern zeigten mir eine Bautätigkeit an, der vordere Teil, die Gaststätte war wieder mal ein Immobilien und Kreditbüro. Und neben dem Ballhaus, der nächste Schock, unsere Filmschau, das Kino. Meine ersten Filme, in russischer Sprache und deutschen Untertiteln, ich konnte da ja noch nicht mal so schnell deutsch lesen, liefen hier, der berühmte Film „Panzerkreuzer Potemkin", sehnsuchtsvolle Filme mit traurigen Balalaikaspielern und Gesang kamen sogar schon übersetzt in die Kinos. Am liebsten sah ich mir Filme russische und tschechische, später auch deutsche Märchen an, das konnte man dann immer im Hof mit Freundinnen nachspielen und es wurde gestritten wer diesmal die Gute oder die Böse war. Für 25 Pfennig Eintritt im Nachmittagsprogramm, durften wir, die Hälse steif in den Nacken gereckt, in die gefürchtete Rasierloge, und sahen gebannt auf das Geschehen.

Leider ist der Bau vollkommen verkommen, unkrautüberwuchert, die Fassade bröckelt. Am Eingang des schönen im Bauhausstil gebauten Filmtheaters, zertrümmerte Scheiben, kleine Birken wuchsen schon vom Dachkandel. Vorbei, alles vorbei.

Jetzt blieb mir weiter nichts mehr übrig als Essen zu gehen. Der Tipp meiner Wirtin war gut, die Mahlzeit reichlich und das Bier kalt. Hier ließ ich alles nochmal Revue passiere. Alle Bilder zogen an mir vorbei. Schöne liebevoll restaurierte Häuser, die Villengegend, wie aus dem Journal, daneben marode, verfallene Häuser, zerstörtes Gelände.

Die kleinen Läden, der Bäcker, das Eisenwarengeschäft, das Haushaltswarengeschäft mit wenigen Ausnahmen, verschwunden, dafür Kreditbüros, Immobiliengeschäfte, Versicherungen, Therapiepraxen und Fingernagelstudios. Also wie in jeder Stadt, ein Vorort ohne Eigentümlichkeiten, der Charme, weg. Dafür zwei Einkaufshallen (Penny, LIDL), und 500 Meter weiter ein Einkaufstempel mit den allbekannten Läden. Es hat sich viel verändert, aber erstaunlicherweise war vieles wie vor, ach du liebe Zeit, 50 Jahren.

Befriedigt bin ich ins Hotel zurückgelaufen. Meine übernassen Hosen tropften, die Schuhe völlig aufgeweicht, die Füße vom Blau der Schuhe dunkel gefärbt zog ich mich aus und duschte heiß und lange. Nach den Nachrichten, die für Freitag nachlassende Niederschläge und für Samstag auflockernde Bewölkung voraussagten schlief ich ein, voller Vorfreude auf den nächsten Tag.

Freitagmorgen. Das erste was ich wahrnahm war das Rauschen des Regens. Naja, soll ja besser werden. Frühstück war reichlich, dann noch getankt und dann, diesmal mit Auto los.

Die ersten achteinhalb Lebensjahre, auf der Ebersdorfer Straße und der Schulweg und und und...

Nachdem ich das Auto an einen mir sicher erschienen Platz abgestellt habe, was ziemlich schwierig war, denn auch hier hat die Motorisierung erschreckende Formen angenommen.

Als erstes das Haus. Durch ein Tor am Ende der Häuserzeile kann man in den Hof gelangen, wie früher. Aber wo früher Hasenställe, Aschkästen und Teppichklopfstangen, von uns als Turngeräte umfunktioniert, und zwei Pumpen standen Autos, Motorräder und Fahrräder. Der ehemalige Bleichplatz war ein riesiger Spiel- und Aufenthaltsplatz für Kinder und Erwachsenen, schön angelegt und schön anzusehen.

Hier im letzten Haus, der Nummer 39, bin ich zur Welt gekommen und habe die ersten Jahre verbracht.

Die sechs miteinander verbundenen Häuser waren

komplett frisch renoviert, die Aborts natürlich auch hier abgerissen und vor der Küche sind Balkone angebaut worden.

Ich unterhielt mich mit einer Frau, die mich interessiert beobachtete. Hier gab ich die gleichen Antworten wie auf der Gneisenaustraße, dass ich hier gewohnt habe, aber selbstverständlich vor langer, langer Zeit und mir das alles einmal anschauen wollte. Neugierig frug sie nach Einzelheiten, breitwillig habe ich ihr alles erzählt. Sie war froh jemanden zum Plaudern zu haben und ich nahm die Gelegenheit wahr über Einzelheiten nachzufragen, es wurde eine sehr interessante Unterhaltung. Schlagartig wurde mir klar, die Uhr bleibt nicht stehen, ich hatte ja noch so viel vor. Dankbar verabschiedete ich mich, sie gab mir noch ein paar wertvolle Tipps und ich spurtete los.

Ich frage mich, war der Schulweg tatsächlich soweit gewesen, oder gaukelte mir meine Phantasie was vor? Also los.

Ich bieg um die Ecke, Klopstock Straße, damals für uns Kinder immer wieder was um andere zu ärgern, „kriegst gleich eine mit dem Klopstock". Die Straße schlängelte sich wie ein flach gelegtes S zur Hauptstraße. Das erste, die ehemalige Ziegelei, abgerissen und der Teich, zugeschüttet. Gott sei Dank, denn die lehmigen Wände waren steil abfallenden, spiegelglatt und rutschig, manch ein Kind ist hineingefallen aber oftmals ohne fremde Hilfe nicht mehr herausgekommen. Uns war es unter Strafe verboten, da überhaupt hinzugehen, nicht auf das Gelände, nicht in die Ziegelei und vor allem nicht an den Teich. Aber was sind für Kinder Verbote? Vor allem wenn man, wie ich, einen großen Bruder hat. Ist ja auch immer alles oder fast alles gut gegangen. Einmal war die Situation mehr als bedenklich. Mein Bruder setzte mich in eine der großen schwarzrot gefärbten und verrosteten Kipploren, schob mich an, verlor selbst die Gewalt über die Lore und ich raste mit großer Geschwindigkeit durch die Ziegelei über zwei Stockwerke nach unten. Mit schreckensbleichen Gesicht und übergroßen Augen verfolgte ich die rasende Fahrt, hörte meinen Bruder immer rufen, bremsen, bremsen!! Aber wie, aber wie!? Ich sah gerade mal mit der Nasenspitze aus diesem rollenden Ungetüm. Der Lärm der Räder, die funkensprühend aufkreischten, wenn es um die Kurven ging, über den Bretterboden jagten, mit einigen losen Brettern und einigen Lücken. Die teilweise verrosteten Schienen bogen sich. Und dann schoss ich aus dem Tor ins Freie, die Kipplore entlud ihre Last, nämlich mich und ich flog im hohen Bogen ins aufgeweichte Sandbett. Mein Bruder, blass, verstört und leicht zitternd nahm mich doch tatsächlich in die Arme und bat, Mutti nichts davon zu sagen. Außer blauen Flecken und ein natürlich hoffnungslos verdrecktes Kleid war ich heilgeblieben. Und man sollte es nicht für möglich halten, ich bekam Stubenarrest. Mein Bruder schaute mich nur flehentlich an, was macht man nicht alles für seinen großen Bruder, aber sauer war ich trotzdem.

Jetzt war dieses Gelände trostlos überwuchert. Aber dann die drei Villen, wie Phönix aus der Asche standen sie im schönsten Gründerzeitstil aufgeputzt da. Eine Wohltat für die Augen. Zuerst sind die Besitzer von den Nazis und dann von den Russen enteignet und nicht im besten Zustand zurückgegeben worden. An der nächsten Kurve, der Lebensmittelladen. Der Sohn ging mit mir in die gleiche Klasse, ich holte ihn immer ab in der Hoffnung auf ein paar Bonbons. Dann das Haus wo Tante Clara mit zwei Söhnen, der Mann bis dahin verschollen, und meine herzensgute Großtante Rosi wohnte. Ich mochte sie sehr mit ihrer weichen faltigen Haut, den immer freundlichen Augen. Ich musste sie immerzu umarmen und drücken wenn ich bei ihr war, an ihr war alles mollig weich. Ihr schwarzes samtiges Chenille Käppchen saß auf ihren grauen dünnen Haar, sie trug immer schwarze altmodisch lange Kleider mit viel Zierrat, Spitze und vielen, vielen Knöpfen und zum Laufen benutze sie einen Stockschirm, natürlich in schwarz und mit Bommeln. Viel später erfuhr ich, sie war als Direktrice in einer Kleiderfabrik in Krefeld tätig und im Krieg zu ihrer Nichte gezogen. Gedankenversunken lief ich weiter. Ach, hier die Villa unseres Hausarztes, dem Namen nach, müsste es der Sohn sein.

Da auf der Hauptstraße, nach rechts die Frankenberger Straße links, zog sich der Weg durchs Dorf zu meiner Schule. Früher war hier die Endstelle der Straßenbahn Nummer acht. Also hielt ich mich links. Die ersten Häuser rechterhand waren die letzten größeren Häuser, links früher war hier nichts, nur Grünflächen, jetzt ganz neu erbaut eine Reihe Scheibchenvillen (Reihenhäuser). Den Berg hinauf, die Häuser wurden mehr und mehr durch freies Gelände und Bauernhöfe abgelöst. Hier begann das eigentliche Dorf. Praktisch unverändert. Da sah ich doch wirklich und tatsächlich den großen Bauernhof mit der breiten gepflasterten Auffahrt zum schwarzbraunen Scheunentor mit dem riesigen Schieberiegel, noch so, wie vor 60 Jahren. Oh, ich erhielt einen riesen Schreck, ist das wahrhaftig schon so lange her? Ich musste ganz stark blinzeln, es waren bestimmt nur die Regentropfen. Gegenüber der Scheune ein freies Feld und ein kleiner Bach davor, alles noch so wie zur Schulzeit. Hier ist die Zeit scheinbar stehengeblieben. Hier sind wir barfuß und bei Hitze durch das Bächlein gewatet, sind vor der Getreideernte in das Feld gelaufen und haben die Ähren abgeschnitten, die Körner ausgebuhlt und mit Schwung in den Mund geschüttet und gegessen. Hier wohnte auch der Bauer, dessen Frau uns nie mal ein Glas Wasser gab, auch nicht bei wahnsinniger Hitze, wir wurden mürrisch abgewiesen. Der Bauer hingegen rief uns zur Pumpe und wir tranken kaltes, frisches Wasser von dem Wasserstrahl, der sich dann über den Bauernhof ergoss.

Jetzt noch die scharfe Kurve, rechts oben steht das alte Fachwerkrathaus, ehemals mit Fahne und Sirene auf dem Dach, die Fahne ist weg, dafür dreht sich ein goldblinkender Hahn auf der Giebelecke.

Weiter. Den Weg geradeaus. Da, da hinten da steht die große vierstöckige Schule. Ich lächelte, trotz Sturzbächen auf der Straße. Meine Schuhe quietschten im Takt meiner Füße hilfeschreiend. Es störte mich nicht, ich sah „meine Schule". Die drei unteren rechten, mit bunten Bildern beklebten Fensterscheiben, das war „mein" Klassenzimmer. Ich begutachtete die Schule, sah mich im großen Hof um, sah die Turnhalle und eine von den Schülern gebasteltes Häuschen für Insekten aller Art. Jetzt nennt man die Schule, „die Schule im Grünen". Es war ganz ruhig in der Schule, es war noch Unterricht. Ich drehte mich um, hier war die „alte Schule", ein Fachwerkbau, hier ging Jochen bis in die achte Klasse in die Schule.

Die Schule wurde gerade total renoviert, es sollte ein Haus für eine Familie werden, überall lagen Hölzer, Schindeln und Leitern unter einer riesengroßen Bauplane. Die Gegenstände aus der Schule, einst das Schulmuseum, waren in das alte Rathaus untergebracht worden und dieses als Schulmuseum umfunktioniert, aha.

Ich schaute auf die Uhr es war wirklich fast eine Stunde vergangen, also ist der Schulweg doch so lang. Wenn ich schon nass und soweit gelaufen bin, kann ich auch noch kurz die Kirche aufsuchen. Nach nur paar Minuten, sah ich auf dem Hügel, mir erschien der früher immer höher, die Stiftskirche mit ihren Nebengebäuden, dem Pfarrhaus und der kleinen Kapelle, die ich jetzt betreten konnte, denn die Kirche, eine evangelische, war leider verschlossen.

Endlich, innerlich ganz ruhig geworden, fasziniert was ich doch alles wieder entdeckt und erkannt habe, drehte ich mich um und lief erst mal zurück zum alten Rathaus, dann, mit einem kleinen Umweg auf die Hauptstraße, um etwas schneller, aber auf nicht so maroden und doch nun sich langsam sich mit Wasser füllenden tiefgelegenen Gehwegen laufen zu müssen.

Wie ich es in Erinnerung hatte, zwei Stunden Schulweg insgesamt, denn nachmittags ging es immer etwas langsamer, man spielte, trödelte herum, verabschiedete sich lautstark und lang, wie eben Mädchen sind.

Im Auto, mal inne gehalten. Es hat sich viel und doch nicht so viel, wie ich vermutet hatte, geändert. Ich war froh, dass ich diesen Schritt allein und nur mit mir gemacht habe.

Das nächste Ziel, es war später Vormittag, fuhr ich Richtung Schloss Lichtenwalde, das Wanderziel von uns Kindern. Früher ein lichtdurchflutetes herrschaftliches Fürstenschloss mit Lustgarten und Springbrunnenanlage, wurde kurzerhand in der DDR enteignet, die letzte Fürstin war unter erbärmlichsten Bedingungen von einer ehemaligen Magd aufgenommen worden. Das Schloss diente lange Zeit nach dem Krieg, als TBC-Heilstätte, später noch in der DDR wurde es zur Schule für MTA. Die eigentlichen Besitzer übergaben das Schloss nach der Wende dem Staat

Sachsen, da die finanziellen Mittel, für eine entsprechende Generalsanierung niemals von einer Familie erbracht werden konnte. Wir waren als Kinder oft in dem Garten, der damals ohne die gigantischen Wasserfontänen eher wie ein Schulpark aussah, nur standen noch die alte Putten, Götterfiguren und Amorfiguren, die uns damals schon interessierten, in dem für allen zugänglich gemachten Park. Jetzt ist der Park, mittels Fördergelder ein Schmuckstück geworden, die Wasserspiele wieder intakt und speien aus Mäulern und Bechern riesige Wassermassen in die Becken, mit einem raffinierten System wird dieses Wasser aus der unten fließenden Zschopau heraufgepumpt, ein irres System. Den Park wollte und konnte ich gar nicht aufsuchen, die Wassermassen kamen von oben und nach dem ich den Wagen auf den Parkplatz deponierte, bin ich eiligst ins Schloss, denn diese Ausstellung wollte, nein musste ich besichtigen.

So konnte ich mir meinen Traum erfüllen. Erstens war es das Scherenschnittmuseum, mit seltenen wunderschönen hauchzarten Bildern aus Europa und Asien. Die haarfeinen filigranen Linien, Blumenmuster und vor allem die messerscharfen Profile vieler bekannter Persönlichkeiten, die man identifizierte, ohne dass man die Unterschriften lesen brauchte, faszinierten. Besonders haben es mir die Schnitte von Napoleon und dem alten Fritz angetan. Nur eine Aussage, exzellent.

Der zweite, größere Teil, zeigte ostasiatische

Figuren, Masken, Gemälde, Kultgegenstände und Möbel aus vielen Jahrhunderten in einer beträchtlich großen Anzahl. Zwei weitere Stunden hab ich mir diese Gegenstände angeschaut, froh dass ich allein war, denn wer hat schon diese Ausdauer, so alte Sachen zu betrachten. Ich wagte mir mal aus dem Fenster ins Tal zu blicken, denn da wollte ich eigentlich morgen mal hin, einen weiteren Höhepunkt, den Harrasfelsen und die Zschopau, ein beliebtes Wanderziel meiner Jugend und vorher in die alte Weberei mit Vorführung im Weben alter Muster und Bordüren.

Ich schaute ins Tal, die Wiesen sahen seltsam schlierig aus, was war denn das? Später fiel mir es wie Schuppen von den Augen, dies war die weit über das Ufer getretene Zschopau. Das wusste ich aber zu diesem Zeitpunkt noch nicht.

Jetzt nach so viel Kunstgenuss, war es mir nach Essen, Hunger nagte in mir. Hoppla, es war schon halb drei. Gab es da überhaupt noch was? Ich fragte in der Gaststätte nach, ganz leise, gibt es noch was für mich? „Ach, die Bedienung isst jetzt, und sie können noch eine Portion Klöße, Rotkraut und Rinderrouladen bekommen, wenn sie wünschen." Ich wünschte. Satt und glücklich strebte ich zur Tür, Regen blatterte so stark, als würden Eimer umgeschüttet. Und mein Schirm – im Auto. Also nochmal zur Theke und fragen, ob nicht ein alter Schirm irgendwo herrenlos rumsteht. Ja, ein weißgrauer riesiger Werbeschirm wurde mir in die Hand gedrückt. Danke!

Gegenüber der Gaststätte ein Antikladen, da hab ich ein kleines weißes Väschen mit Drachenmotiven erstanden und im Andenkenladen ein handgearbeitetes Glas.

So, jetzt wollte ich auf dem Rückweg doch noch das alte Schulmuseum aufsuchen.

Mit dem Auto sollte es durchs Tal gehen, eine Abkürzung zum ehemaligen Rathaus. Eine steile enge Einbahnstraße führte links um die Ecke zu der im Rathaus zu findenden Ausstellung. Langsam rollte mein Auto nach unten, als circa 10 Meter vor mir der Kanaldeckel explosionsartig in die Höhe schnellte auf dieser Fontäne eine Zeit tanzte und dann langsam auf die Seite rollte und mit einem riesigem Schwall brauner Brühe, der sich aus dem Kanal ergoss, unter Getöse und großer Geschwindigkeit nach unten gerissen wurde. Ich habe noch nie so schnell auf die Bremse getreten und auf der nassglatten Straße kam das Auto gar nicht so schnell zum Stehen. Mir brach trotz zitternden Knien der Schweiß aus. Endlich der Wagen steht, nun schnell den Rückwärtsgang, die Hände wurden feucht, den Rückwärtsgang! Ein Sprung nach vorn und das Kanaldeckelloch kam erschreckend näher. Mein neues Auto, die Gänge noch schwer gängig, streikte, der Motor röchelte. Nochmal. Ruhig! Handbremse angezogen. Fuß auf die Bremse, kräftig den Rückwärtsgang nach vorn runterdrücken und ganz langsam den Fuß auf das Pedal und langsam die Handbremse lösen, ganz langsam zögernd setzte sich der Wagen in Bewegung, rückwärts nach oben. Auf einer kleinen Ausfahrt, kam ich zum Stehen, tief Luft holen, Puls ruhig werden lassen. Ich schaute nach unten, die Wassermassen kamen immer noch in riesigen Schwall aus dem Loch und überfluteten die kleine Straße, die ich nehmen wollte. Das war knapp. Endlich, ich war oben. Und bin dann doch noch zum Schulmuseum gefahren, habe mein Auto diesmal gut und sicher auf den Berg abgestellt.

Ich klingelte, die Glocke, die daraufhin im Inneren erschall, war das berühmte Pausenklingeln. Eine freundliche ältere Dame öffnete, ich war der einzige Gast. „Na, haben sie bei diesem Wetter den Weg zu uns gefunden?" Sie öffnete die Türen zu den einzelnen Zimmern und ich war am Staunen, was hat sich da alles angesammelt. Die kleinen Bänke, mit ihren Tintenfässern, den aufklappbaren Tischen und den Haken für den Ranzen, alle standen in Reih und Glied da. Die Frau, ehrenamtlich tätig, zeigte mir die Schulbänke, die in einer Reihe an der einen Seite auf einer Holzschiene befestigt waren, sie konnte man auf die linke Seite anheben und umklappen, so dass die Putzfrau, meist die Frau des Hausmeisters dann auch unter den Bänken sauber putzen konnte. Das hatte ich nicht gekannt. Viele der ausgestellten Sachen, wurden mit einem Lachen und Kommentieren angeschaut und wieder erkannt. Die geflickten Ranzen, die Schwämmchen und die Rollbilder auf denen die Vögel der Erde, die Deutschlandkarte und und und... alles wurde genauestens betrachtet und man verlor sich in die Vergangenheit, da diese Frau nur ein Jahr jünger war als ich und in die gleiche Schule ging. Nach vielen Lachern und wehmütigen Gedanken verabschiedete ich mich von der sehr freundlichen Frau, verabschiedete mich aber auch von meiner Kindheit. Ich hatte gesehen, was ich wollte und das aufs Ausgiebigste.

Mein Kopf war voll und ich wollte eigentlich nur noch ins Hotel, vorher noch schnell zum Penny etwas zum Abendessen holen, zum Ausgehen stand mir der Kopf weiß Gott nicht mehr.

Der Wetterbericht, morgen Samstag, lockert es sich auf, aber ich war doch langsam skeptisch geworden, denn die Voraussage war seit drei Tagen immer das Gleiche, nämlich, morgen wird's besser. Tatsächlich, morgens wieder Regen. Es war Samstag, eigentlich wollte ich auch mal einen Kulturtag mit einlegen, warum nicht heute.

Das Auto nach dem Essen gestartet, denn ich wollte in die Innenstadt, die beiden Museen, die mich interessierten, besuchen. Ein Parkplatz vor der eigentlichen Innenstadt wäre vorteilhafter, lieber etwas laufen als suchend nach einer Parkgelegenheit durch die Straßen irren. Gesagt, getan. Vor einem Dekorationsgeschäft stellte ich den Wagen ab und kam an einer Straße vorbei, total alles, aber jedes Haus grundsaniert und renoviert. Eine ganze Häuserzeile vom Gründerzeitstil bis einzelne Häuser im Jugendstil, war prächtig anzusehen. Dieser Straßenzug war mir vollständig unbekannt. Ich staunte, knipste und lief langsam und nachdenklich zur Innenstadt. In der Stadt, trotz Regen, die Springbrunnen spielten ihr Spiel. Die verglasten Fassaden eines Einkaufstempels spiegelten die vorbeiziehenden Wolkenbänke, das alles kannte ich durch die vorhergegangenen Besuche bei Jochen. Nobelläden wechselten sich ab mit Büchershops, Apotheken, Banken und wie in jeder Stadt die ganze Palette der bekannten Großhandelsketten. Auf eine Bank im kleinen Park setzte ich mich trotz Regen, um eine Denkpause einzulegen. Wo war der ehemalige Stalinplatz, vor dem Krieg Johannisplatz, nach der Ära Stalin wieder Johannisplatz, wo war die Milchbar, die alte und jetzt wieder Deutsche Bank? Ich verdrehte mir beinahe die Halswirbelsäule um das alles zu rekapitulieren und um mich hineinzudenken in die ehemaligen Trümmerberge und den wenigen Häusern, die da nach der Bombardierung noch standen, dann der zaghafte Anfang mit Neubauten in den Fünfzigern. Ich habe ja die ganze Entwicklung von Chemnitz 1945 über Neuanfang und Umbenennung in Karl-Marx-Stadt mitbekommen, und nun die Neugestaltung des Innenstadtkerns mit Glasfassaden und Edelstahlkonstruktionen. Denkpause!

Mich interessierten jetzt erst mal nur die zwei großen Museen. Im ersten, am Theaterplatz (Kaiser Albert Museum), eines der wenigen Prunkgebäude, neben Johanniskirche und „Hotel Chemnitzer Hof" die 1945 überstanden haben, ist eine Bildergalerie untergebracht von Malern der Künstlergruppe „die

Brücke", das andere Museum, das Naturhistorische Museum, im ehemaligen Kaufhaus Tietz untergebracht, ist bei weitem spektakulärer. Sensationell, und weltweit einzigartig die versteinerten über 10 Meter hohen Bäume, die in einer lichtdurchfluteten Halle stehen. Baumscheiben sind geschnitten und poliert worden und sehen aus wie überdimensionale Schmucksteine. Ein hochinteressantes und in der Darstellung erstklassiges Museum. Die von VW unterstützte Ausgrabungsstätte im Stadtteil Hilbersdorf ist noch aktiv und es wird noch nach weiteren Sensationen gebuddelt. Man darf gespannt sein.

So, nach einem ausgiebigen Nachmittagsgedeck, wollte ich noch mir bekannte und oft besuchte Straßenzüge und Viertel anschauen. Es regnete immer noch unermüdlich, der graue Himmel über mir machte mich langsam depressiv, oder war es der Anblick des alten Stadtteils der Sonnenberg. Es war erschütternd. Im Krieg war alles bombardiert worden. Nur zwei, drei Häuser ragten wie mahnende Finger aus dem Trümmerfeld. Nach dem Krieg entstanden hier vierstöckige Neubauten, die immer noch gut aussahen und gut bewohnt waren. Aber die weiter unten liegenden Querstraßen, an den alten Gründerzeithäusern, vernagelte Fenster, leere Häusereinfahrten mit grauen zu gewucherten Hinterhöfen, Verfall. Kein Laden, zersplitterte Fensterscheiben, in manchen Höfen der klägliche Versuch eine Werkstatt einzurichten, trostlos. Nur einzelne Wohnungen noch belegt, um Himmels willen dachte ich mir, von wem denn? Der kümmerliche Versuch, die Häuserfassade unten am Eingang mit ein klein bisschen Farbe wohnlicher zu machen. Hier reichen auch keine Tonnen von frischer Farbe, hier ist alles, aber auch alles marode. Hier dönerte ein kleiner Kebabladen vor sich hin, ein vietnamesischer Laden zeigte alles was er hatte im Schaufenster und ein Videoladen waren die einzigen Geschäfte die ich hier gesehen habe, Tristesse pur. Ein Spruchband über die Straße gezogen mit „lasst den Sonnenberg nicht sterben", daneben ein Kindergarten mit bunten Fähnchen und einigen Bildern an den Scheiben, ein kleiner Lichtblick. Auch die Markuskirche mit ihren Glockenturm aber mit zwei spitzzulaufenden Dächern, frisch gereinigt und der goldene Hahn auf dem Dach sah nobel aus. Der winzige Park rings um die Kirche sauber und die Rhododendronbüsche strahlten trotz Regen blütenweiß. Daneben zwei Jugendstilhäuser, mit Glasveranden und den schlanken typischen Blumendekors auf der Fassade pompös hergerichtet. Wen wundert es, ein Haus – Immobilien- und Kreditbüro, das andere Arztpraxis, Versicherungen wirkten fehl am Platz und passten überhaupt nicht in die zerstörte und depressive Umgebung.

Aber wer sollte sich für diese Viertel denn noch einsetzen, woher das Geld nehmen?

Als die zwei deutschen Staaten entstanden, war in der DDR keins dafür da, zu groß waren die Wiedergutmachungsschulden und als endlich die

Wende kam, kam leider auch die Treuhand, die zerstörten, plünderten aus und verschacherte und verschenkte noch den Rest von guten und brauchbaren Immobilien, einschließlich Fabriken. Jetzt, erst jetzt merkt man, es war ja nicht alles so schlecht, aber vielen Menschen fehlte der Mut und später auch der Glaube an Gerechtigkeit um nochmal von vorn anzufangen.

Ich schweife mit meinen Gedanken ab, es macht mich traurig, diesen Verfall zu sehen und woanders werden Millionen verbaut und verpulvert. Langsam und nachdenklich ging ich weiter, meine anfangs gute Stimmung verflog, zumal es immer noch regnete, regnete, regnete. Das alte Kino, auch wieder Verfall, zugenagelte Türen. Es gibt ja riesige neue Kinopolis, warum so ein altes schönes Kino renovieren? Ich muss hier weg, ich werde sentimental und vielleicht auch ein bisschen ungerecht. Über eine Holzplanke, spiegelglatt durch den andauernden Regen, hier war das Haus unter einer riesigen Plane versteckt, über die Eisenbahnbrücke, ein Blick zum Umbau des Hauptbahnhofes, auch so eine sinnlose Jahrhundertbaustelle. Das ehemalige Carola Hotel abgerissen und die anderen älteren schönen Häuser in unmittelbarer Nähe vom Theaterplatz, was ist da jetzt drin, ach ich wollte es gar nicht mehr wissen, ich war voller Emotionen, voller Zweifel und voller Unverständnis. Was sollte ich jetzt tun?

Weg mit den schlechten Gedanken, ich geh einfach

ins beste Hotel „Chemnitzer Hof" und esse was Vernünftiges. Meinen tropfenden Schirm stellte ich am Eingang ab, und es gab für mich wirklich noch einen Zweiertisch in der sonst überfüllten Gaststätte, ich wunderte mich. Die Erklärung habe ich sofort nach meiner Frage bekommen, es war die Vorstellung „Parsival" mit bekannten Sängern im gegenüberliegenden Theater und das Arrangement war Übernachtung, Galaessen und Galapremiere. Ich bestellte einen guten Rotwein von der Saale/Unstrut, obwohl ich mit dem Auto unterwegs bin und ein typisches sächsisches Gericht. Ich ging nach draußen, es regnete immer noch und lief tief in Gedanken versunken zum Auto, drehte mich noch nach rechts und links um alle renovierten und nicht renovierten Gebäude zu mustern und um zu entdecken, was gibt es hier Neues, was ist alt geblieben und was ist verwüstet, leer und öd. Mich sprach ein älterer Herr an, der selbst mit einem großen Fragezeichen im Gesicht die Vorgärten, Häuser und Ladengeschäfte, musterte. Er hatte die gleiche Idee gehabt, die Vergangenheit wieder aufleben zu lassen und suchte mit den Augen nach dem einen Kino. Und schon waren wir im schönsten weitschweifigsten Gespräch zwischen heute und damals verwickelt. Mitten im Regen und mit nassen Schuhen haben wir erzählt, gelacht und unsere Episoden von früher und heute ausgetauscht. Was ist hier gut gelungen mit dem Neuaufbau, was ist schief gelaufen. Wir liefen noch ein wenig die Seitenstraße entlang und er verabschiedete sich, „hier ist mein

Hotel, denn morgen fahr ich nach Hause". Wo? Ich weiß es nicht. Wir winkten uns noch mit einem Augenzwinkern zu und ich war wieder allein und sputete mich, es wurde kalt, da der Regen wieder heftiger wurde und die Schuhe bei jedem Schritt ächzende Geräusche von sich gaben und die Wassermassen unter den Sohlen in alle Himmelsrichtungen spritzte. Schnell ins Auto, sogar die Temperatur habe ich nach oben korrigiert, da ich jetzt anfing zu niesen und mich ein bisschen über meine Unvernunft, so lange im Regen zu laufen und zu Quatschen, ärgerte.

Im Hotel, der Wetterbericht, nichts Neues, Regen ohne Hoffnung auf Besserung, hab mir ´s beinahe gedacht.

Den Plan, den ich mir für den nächsten Tag aufgeschrieben hatte, musste ich umschmeißen.

Sonntag, heute mal stärkerer Regen, was tun?

Das Auto stellte ich fest auf die gleiche Stelle wie gestern ab, aber in Richtung zu dem ältesten bebauten Teil von Chemnitz, quasi die Geburtsstätte Chemnitz an den Schlossteich mit Schlosskirche, ehemaligen Kloster und uralten Fachwerkhäusern, die jetzt in kleine Gaststätten und Hotels umgebaut sind. Als erstes lenkten mich meine Beine über eine Brücke der Chemnitz, ein sonst kleines kaum wahrnehmbares Rinnsal, aber trotzdem Fluss genannt, und ich erschauderte. Das Wasser, trüb lehmig in reißender

Geschwindigkeit brachte abgebrochene Äste, Holzteile und abgerissene Teile von Baustellen mit. Wie gebannt schaute ich in die Tiefe, das Wasser zerrte an den Bäumen die am übergetretenen Ufern schon knietief im Nassen standen. Was sollte ich tun? Schon wieder diese Frage! Das neueingerichtete Museum, die Kirche und das ehemalige Kloster hätte ich ja gerne gesehen.

Schnell über die Brücke, mir wurde es richtig übel und schwindelig, wenn ich in die aufgewühlten Wassermassen starrte, aber nun schnell zur Kirche drei Straßen weiter, der Regen immer noch heftig und nun kam auch noch Wind dazu, so dass der Regenschirm immer mal wieder zusammenklappte. Eingang Kirchentür, ich hatte auch ein wenig Glück, es war gerade ein Gottesdienst, die Kirche wunderbarer Weise warm und voller Menschen, ansonsten wäre die evangelische Kirche ja geschlossen gewesen. Mit den letzten Klängen der Orgel habe ich die Kirche innen besichtigt, natürlich auch wieder alles frisch renoviert und restauriert, die Heiligenstatuen und der Altar aus den Kellern geholt (während der DDR Zeit da verbannt) und aufgemöbelt, glänzte im Schein der riesigen Kronleuchter. Der ganze Aufwand hat sich gelohnt, ein Schmuckstück ist entstanden. Jetzt kam die Krönung, das wiederhergestellte Kloster mit all den Räumlichkeiten, Figuren und Altären erstrahlte in seiner ehemaligen Würde. Lange blieb ich in dem Klosterteil und unterhielt mich mit der hierfür abgestellten Wärterin. Zuletzt kam noch im Obergeschoß des Klosters, die Besichtigung der

Entstehungsgeschichte von Chemnitz dran. Da ich der einzige und äußerst interessierte Gast war, habe ich da auch wieder mit der Aufsicht eine angeregte Unterhaltung geführt, da diese Frau in etwa mein Alter hatte und zufällig in dem gleichen Beruf tätig war wie ich, konnten wir viele Gemeinsamkeiten feststellen. Nach diesem Gespräch und der Besichtigung, ohne auf irgendjemand Rücksicht nehmen zu müssen, konnte ich meinen heißen Cappuccino und das große Stück Kuchen in der dekorativen und auf Folterkammer eingerichteten Gaststätte voll genießen. Ein Mann betrat die Tür und meinte: „Ich wusste gar nicht, dass hinter meinem Haus ein großer See ist, hoffentlich hält meine Böschung zum Haus den Wassermassen stand." Ich erschrak, war das Wasser etwa schon so nahe, dass ich vielleicht gar nicht mehr über die Brücke laufen konnte. Schnell, das Portemonnaie gezückt, bezahlt und ab. Im halben Laufschritt zurück zur Brücke, das Wasser befand sich noch unter dieser, aber beträchtlich höher als vor zwei Stunden.

Die Besichtigungen von Straßen, Denkmälern, das Aufsuchen von Schlössern und Burgen, waren für mich zu diesem Zeitpunkt abgehakt. Ich lief die Chemnitz an einem schön angelegten Freizeitpark entlang, jetzt sah er zerzaust und zum Teil mit einer Wasserschicht überdeckt, graugrün wild aus. Dann eine Firma, Männer schleppten schon Sandsäcke an um sie fachkundig an den Kamm des angelegten Deiches zu legen. Auf der gegenüberliegenden Häuserzeile schossen aus den motorisierten Pumpen schon die

Wassermassen aus den überfluteten Kellern. Ich lief weiter, hier auf dieser Brücke kämpfte schon eine Einheit des THW gegen das sich auftürmende Gestrüpp um es von der Brücke mit übergroßen Stangen weg zu angeln. Das Elektrische Umspannwerk war vollkommen mit Sandsäcken umbaut, denn wenn das Wasser hier hinein laufen sollte, dann ist es Zappen duster in Chemnitz. Ich lief wie gebannt, auf die Wassermassen starrend, weiter. Zwei Brücken wurden für den Autoverkehr gesperrt und ich lief trotzdem wie besessen weiter. Da an der Brücke mit der Jahreszahl 1898 quirlte das wütend aufgeschäumte Wasser wie im Strudel und brachte Zweige, Äste zum wildgewordenen Tanz. Von so viel Wasser, Kälte und noch andauernden Regen war es mir nach einem heißen Getränk, spontan hab ich mir in einer Bar einen Kakao bestellt, die Kellner taten mir leid, sie schauten ununterbrochen zum Fenster hinaus ob die Fluten vielleicht doch den Laubengang erreichen. Mir reichte es, und mit einem kleinen Rundgang durch das Gründerzeitviertel Kaßberg wollte ich vom Wasser weg. Dieses Viertel ist hauptsächlich in den sogenannten Gründerjahren ab 1870 erschlossen und großzügig ausgebaut worden, hier hatte sich die reiche Oberschicht angesiedelt und dieser Reichtum ist dem Viertel noch heute anzusehen. Was ich erst auf einer bereitgestellten großen Tafel entnahm, gehört dieses Viertel zu den größten zusammenhängenden Gründerzeit- und Jugendstilviertel Deutschlands.

Ich musste nun doch an den Rückweg denken,

mein Auto stand, mindestens eine Stunde strengen Fußmarsch von hier entfernt. Ich nahm den gleichen Weg zurück, immer misstrauisch auf das Wasser schauend. Aber die kurze Zeitspanne, meiner Abwesenheit genügte, dass sämtliche Brücken überschwemmt waren und die Straßen ringsum für den gesamten Verkehr verboten waren. Die Pfützen auf den Straßen und Wegen sind zu Seen zusammengewachsen. Die Menschen aus den umliegenden Häusern haben mit Sandsäcken, die das THW ununterbrochen ankarrte, versucht ihre Türen und Kellerfenster zu schützen. Ich lief etwas schneller, die Wassermassen traten sturzbachähnlich in den tieferen Teil des Geländes und ich machte, dass ich von hier wegkam. Endlich, mein Auto, noch auf nur nassen Boden, noch keine Pfützen, aber ringsherum sah es wild aus, überall Wasser. Auch auf dem Weg ins Hotel musste ich viele Umwege nutzen, da Straßen gesperrt waren und Autos, die die Orientierung verloren hatten, ziellos herumirrten. Endlich, im Hotel. Als erstes die nassen Sachen aus, heiß duschen, kein Mensch hätte mich jetzt noch überreden können aus den Haus zu gehen.

Aus allen Wolken gefallen bin ich, als ich den Regionalsender anschaute und die Katastrophenmeldungen sich überschlugen. In mittelbarer und unmittelbarer Nähe, Wasser, Wasser, Wasser. Kein Zugang zu Dörfern, viele Straßen und Unterführungen waren gesperrt. Was meine Augen sahen war ungeheuerlich und ich mittendrin. Nachts

23:00 Uhr fing ich an meinen Koffer zu packen, es war aussichtslos noch irgendwas unternehmen zu können und nur im Hotelzimmer bleiben und auf Wetterbesserung zu warten, war sinnlos.

Morgens, nach dem fulminanten Frühstück, übrigens meine Wirtin hatte volles Verständnis für mich, bin ich vorsichtig Richtung Autobahn gefahren, in der Hoffnung, dass diese einzige noch nicht gesperrte Auffahrt bis zu meinem Kommen noch befahrbar ist. Die Autobahn selbst liegt auf einer Anhöhe, hier kann man dann bestimmt ruhig fahren, zumal die Zufahrten von Polen und Dresden, nicht mehr zugelassen waren. Die einzige Stelle, die mir Kopfzerbrechen machte, war die Unterführung, die schon gestern eine riesengroße Pfütze hatte. Gemeistert! Bis zum Dach meines Autos schossen die Fontänen links und rechts unter meinen Reifen heraus. Links und rechts, hinter und zum Teil schon vor den Häusern und Bauergütern sah ich die wabernden Fluten der Chemnitz.

Ich hab's geschafft, bin auf der Autobahn, erst mal tief Luft geholt und gestaunt, weit und breit kein Auto, nichts. Ich hatte folglich frei Fahrt, aber links und rechts in Gärten, auf Feldern, um Häuser herum, Wasser. Und immer noch regnete es unaufhörlich. Abfahrt Hof, gesperrt über Zwickau Abfahrt gesperrt. Durch Thüringen, derselbe Anblick, Talsperren überflutet, riesige Seen haben sich rechts und links der Autobahn gebildet. Ich fuhr ohne anzuhalten weiter Richtung Hessen. Kaum hatte ich die Grenze zu Hessen überfahren, ein Sonnenstrahl blendete meine Augen. Ich war total überfordert mit diesem Anblick und musste halten um mir die Sonnenbrille auf die Nase zu schieben. Langsam und unbeschadet habe ich die Fahrt überstanden, nur schade, schade dass ich das, was ich mir vorgenommen hatte, nicht alles erledigen konnte. Es ist noch so vieles offen geblieben, aber ich komme wieder.

Das Lebensrad dreht sich weiter ... Von einer unbeschwerten Kindheit, über Lehrjahre sind keine Herrenjahre bis zur schlimmsten Zeit meines Lebens, die Ehe, bis jetzt. Die Kinder sind selbst Eltern geworden und leben ihr Leben und ich lebe mein Leben bis zum Ende.